Das Buch
Das idyllische Cape Cod an der amerikanischen Ostküste ist Schauplatz einer atemberaubenden Folge schockierender Ereignisse, die das Leben und die Familie einer jungen Frau zu zerstören drohen. Ray und Nancy Eldredge leben mit ihren beiden Kindern eher zurückgezogen in einem gemütlichen Häuschen am Kap. Nancy ist es, die die Isolation sucht. Ein schreckliches Geheimnis aus der Zeit, bevor sie Ray kannte, lastet schwer auf ihr. Sie weiß, daß die Entdeckung ihrer Vergangenheit alles zunichte machen würde. Doch am Morgen ihres 32. Geburtstages ist es soweit. Die gräßlichen Schatten der Vergangenheit holen sie ein. Und ein neurotischer Kindermörder bedroht ihr neues Glück ...
Auch in diesem psychologischen Spannungsroman versteht es Mary Higgins Clark, die international unangefochtene »Königin der Spannung«, auf unnachahmliche Weise, geheimnisvolle Verbrechen mit tragischen Schicksalen zu verbinden. Ein Thriller, in dem sich die Spirale der Spannung in atemberaubender Geschwindigkeit bis zu den letzten Seiten weiterdreht und den Leser bis zum Schluß gefangen hält.

Die Autorin
Mary Higgins Clark, Jahrgang 1928, fing erst spät – mit 46 Jahren – zu schreiben an. Doch schon mit ihrem ersten Roman *Wintersturm* gelang ihr 1975 der Durchbruch als Schriftstellerin. Mary Higgins Clark ist heute eine der erfolgreichsten Spannungsautorinnen der Welt.
Im Wilhelm Heyne Verlag sind erschienen: *Schrei in der Nacht* (01/6826), *Das Haus am Potomac* (01/7602), *Die Gnadenfrist* (01/7734), *Schlangen im Paradies* (01/7969), *Doppelschatten* (01/8053), *Das Anastasia-Syndrom* (01/8141), *Wo waren Sie, Dr. Highley?* (01/8391), *Schlaf wohl, mein süßes Kind* (01/8434), *Tödliche Fesseln.* Vierzehn mörderische Geschichten, hrsg. von Mary Higgins Clark (01/8622), *Träum süß, kleine Schwester* (01/8738), *Schrei in der Nacht/Schlangen im Paradies* (01/8827), *Schwesterlein, komm tanz mit mir* (01/8869), *Daß du ewig denkst an mich* (01/9096), *Fürchte dich nicht* (01/9406), *Das fremde Gesicht* (01/9679), *Das Haus auf den Klippen* (01/9946).

MARY HIGGINS CLARK

WINTERSTURM

Roman

Aus dem Amerikanischen
von Dr. Heinz Rentmeister

WILHELM HEYNE VERLAG
MÜNCHEN

HEYNE GROSSDRUCK
Nr. 21/27

Titel der Originalausgabe
»WHERE ARE THE CHILDREN?«

Umwelthinweis:
Das Buch wurde auf
chlor- und säurefreiem Papier gedruckt.

Dieser Titel ist auch in kleinerer Schrift
in der Allgemeinen Reihe Nr. 01/7649 lieferbar.

Printed in Denmark 1997
Umschlagillustration: Gerd Weissing, Nürnberg
Umschlaggestaltung: Atelier Ingrid Schütz, München
Satz: (2670) IBV Satz- und Datentechnik GmbH, Berlin
Druck und Bindung: Nørhaven, Viborg

ISBN 3-453-11839-1

Zur Erinnerung an meine Mutter,
Nora C. Higgins, in Liebe,
Bewunderung und Dankbarkeit

Prolog

Er spürte, wie durch die Ritzen um die Fensterscheiben die Kälte hereindrang. Schwerfällig stand er auf und schleppte sich zum Fenster hinüber. Er langte nach einem der dicken Handtücher, die er immer zur Hand hatte, und stopfte es um den faulenden Rahmen.

Der hereindringende Luftzug zischelte leise in dem Handtuch. Es war ein Ton, der ihm eigentümlich angenehm war. Er blickte hinaus in den verhangenen Himmel und beobachtete die Schaumkronen in dem aufgewühlten Wasser. Von dieser Seite des Hauses aus war es oft möglich, Provincetown zu sehen, drüben, auf dem gegenüberliegenden Ufer der Bucht von Cape Cod.

Er haßte das Kap. Er haßte seine Öde an einem Novembertag wie diesem; das trostlose Grau des Wassers; die gleichmütigen Menschen, die nicht viel sagten, einen aber mit den Augen musterten. Er hatte es auch in dem einen Sommer gehaßt, den er hier verbracht hatte – die Massen von Touristen, die sich da an den Stränden lümmelten; die steile Uferstraße zu diesem Haus heraufkletterten; mit blöden Gesichtern in die unteren Fenster glotzten und die Hände über den Augen zusammenlegten, um hineinzuspähen.

Er haßte die großen Schilder ZU VERKAUFEN,

die Ray Eldredge auf der Vorder- und Rückseite des großen Hauses aufgestellt hatte, und die Tatsache, daß Ray und diese Frau, die da für ihn arbeitete, jetzt angefangen hatten, Leute zur Besichtigung hereinzuschleppen. Im vergangenen Monat war es nur Zufall, daß er gerade daherkam, als sie durchs Haus wollten, und nur Dusel, daß er vor ihnen ins Obergeschoß gelangte und das Teleskop noch forträumen konnte.

Die Zeit ging allmählich zu Ende. Irgend jemand würde dieses Haus kaufen, und er könnte es dann nicht noch einmal mieten. Das war der Grund, weshalb er den Artikel an die Zeitung geschickt hatte. Er wollte noch hier sein und seinen Spaß daran haben, wenn sie vor diesen Leuten als das angeprangert wurde, was sie war ... jetzt, wo sie bestimmt gerade angefangen hatte, sich in Sicherheit zu wiegen.

Es gab da noch etwas, was er tun mußte, aber die Gelegenheit dazu hatte sich bisher noch nicht ergeben. Sie paßte immer so scharf auf die Kinder auf. Doch er konnte es sich nicht leisten, noch länger zu warten. Morgen ...

Ruhelos lief er im Zimmer auf und ab. Das Schlafzimmer in der Obergeschoßwohnung war geräumig. Das ganze Haus war geräumig. Es war das entstellte Gebilde eines alten Kapitänshauses. Begonnen im siebzehnten Jahrhundert auf einem Felsrücken, der das Panorama der ganzen Bucht beherrschte, war es ein prätentiöses Monument menschlichen Verlangens, immer und ewig auf der Hut zu sein.

Das Leben war nicht so. Es zeigte sich nur stückchenweise, wie Eisberge, von denen man nur die Spitze sieht. Er wußte Bescheid. Er rieb sich mit der Hand über das Gesicht. Ihm war heiß und unbehaglich, obgleich es im Zimmer kalt war. Seit sechs Jahren hatte er das Haus im späten Sommer und Herbst gemietet. Es war noch fast im gleichen Zustand wie damals, als er es zum ersten Mal betreten hatte. Nur ein paar Dinge waren anders: das Teleskop im Vorderzimmer; die Kleidungsstücke für die besonderen Anlässe; die Schirmmütze, die er sich ins Gesicht zog und die es so gut abschattete.

Im übrigen war die Wohnung unverändert: das altmodische Sofa, die Tische aus Kiefernholz und der gehäkelte Vorleger im Wohnzimmer. Das Haus und die Wohnung waren für seine Absichten ideal gewesen, bis Ray Eldredge ihm in diesem Herbst mitteilte, daß er sich ernsthaft bemühe, das Anwesen als Restaurant zu verkaufen und es nur unter der Voraussetzung vermietete, daß es nach telefonischer Anmeldung besichtigt werden konnte.

Raynor Eldredge. Er lächelte bei dem Gedanken an diesen Mann. Was würde Ray morgen denken, wenn er den Zeitungsbericht las? Hatte Nancy Ray je gesagt, wer sie war? Vielleicht nicht. Frauen konnten durchtrieben sein. Wenn Ray nicht Bescheid wüßte, wäre es sogar noch besser. Wie herrlich wäre es, Rays Gesichtsausdruck tatsächlich beobachten zu können, wenn er die Zeitung aufschlug! Sie wurde morgens kurz nach zehn zugestellt. Ray würde in seinem Büro sein. Einige

Zeit lang würde er sie vielleicht nicht einmal beachten.

Voll nervöser Ungeduld wandte er sich vom Fenster ab. Die abgetragene schwarze Hose spannte sich um seine dicken, stämmigen Beine. Er würde froh sein, wenn er etwas abnehmen konnte. Es würde zwar bedeuten, daß diese schreckliche Hungerei wieder anfinge, aber er könnte es schaffen. Er hatte es schon früher geschafft, wenn es notwendig gewesen war. Unruhig strich er sich mit der Hand über den Schädel, der ein wenig juckte. Er würde froh sein, wenn er das Haar wieder natürlich wachsen lassen konnte. An den Seiten war es immer sehr dicht gewesen. Wahrscheinlich war es jetzt fast grau.

Er strich mit einer Hand langsam am Hosenbein entlang, dann stapfte er unruhig in der Wohnung hin und her und blieb schließlich vor dem Teleskop im Wohnzimmer stehen. Es war ein besonders starkes Teleskop – ein Gerät, das man in dieser Art im allgemeinen nicht kaufen konnte. Sogar viele Polizeidienststellen hatten so eines noch nicht. Aber irgendwie gab es immer eine Möglichkeit, an die Dinge zu kommen, die man brauchte. Er beugte sich nach vorn und linste hinein, ein Auge zugekniffen.

Es war ein dunkler Tag, und in der Küche brannte Licht. So war es leicht, Nancy deutlich zu erkennen. Sie stand hinter dem Küchenfenster, dem Fenster über dem Spülbecken. Vielleicht war sie gerade dabei, etwas fürs Abendessen vorzubereiten, um es anschließend in den Ofen zu stellen. Aber sie hatte eine warme Jacke an, wahrscheinlich wollte sie ausgehen. Sie stand ganz ruhig da und blickte einfach nur zum Wasser hinüber. Woran dachte sie gerade? An wen dachte sie? Die Kinder – Peter ... Lisa ... ? Er hätte es zu gern gewußt.

Er spürte, wie sein Mund trocken wurde. Nervös fuhr er sich mit der Zunge über die Lippen. Sie sah heute sehr jung aus. Ihr Haar war zurückgekämmt. Sie färbte es dunkelbraun. Wenn sie es in seiner natürlichen rotgoldenen Tönung behalten hätte, wäre sie bestimmt von jemandem erkannt worden. Morgen würde sie zweiunddreißig. Man sah ihr das Alter immer noch nicht an. Sie wirkte verführerisch jung, zart, frisch und weich.

Er schluckte nervös. Er spürte eine fiebrige Trokkenheit in seinem Mund, während seine Hände und Achselhöhlen feucht und heiß waren. Er würgte und schluckte noch einmal, und der Laut ging in ein tiefes Glucksen über. Sein ganzer Körper erbebte vor Vergnügen und ließ das Teleskop erzittern. Nancys Bild verschwamm, aber er hatte keine Lust, die Linse scharf einzustellen. Er hatte kein Interesse mehr daran, sie heute noch länger zu beobachten.

Morgen! Er konnte sich schon genau vorstellen, welchen Gesichtsausdruck sie morgen um diese Zeit haben würde. Vor der ganzen Welt entlarvt als das, was sie war; wie betäubt und starr vor Schmerz und Furcht, wenn sie versuchte, auf die Frage zu antworten ... auf die gleiche Frage, die ihr die Polizei vor sieben Jahren immer und immer wieder entgegengeschleudert hatte.

›Kommen Sie schon, Nancy‹, würde die Polizei wieder sagen. ›Machen Sie reinen Tisch. Sagen Sie die Wahrheit. Sie müßten doch eigentlich wissen, daß Sie damit nicht davonkommen. Sagen Sie es uns, Nancy – wo sind die Kinder?‹

1

17. November

Ray kam die Treppe herunter und zog den Knoten seiner Krawatte fest. Nancy saß am Tisch, Missy, noch schlaftrunken, auf ihrem Schoß. Michael aß in seiner bedächtigen, nachdenklichen Art sein Frühstück.

Ray zauste Mikes Haare und beugte sich nach vorn, um Missy einen Kuß zu geben. Nancy lächelte zu ihm hinauf. Sie war so verdammt hübsch. Sie hatte feine Fältchen um ihre blauen Augen, aber noch immer würde sie keiner für zweiunddreißig halten. Sie war nur ein paar Jahre jünger als Ray, doch er hatte immer das Gefühl, er wäre unendlich viel älter als sie. Vielleicht war es diese schreckliche Empfindlichkeit. An den Wurzeln ihres dunklen Haares bemerkte er Spuren von Rot. Ein dutzendmal hatte er sie im letzten Jahr darum bitten wollen, ihr Haar auswachsen zu lassen, aber er hatte es nicht gewagt.

»Herzliche Glückwünsche zum Geburtstag, Liebling«, sagte er sanft.

Er bemerkte, wie die Farbe aus ihrem Gesicht wich.

Michael blickte überrascht auf. »Mami hat heute Geburtstag? Das hast du mir gar nicht gesagt.«

Missy richtete sich auf. »Mami hat Geburtstag?«

Es klang sehr erfreut.

»Ja«, bestätigte Ray. Nancy starrte vor sich auf den Tisch. »Und heute abend wird gefeiert. Heute abend bringe ich einen großen Geburtstagskuchen mit und ein Geschenk, und wir laden Tante Dorothy ein, zum Abendessen herzukommen. Einverstanden, Mami?«

»Ray... nein.« Nancys Stimme klang leise und beschwörend.

»Doch. Erinnere dich nur. Im vergangenen Jahr hast du versprochen, daß wir dieses Jahr...«

Feiern war nicht das richtige Wort. Das konnte er nicht sagen. Aber er war sich seit langem darüber klar, daß sie eines Tages beginnen mußten, ihren Geburtstag auf eine andere Weise zu begehen. Anfangs hatte sie sich immer ganz von ihm zurückgezogen, war um das Haus gegangen oder am Strand entlanggewandert wie ein stummer Geist, in einer Welt für sich.

Aber im vergangenen Jahr hatte sie schließlich angefangen, über sie zu sprechen... über die beiden anderen Kinder. Sie hatte gesagt: »Sie wären jetzt schon so groß – zehn und elf. Ich versuche mir vorzustellen, wie sie heute aussehen würden, aber anscheinend kann ich mir nicht einmal vorstellen, wie... Alles, was jene Zeit betrifft, ist so verschwommen. Wie ein Alptraum, als hätte ich es nur geträumt.«

»Das ist wohl immer so«, hatte Ray zu ihr gesagt. »Laß das alles hinter dir, Liebling. Denk nicht mehr an das, was geschehen ist.«

Die Erinnerung daran bestärkte ihn in seinem Entschluß. Er beugte sich über Nancy, und mit einer gleichermaßen beschützenden wie sanften Gebärde strich er ihr über das Haar.

Nancy blickte zu ihm auf. Der beschwörende Ausdruck in ihrem Gesicht wurde schwächer. »Ich glaube nicht –«

Michael unterbrach sie. »Wie alt bist du, Mami?« fragte er sachlich.

Nancy lächelte – ein echtes Lächeln, das wunderbarerweise die Spannung löste. »Das geht dich nichts an«, antwortete sie ihm.

Ray nahm schnell einen Schluck von ihrem Kaffee. »Brav, mein Schatz«, sagte er. »Hör mal, Mike. Ich hole dich heute nachmittag nach der Schule ab, und wir kümmern uns dann um ein Geschenk für Mami. Ich glaube, es wird Zeit, daß ich mich auf den Weg mache. Heute kommt jemand, um das Hunt-Haus zu besichtigen. Ich möchte noch die Akte zusammenstellen.«

»Ist es nicht vermietet?« fragte Nancy.

»Ja. Dieser Parrish, der es schon öfter gemietet hat, ist wieder drin. Aber er weiß, daß wir das Recht haben, es jederzeit zu besichtigen. Für ein Restaurant hat es eine einzigartige Lage, und es wäre kein Problem, es umzubauen. Wenn ich es verkaufe, bringt es eine ganz hübsche Provision ein.«

Nancy nahm Missy vom Schoß und begleitete ihn zur Tür. Er gab ihr einen leichten Kuß und fühlte, wie ihre Lippen unter seinen zitterten. Wie sehr hatte er sie durch das Geburtstagsgerede aus der Fassung gebracht? Instinktiv drängte es ihn zu sagen: *Wir wollen nicht bis heute abend warten. Ich bleibe zu Hause, und wir nehmen die Kinder und fahren heute nach Boston.*

Statt dessen stieg er ins Auto, winkte, setzte den Wagen zurück und steuerte in den engen Feldweg hinein, der sich durch einen kleinen Wald schlängelte und schließlich in die Überlandstraße zum Kap mündete. Von hier gelangte er ins Zentrum von Adams Port und zu seinem Büro.

Ray hatte recht, dachte Nancy, als sie langsam zum Tisch zurückging. Einmal kam die Zeit, da man aufhören mußte, den Mustern der Vergangenheit zu folgen, und immer wieder zurückzudenken, eine Zeit, wo man nur noch in die Zukunft blicken durfte. Sie wußte, etwas in ihr war immer noch wie erstarrt. Sie wußte, daß die menschliche Psyche einen schützenden Vorhang über schmerzliche Erinnerungen herabließ – aber es war mehr als das.

Es war so, als ob ihr Leben mit Carl nur eine nebelhafte Erinnerung wäre ... die ganze Zeit mit ihm. Es fiel ihr schwer, sich an das Fakultätsgebäude auf dem Universitätsgelände zu erinnern, an Carls gedämpfte Stimme ... an Peter und Lisa. Wie hatten sie ausgesehen? Dunkles Haar, alle beide, wie das von Carl, und viel zu still ... zu gehorsam ... von ihrer Unsicherheit angesteckt ... und dann verschwunden – alle beide.

»Mami, warum siehst du so traurig aus?« Michael

blickte sie mit Rays offenem Gesichtsausdruck an, und er sprach auch mit der gleichen Direktheit.

Sieben Jahre, dachte Nancy. Das Leben war eine Reihe von Sieben-Jahr-Zyklen. Carl hatte immer gesagt, daß sich in dieser Zeit der ganze Mensch veränderte. Jede Zelle erneuere sich. Es wurde jetzt wirklich Zeit für sie, nach vorn zu sehen... zu vergessen.

Sie ließ ihren Blick durch die geräumige, freundliche Küche wandern mit dem alten Ziegelkamin, den breiten Eichendielen, den roten Vorhängen und den Volants, die die Sicht über den Hafen nicht behinderten. Und dann sah sie Michael und Missy an...

»Ich bin nicht traurig, Schatz«, sagte sie. »Ganz bestimmt nicht.«

Sie nahm Missy auf den Arm fühlte ihre Wärme und süße Klebrigkeit. »Ich habe über dein Geschenk nachgedacht«, sagte Missy. Ihr langes rotblondes Haar fiel ihr in Locken über die Ohren und in die Stirn. Die Leute fragten manchmal, woher sie nur das schöne Haar habe – wer war denn nun der Rotschopf in der Familie?

»Großartig«, erwiderte Nancy. »Du kannst draußen weiter darüber nachdenken. Es wäre besser, ihr ginget jetzt bald an die frische Luft. Später soll es regnen und sehr kalt werden.«

Als die Kinder sich angezogen hatten, half sie ihnen in ihre Windjacken und setzte ihnen ihre Mützen auf. »Da ist mein Dollar«, sagte Michael mit Genugtuung in der Stimme, als er in die Brusttasche seiner Jacke langte. »Ich war ganz sicher, daß ich ihn da drin gelassen hatte. Jetzt kann ich dir ein Geschenk kaufen.«

»Ich habe auch Geld.« Missy hielt stolz eine Handvoll Pennys empor.

»Oh, hört mal, ihr solltet euer Geld aber nicht mit nach draußen nehmen«, sagte Nancy zu ihnen. »Ihr werdet es nur verlieren. Kommt, ich hebe es für euch auf.«

Michael schüttelte den Kopf. »Wenn ich es dir gebe, vergesse ich es vielleicht, wenn ich mit Vati einkaufen gehe.«

»Ich verspreche dir, ich passe auf, daß du es nicht vergißt.«

»Meine Tasche hat einen Reißverschluß. Siehst du? Ich stecke es da hinein, und ich kann auch Missys Geld darin aufbewahren.«

»Schön ...« Nancy zuckte die Schultern und gab auf. Sie wußte nur zu gut, daß Michael den Dollar nicht verlieren würde. Er war wie Ray, sehr zuverlässig. »Hör mal, Mike. Ich werde jetzt aufräumen. Paß du auf, daß du bei Missy bleibst.«

»Okay«, sagte Michael vergnügt. »Los, komm, Missy. Zuerst gehen wir auf die Schaukel.«

Ray hatte den Kindern eine Schaukel gebaut. Sie hing an einem Ast der riesigen Eiche am Waldrand hinter ihrem Haus.

Nancy zog Missy die Fausthandschuhe über die Hände. Sie waren hellrot und hatten auf den Außenseiten Lachgesichter, die mit flauschiger Angorawolle aufgestickt waren. »Laß sie an«, befahl sie ihr, »sonst bekommst du kalte Hände. Es wird wirklich schon ungemütlich kühl. Ich weiß gar nicht, ob ihr überhaupt nach draußen gehen solltet.«

»Oh, bitte!« Missys Lippen begannen zu zucken.

»Schon gut, schon gut. Nur kein Theater«, beeilte sich Nancy zu sagen. »Aber höchstens eine halbe Stunde.«

Sie öffnete die Hintertür und ließ sie hinaus. Als der kalte Wind hereinblies, fröstelte sie, schloß schnell die Tür und begann die Treppe hinaufzusteigen. Es war ein echtes altes Kap-Haus, und die Treppe war nahezu senkrecht. Ray meinte, daß die alten Siedler etwas von Schneeziegen an sich gehabt haben mußten, so wie sie ihre Treppen gebaut hatten. Aber Nancy liebte alles an diesem Haus.

Sie erinnerte sich noch gut an das Gefühl von Ruhe und Geborgenheit, das sie empfunden hatte, als sie es zum ersten Mal sah, damals, vor mehr als sechs Jahren. Sie war ans Kap gekommen, nachdem das Urteil für ungültig erklärt worden war. Der Bezirksstaatsanwalt hatte nicht auf einen neuen Prozeß gedrängt, weil Rob Legler, sein wichtigster Belastungszeuge, verschwunden war.

Sie war hierher geflüchtet, quer über den ganzen Kontinent von Kalifornien weg, so weit wie möglich; weit weg von den Menschen, die sie gekannt hatte, der Umgebung, in der sie gewohnt hatte, und dem College dort und der ganzen akademischen Gesellschaft. Sie wollte sie nie wiedersehen – die Freunde, die sich nicht als Freunde erwiesen hatten, sondern als feindliche Fremde, die von dem ›armen Carl‹ sprachen, weil sie ihr auch an seinem Selbstmord die Schuld gaben.

Sie war nach Cape Cod gekommen, weil sie immer gehört hatte, daß die Neu-Engländer und die Menschen am Kap schweigsam und zurückhaltend waren und mit Fremden nichts zu tun haben wollten, und das war gut so. Sie brauchte einen Winkel, in dem sie sich verbergen, in dem sie wieder zu sich selbst finden konnte, um mit allem fertig zu werden und um all das, was geschehen war, zu überdenken und zu versuchen, ins Leben zurückzufinden.

Sie hatte sich ihr Haar abgeschnitten und es dunkelbraun gefärbt, und das genügte, um sie völlig anders aussehen zu lassen als auf den Bildern, die während des Prozesses überall im Land auf den Titelseiten der Zeitungen erschienen waren.

Sie war überzeugt, daß es eine Fügung des Schicksals war, als sie sich für Rays Maklerbüro entschieden hatte, damals, als sie ein Haus zu mieten suchte. Eigentlich hatte sie sogar noch eine Verabredung mit einem anderen Immobilienmakler getroffen, aber, einem plötzlichen Impuls folgend, hatte sie Rays Büro betreten, um zuerst mit ihm zu verhandeln, weil ihr sein handgedrucktes Firmenschild und die mit gelben und champagnerfarbenen Chrysanthemen gefüllten Blumenkästen am Fenster gefielen.

Sie hatte gewartet, bis er einen anderen Kunden bedient hatte – einen alten Mann mit einem Gesicht wie Leder und dichtem, lockigem Haar, und sie hatte es bewundert, wie Ray dem Mann empfohlen hatte, an seinem Besitz festzuhalten, und wie er ihm versprochen hatte, daß er sich bemühen werde, für das Apartment in dem Haus einen Mieter zu finden, um die Unkosten zu decken.

Nachdem der alte Mann gegangen war, sagte sie: »Vielleicht komme ich gerade zum rechten Zeitpunkt. Ich möchte ein Haus mieten.«

Er wollte ihr das alte Hunt-Haus aber nicht einmal zeigen.

» ›Der Ausguck‹ ist zu groß, zu einsam und zu windig für Sie«, sagte er. »Doch ich habe gerade einen Vermieterauftrag für ein echtes Kap-Haus hereinbekommen, das in hervorragendem Zustand ist und voll möbliert. Wenn Sie Wert darauf legen, könnten Sie es vielleicht sogar kaufen. Wie viele Zimmer benötigen Sie, Miß... Mrs...?«

»Miß Kiernan«, entgegnete sie. »Nancy Kiernan.« Instinktiv gab sie den Mädchennamen ihrer Mutter an. »Nicht viele, eigentlich. Ich werde sicherlich keine Gäste oder Besucher haben.«

Es gefiel ihr, daß er keine Fragen stellte und sie nicht einmal neugierig anblickte. »Das Kap ist die richtige Umgebung für jemanden, der allein sein möchte«, sagte er. »Man kann sich da gar nicht einsam fühlen, wenn man am Strand entlangwandert oder den Sonnenuntergang beobachtet oder am Morgen einfach aus dem Fenster schaut.«

Dann hatte Ray sie hierhergebracht, und sie hatte sofort gewußt, daß sie bleiben würde. Der alte Salon, der einst den Mittelpunkt des Hauses gebildet hatte, war in ein kombiniertes Wohn- und Eßzimmer umgestaltet worden. Sie liebte den Schaukelstuhl vor dem offenen Kamin und die Art und Weise, wie der Tisch vor das Fenster gestellt war, so daß man beim Essen über den Hafen und die Bucht blicken konnte.

Sie hatte sofort einziehen können. Sollte sich Ray darüber gewundert haben, daß sie nichts hatte als die beiden Koffer, mit denen sie aus dem Bus gestiegen war – gezeigt hatte er es nicht. Sie hatte gesagt, daß ihre Mutter gestorben sei und daß sie ihr Haus in Ohio verkauft und beschlossen habe, sich an der Ostküste niederzulassen. Sie hatte es einfach vermieden, über die sechs Jahre zu sprechen, die dazwischen gelegen hatten.

Damals, zum ersten Mal seit Monaten, hatte sie die ganze Nacht fest durchgeschlafen – einen tiefen, traumlosen Schlaf, in dem sie nicht hörte, wie Peter und Lisa nach ihr riefen, in dem sie nicht in einem Gerichtssaal saß und erlebte, wie Carl sie verdammte.

An jenem ersten Morgen hier hatte sie Kaffee gekocht und danach am Fenster gesessen. Es war ein klarer, heller Tag gewesen – purpurblau der wolkenlose Himmel; ruhig und still die Bucht; die einzige Bewegung ein Schwarm von Seemöwen, der in der Nähe der Fischerboote schwebte.

Ihre Hände hatten die Kaffeetasse umschlossen, und sie hatte an dem Kaffee genippt und hinausgeschaut. Die Wärme des Kaffees war durch sie hindurchgeströmt. Die Sonnenstrahlen hatten ihr Gesicht erwärmt. Die heitere Stille des Bildes hatte das Empfinden innerer Ausgeglichenheit, das schon nach dem langen, traumlosen Schlaf in sie eingekehrt war, noch verstärkt.

Frieden … gib mir Frieden. Das war ihr Gebet gewesen während des Prozesses und im Gefängnis. *Ich muß lernen, es hinzunehmen.* Vor sieben Jahren …

Nancy holte tief Luft, als sie bemerkte, daß sie noch immer auf der untersten Treppenstufe stand. Es war so leicht, sich in Erinnerungen zu verlieren. Deshalb hatte sie sich so angestrengt, jeden Tag bewußt zu leben … und nicht in die Vergangenheit und auch nicht in die Zukunft zu schauen.

Langsam stieg sie die Treppe hinauf. Wie konnte es je Frieden für sie geben, wo sie wußte, daß man sie erneut als Mörderin vor Gericht stellen würde, wenn Rob Legler je wieder auftauchen sollte. Daß man sie von Ray und Missy und Michael trennen würde! Einen Moment lang legte sie ihr Gesicht in die Hände. *Nicht daran denken,* sagte sie sich. *Es hat keinen Zweck.*

Oben auf dem Treppenabsatz angelangt, schüttelte sie entschlossen den Kopf und ging schnell ins Schlafzimmer. Sie riß die Fenster auf und fröstelte, als der Wind ihr die Vorhänge entgegenwehte. Wolken zogen auf, und auf dem aufgewühlten Wasser in der Bucht hatten sich Schaumkronen gebildet. Die Temperatur sank sehr schnell, und Nancy lebte nun schon lange genug am Kap, um zu wissen, daß ein so kalter Wind wie dieser bald in einen Sturm umschlagen würde.

Aber eigentlich war es noch klar genug, um die Kinder draußen zu lassen. Sie hatte es gern, wenn sie morgens möglichst lange an der frischen Luft waren. Nach dem Essen hielt Missy einen Mittagsschlaf, und Michael ging in den Kindergarten.

Sie wollte gerade die Bettücher von dem großen Doppelbett abziehen, als sie einhielt. Gestern war Missys Nase gelaufen. Sollte sie hinuntergehen und ihr einschärfen, bloß nicht den Jackenkragen zu öffnen? Das war eine ihrer beliebten kleinen Unarten. Missy beklagte sich immer darüber, daß ihre Sachen am Hals zu eng wären.

Nancy zögerte und überlegte einen Augenblick, dann schlug sie die Laken ganz zurück und zog sie ab. Missy hatte einen Rollkragenpullover an. Selbst wenn sie die Knöpfe öffnete, wäre ihr Hals bedeckt. Außerdem dauerte es höchstens zehn oder fünfzehn Minuten, bis sie das Bettzeug abgezogen, gewechselt und in die Waschmaschine gesteckt hätte.

Höchstens zehn Minuten, nahm sie sich vor, um die quälende Unruhe zu unterdrücken, die sie unentwegt drängte, nach draußen zu den Kindern zu gehen, auf der Stelle.

2

Manchmal ging Jonathan Knowles morgens zu Fuß zum Drugstore, um seine Morgenzeitung zu holen. An den übrigen Tagen fuhr er mit dem Fahrrad. Sein Ausflug führte ihn immer an dem alten Nickerson-Haus vorbei, dem Haus das Ray Eldredge gekauft hatte, als er die hübsche Kleine heiratete, die da zur Miete wohnte.

Als das Haus noch dem alten Sam Nickerson gehörte, war es langsam verfallen. Jetzt aber sah es sauber und solide aus. Ray hatte das Dach neu gedeckt und das Holz gestrichen, und seine Frau verstand wirklich etwas von Gartenarbeit. Die gelben und orangefarbenen Chrysanthemen in den Blumenkästen gaben selbst dem trübsten Tag ein wenig Wärme und Freundlichkeit.

Bei schönem Wetter war Nancy Eldredge oft schon frühmorgens draußen bei ihrer Gartenarbeit. Sie hatte stets einen freundlichen Gruß für ihn und wandte sich dann wieder ihrer Arbeit zu. Jonathan hatte einen solchen Zug an einer Frau immer bewundert. Er hatte Rays Familie schon gekannt, als er und Emily hier oben noch Sommergäste waren. Natürlich – die Eldredges waren schon bei der Besiedlung des Kaps dabeigewesen. Rays Vater hatte Jonathan den ganzen Stammbaum der Familie aufgezählt – bis zu dem Mann zurück, der mit der *Mayflower* herübergekommen war.

Die Tatsache, daß Rays Liebe zum Kap so groß war, daß er sich sogar entschloß, sich hier eine berufliche Existenz zu gründen, war in Jonathans Augen besonders bemerkenswert. Das Kap hatte Seen und Weiher und die Bucht und den Ozean. Es hatte Wälder, in denen man wandern konnte, und Land, auf dem sich die Leute ausbreiten konnten. Es war der richtige Ort für ein junges Paar, um Kinder aufzuziehen, und es war die richtige Umgebung für Leute, die sich zur Ruhe setzen und hier ihren Lebensabend verbringen wollten. Jonathan und Emily hatten hier immer ihren Urlaub verlebt und sich schon auf die Zeit gefreut, in der sie hier für immer wohnen würden. Sie hatten es auch schon fast geschafft. Emily hatte es aber leider nicht mehr erlebt.

Jonathan holte tief Luft. Er war ein kräftiger Mann mit dichtem weißem Haar, einem breiten Gesicht und dem Ansatz zu einem Doppelkinn. Er war Rechtsanwalt und jetzt im Ruhestand, doch die Untätigkeit bedrückte ihn. Im Winter konnte man nicht angeln gehen, und in den Antiquitätenläden herumzustöbern und Möbel aufzuarbeiten, machte auch nicht mehr so viel Spaß wie damals, als Emily noch bei ihm war. Inzwischen war mehr als ein Jahr vergangen, seitdem er sich endgültig am Kap niedergelassen hatte, und er hatte jetzt angefangen, ein Buch zu schreiben.

Zunächst war es nur ein Hobby gewesen. Doch inzwischen war daraus eine Betätigung geworden, die ihn Tag für Tag ganz ausfüllte. Einer seiner Freunde, ein Verleger, hatte an einem Wochenende ein paar Kapitel davon gelesen und ihm sofort einen Vertrag geschickt. Das Buch sollte eine Fallstudie berühmter Mordprozesse werden. Jonathan arbeitete jeden Tag fünf Stunden daran, sieben Tage pro Woche, und er begann pünktlich morgens um halb zehn.

Der Wind blies ihm scharf entgegen, und er zog seinen Schal fester zusammen. Die Sonnenstrahlen verkündeten Regen, doch als er zur Bucht hinüberblickte, tat es ihm wohl, sie auf seinem Gesicht zu spüren. Die Büsche und Sträucher hatten ihr Laub verloren, und man konnte durch sie hindurch bis zum Wasser sehen. Nur das alte Hunt-Haus auf seiner hohen Klippe ragte in sein Blickfeld – das Haus, das sie ›Der Ausguck‹ nannten.

Wenn er bei seiner Wanderung an dieser Stelle ankam, blieb er immer stehen, um einen Blick auf die Bucht zu werfen. Auch an diesem Morgen. Aber als er den Kopf zur Seite wandte, mußte er blinzeln. Verärgert blickte er wieder auf die Straße zurück. Die stürmischen, aufgewühlten Wellenkämme hatte er kaum wahrgenommen. Dieser Kerl, der das Haus da gemietet hatte, mußte irgend etwas Metallisches hinter dem Fenster haben, dachte er. Ein verdammter Unfug. Er hatte nicht übel Lust, Ray zu bitten, es diesem Kerl zu sagen. Doch ein wenig kleinlaut schob er den Gedanken dann beiseite. Der Mieter schlug vielleicht einfach vor, Jonathan möge doch gefälligst die Bucht an einer anderen Stelle des Weges inspizieren.

Unwillkürlich zuckte er mit den Schultern. Er befand sich direkt vor dem Haus der Familie Eldredge. Nancy saß gerade am Frühstückstisch beim Fenster und sprach mit dem kleinen Jungen. Das Mädchen saß auf ihrem Schoß. Jonathan blickte schnell weg, denn er fühlte sich wie ein Eindringling und wollte ihrem Blick nicht begegnen. Na schön, er würde die Zeitung holen, sich ein Frühstück bereiten und sich danach an den Schreibtisch setzen. Heute wollte er sich den Mordfall Harmon vornehmen, von dem er vermutete, daß er zum interessantesten Kapitel des Buches werden könnte.

3

Ray stieß die Tür zu seinem Büro auf. Er war nicht imstande, die quälende innere Unruhe abzuschütteln, die wie ein undefinierbarer Schmerz in ihm pochte. Was war los? Es war nicht allein, daß er Nancy dazu gebracht hatte, sich zu ihrem Geburtstag zu bekennen und er das Risiko eingegangen war, alte Erinnerungen in ihr wachzurufen. Tatsächlich war sie ja sehr ruhig geblieben. Er kannte sie gut genug, um es sofort zu spüren, wenn sich in ihr die nervöse Spannung wegen ihres früheren Lebens wieder verstärkte.

Diese Spannung konnte durch alles mögliche hervorgerufen werden, beispielsweise durch einen dunkelhaarigen Jungen, den sie mit einem Mädchen zusammen sah, besonders wenn beide etwa im Alter ihrer anderen Kinder waren, oder durch die Diskussion über den Mord an diesem kleinen Mädchen, das man im vergangenen Jahr in Cohasset tot aufgefunden hatte. Aber heute morgen war mit Nancy alles in Ordnung gewesen. Es war etwas anderes, was ihn beunruhigte – eine Vorahnung von Unheil.

»Nanu! Was hat das denn zu bedeuten?«

Ray blickte verdutzt auf. Dorothy saß an ihrem Schreibtisch. Ihr Haar, eher grau als braun, umrahmte locker ihr schmales hübsches Gesicht. Ihr schlichter beiger Pullover und ihr brauner Tweedrock verrieten eine fast gewollte Lässigkeit und ließen erkennen, daß ihre Trägerin keinen Sinn für modischen Firlefanz besaß.

Als Ray damals sein Geschäft eröffnete, war Dorothy seine erste Kundin gewesen. Das Mädchen, das er eingestellt hatte, war nicht erschienen, und Dorothy hatte sich bereit erklärt, ein paar Tage auszuhelfen. Von da an war sie bei ihm geblieben.

»Merken Sie nicht, daß Sie die ganze Zeit den Kopf schütteln und die Stirn runzeln?« fragte sie ihn.

Ray lächelte verlegen. »Ach, vermutlich ist das nur ein kleiner Morgentatterich. Wie geht es Ihnen?«

Dorothy wurde sofort sachlich. »Danke. Ich habe die Akte über den ›Ausguck‹ zusammengestellt. Wann erwarten Sie diesen Mann, der das Haus besichtigen möchte?«

»Gegen zwei«, erwiderte Ray. Er beugte sich über ihren Tisch.

»Wo in aller Welt haben Sie denn diese Pläne ausgegraben?«

»Sie waren bei den Akten in der Bibliothek. Sie wissen ja, daß das Haus sechzehnhundertneunzig begonnen wurde. Es würde ein herrliches Restaurant abgeben. Wenn jemand bereit ist, Geld für die Renovierung auszugeben, kann es ein Schmuckstück werden. Die Lage am Wasser ist einzigartig.«

»Mr. Kragopoulos und seine Frau haben schon eine Reihe von Restaurants eingerichtet und wieder verkauft, und ich denke, sie werden kaum etwas dagegen haben, ihre Dollars anzulegen, damit alles so wird, wie es sein sollte.«

»Ich habe noch nie einen Griechen kennengelernt, der nicht imstande gewesen wäre, ein Restaurant in Schwung zu bringen«, bemerkte Dorothy, als sie die Akte schloß.

»Und alle Engländer sind schwul, und kein Deutscher hat Humor, und die meisten Puertoricaner – ich meine Spics – leben von der Wohlfahrt... Mein Gott, wie ist es mir zuwider, jemandem ein Etikett anzuhängen!« Ray zog seine Pfeife aus der Brusttasche und klemmte sie sich zwischen die Zähne.

»Wie bitte?« Dorothy blickte bestürzt zu ihm auf. »Ich wollte bestimmt niemandem ein Etikett anhängen – das heißt, ich meine, vielleicht habe ich es getan, aber nicht so, wie Sie es aufgefaßt haben.« Sie wandte ihm den Rücken zu und stellte die Akte weg, während Ray in sein eigenes Büro ging und die Tür hinter sich schloß.

Er hatte sie gekränkt. Ohne Gefühl und ohne Grund. Was, zum Teufel, war nur mit ihm los? Dorothy war der anständigste, gerechteste und unvoreingenommenste Mensch, den er kannte. Wie gemein, so etwas zu ihr zu sagen. Er holte tief Luft, langte nach der Tabakdose auf dem Tisch und stopfte seine Pfeife. Eine Viertelstunde lang paffte er nachdenklich vor sich hin, dann nahm er den Hörer auf und wählte Dorothys Nummer.

»Ja.« Ihre Stimme klang förmlich, als sie den Hörer aufnahm.

»Sind die Mädchen schon da?«

»Ja.«

»Der Kaffee schon fertig?«

»Ja.« Dorothy erkundigte sich nicht, ob er schon welchen haben wollte.

»Könnten Sie mit Ihrem Kaffee zu mir herüberkommen und mir auch eine Tasse mitbringen? Und bitten Sie die Mädchen, eine Viertelstunde lang keine Anrufe durchzustellen.«

»In Ordnung.« Dorothy legte auf.

Ray stand auf, um ihr die Tür zu öffnen, und als sie mit den dampfenden Tassen hereinkam, schloß er sie leise wieder.

»Frieden«, sagte er zerknirscht. »Es tut mir schrecklich leid.«

»Das glaube ich«, sagte Dorothy, »ist schon gut. Aber was ist bloß los?«

»Bitte setzen Sie sich doch.« Ray deutete auf den rostfarbenen Ledersessel an seinem Schreibtisch. Er nahm seinen Kaffee zum Fenster hinüber und starrte trübsinnig in die sich verdüsternde Landschaft hinaus.

»Hätten Sie Lust, heute abend zum Abendessen zu uns zu kommen?« fragte er. »Wir wollen Nancys Geburtstag feiern.«

Er hörte, wie sie tief Luft holte, und fuhr herum. »Meinen Sie, das ist ein Fehler?«

Dorothy war die einzige am Kap, die alles über Nancy wußte. Nancy hatte es ihr selbst erzählt und sie um Rat gefragt, ehe sie einwilligte, Ray zu heiraten.

Als Dorothy antwortete, blickte sie nachdenklich vor sich hin, und ihre Stimme klang zögernd. »Ich weiß es nicht genau, Ray. Welche Überlegung steckt hinter dieser Feier?«

»Es ist die Überlegung, daß man nicht so tun kann, als hätte Nancy nie Geburtstag! Natürlich ist es mehr als nur das. Es bedeutet auch, daß Nancy mit ihrer Vergangenheit brechen muß, daß sie aufhören muß, sich zu verstecken.«

»*Kann* sie denn mit ihrer Vergangenheit brechen? *Kann* sie denn überhaupt aufhören, sich zu verstecken, wenn ihr die Angst vor einem Mordprozeß dauernd im Nacken sitzt?«

»Aber das ist es doch gerade. Die *Angst* davor. Dorothy, bedenken Sie doch, daß man von dem Kerl, der gegen sie ausgesagt hat, seit über sechs Jahren nichts mehr gesehen oder gehört hat! Weiß der Himmel, wo der steckt, ob er überhaupt noch lebt. Nach allem, was wir wissen, ist er heimlich und unter einem anderen Namen ins Land zurückgekehrt. Er ist genauso daran interessiert wie Nancy, daß die ganze Geschichte nicht wieder aufgerollt wird. Vergessen Sie nicht, daß er offiziell ein Fahnenflüchtiger ist. Und wenn er geschnappt wird, muß er schon mit einer ziemlich saftigen Strafe rechnen.«

»Das ist vielleicht richtig«, stimmte Dorothy zu.

»Das *ist* richtig. Und gehen wir noch einen Schritt weiter. Einverstanden? Was denken die Leute hier in der Stadt von Nancy – und damit meine ich auch die Mädchen hier in meinem Büro?«

Dorothy zögerte. »Sie denken, sie ist sehr hübsch ... sie bewundern die Art, wie sie sich kleidet ... sie sagen, sie ist immer sehr freundlich ... und sie denken, daß sie sehr zurückgezogen lebt.«

»Das ist sehr nett ausgedrückt. Ich habe gehört, wie über meine Frau gestichelt wurde, daß sie wohl glaube, sie sei zu gut für die Leute hier in der Gegend. Im Klub werde ich immer öfter gehänselt, warum ich nur die Mitgliedschaft für den Golfklub erworben hätte und warum ich nicht mal meine hübsche Frau mit herüberbrächte. In der vergangenen Woche rief jemand von Michaels Schule an und erkundigte sich, ob Nancy bereit wäre, in irgendeinem Komitee mitzuarbeiten. Unnötig zu sagen, daß sie abgelehnt hat. Im letzten Monat habe ich sie soweit gebracht, daß sie mit mir zu einem Empfang der Grundstücksmakler gegangen ist, aber als dann ein Gruppenbild gemacht wurde, war sie auf der Toilette.«

»Sie hat Angst, erkannt zu werden.«

»Das verstehe ich ja. Aber sehen Sie denn nicht ein, daß die Wahrscheinlichkeit, im Lauf der Zeit erkannt zu werden, immer geringer wird? Und selbst wenn jemand zu ihr sagte: ›Sie haben eine unwahrscheinliche Ähnlichkeit mit der jungen Frau in Kalifornien, die da angeklagt war wegen ...‹ Sie verstehen schon, was ich meine, Dorothy. Für die meisten Leute wäre die Sache damit erledigt. Eine Ähnlichkeit. Punkt. Schluß. Du lieber Himmel. Denken Sie doch bloß an diesen Burschen, der da immer auftrat und für Whisky und Banken Reklame machte, diesen Doppelgänger von Lyndon Johnson. Ich war mit seinem Neffen bei der Armee. Manche Menschen sehen sich eben sehr ähnlich. So einfach ist das. Und wenn es je wieder einen Prozeß gibt, dann möchte ich, daß Nancy bei den Menschen hier Wurzeln geschlagen hat. Ich möchte, daß die Leute hier das Gefühl haben, Nancy ist eine von ihnen, damit sie Stimmung für sie machen. Denn wenn sie freigesprochen ist, wird sie hierher zurückkommen müssen und das alte Leben wieder aufnehmen. Das gilt für uns alle.«

»Und wenn es zum Prozeß kommt und sie *nicht* freigesprochen wird?«

»Diese Möglichkeit möchte ich einfach nicht in Betracht ziehen«, sagte Ray entschieden. »Nun, wie steht's. Sind wir für heute abend verabredet?«

»Ich würde wirklich sehr gern kommen«, sagte Dorothy. »Und im großen und ganzen stimme ich auch mit dem, was Sie gesagt haben, überein.«

»Im großen und ganzen?«

»Ja.« Sie blickte ihn fest an. »Ich glaube, Sie werden sich selbst fragen müssen, inwieweit Sie diesen plötzlichen Wunsch, ein normales Leben führen zu wollen, Nancys wegen verspüren oder inwieweit ihm andere Motive zugrunde liegen.«

»Das heißt?«

»Ray, ich war dabei, als der Staatssekretär von Massachusetts Sie drängte, in die Politik zu gehen, weil das Kap junge Männer von Ihrem Format als Repräsentanten braucht. Ich habe gehört, wie er sagte, er würde Ihnen jede mögliche Hilfe und Unterstützung gewähren. Es ist schon ganz schön schwer, ihn hier nicht beim Wort nehmen zu können. Aber wie die Dinge liegen, können Sie das nicht. Und das wissen Sie auch.«

Dorothy verließ das Zimmer, ohne ihm eine Möglichkeit zu einer Antwort zu geben. Ray trank den Kaffee aus und ließ sich an seinem Schreibtisch nieder. Sein Ärger und seine Gereiztheit und die Spannung fielen von ihm ab, und er fühlte sich niedergeschlagen und schämte sich vor sich selber. Natürlich hatte sie recht. Er wollte auch nicht so tun, als ob da nicht eine Drohung auf ihnen lastete, als ob alles in bester Ordnung wäre. Aber er hatte auch verdammt starke Nerven. Er hatte genau gewußt, worauf er sich einließ, als er Nancy geheiratet hatte. Und sie hätte es ihm bestimmt klargemacht, wenn er es nicht ohnehin gewußt hätte. Sie hatte sich wirklich alle Mühe gegeben, ihn zu warnen.

Mit leerem Blick starrte Ray auf die Postsachen auf seinem Schreibtisch. Er dachte daran, daß er in den vergangenen Monaten auch Nancy ein paarmal so grundlos angeraunzt hatte wie Dorothy heute morgen. Wie er reagiert hatte, als sie ihm das Aquarell zeigte, das sie von ihrem Haus gemalt hatte. Sie müßte eigentlich Kunst studieren. Jetzt schon war sie so gut, daß sie auf lokaler Ebene ausstellen konnte. Er hatte gesagt: »Es ist hervorragend. Aber – in welchem Geheimzimmer wirst du es denn jetzt verstecken?«

Nancy hatte so verletzt ausgesehen, so hilflos. Er hätte sich am liebsten die Zunge abgebissen. Er hatte sich entschuldigt: »Liebling, es tut mir wirklich leid. Es ist doch nur deshalb, weil ich so stolz auf dich bin. Ich möchte, daß du es ausstellst.«

Wie viele dieser Ausbrüche wurden dadurch heraufbeschworen, daß er es leid war, seine und Nancys Unternehmungslust ständig zügeln zu müssen?

Er holte tief Luft und begann, die Post durchzusehen. Genau um Viertel nach zehn riß Dorothy die Tür zu seinem Büro auf. Ihre normalerweise gesunde und rosige Gesichtsfarbe war einem kränklichen aschfahlen Ton gewichen. Er sprang auf und wollte ihr entgegengehen. Aber sie schüttelte den Kopf, stieß die Tür hinter sich zu und streckte ihm die Zeitung entgegen, die sie unter ihrem Arm verborgen hatte. Es war der wöchentlich erscheinende Lokalanzeiger von Cape Cod. Dorothy hatte den zweiten Teil aufgeschlagen, den Teil, der immer eine rührselige Geschichte brachte. Sie ließ die Zeitung auf seinen Schreibtisch fallen.

Wie erstarrt blickten beide auf das große Bild vor ihnen: unverkennbar für jedermann – Nancy. Es war ein Bild, das er nie zuvor gesehen hatte, in ihrem Tweedkostüm, das Haar zurückgekämmt und schon dunkel gefärbt. Die Bildunterschrift fragte: KANN DAS FÜR NANCY HAR-MON EIN GLÜCKLICHER GEBURTSTAG SEIN? Ein anderes Bild zeigte Nancy während des Prozesses beim Verlassen des Gerichtssaals, mit ausdruckslosem Gesicht und wie versteinert. Das Haar fiel ihr über die Schultern herab. Ein drittes Bild war die Reproduktion eines Schnappschusses und zeigte Nancy, wie sie gerade ihre Arme um zwei kleine Kinder legte.

Die erste Zeile der Geschichte lautete: ›Irgendwo feiert Nancy Harmon heute ihren zweiunddreißigsten Geburtstag und den siebenten Todestag der Kinder, für deren Ermordung sie schuldig gesprochen wurde.‹

4

Es war alles Timing. Das ganze Universum konnte nur bestehen, weil alles auf Sekundenbruchteile aufeinander abgestimmt war. Nun, seine Zeitplanung würde perfekt sein. In großer Eile setzte er den Kombiwagen aus der Garage zurück. Der Tag war so düster, daß es schwer gewesen war, durch das Teleskop allzuviel zu sehen, aber er hatte erkennen können, daß sie den Kindern gerade die Mäntel anzog.

Er fühlte in seine Tasche. Die Spritzen waren da – gefüllt, gebrauchsfertig, um sofortige Bewußtlosigkeit herbeizuführen – einen tiefen, traumlosen Schlaf.

Er spürte, wie ihm unter den Armen und in der Leistengegend der Schweiß ausbrach, und auch auf der Stirn bildeten sich dicke Perlen und rannen ihm die Wangen hinab. Das war nicht gut so. Der Tag war kalt. Er durfte nicht aufgeregt oder nervös erscheinen.

Er opferte ein paar wertvolle Sekunden, um sich mit dem alten Handtuch, das er immer auf dem Vordersitz liegen hatte, das Gesicht abzutupfen. Gleichzeitig warf er einen kurzen Blick über die Schulter. Einen solchen Regenmantel aus Segeltuch hatten viele Kapbewohner in ihren Autos liegen, besonders in der Jahreszeit, in der geangelt wurde. Das gleiche galt für die Angelruten, die man am Rückfenster sehen konnte. Aber der Mantel war groß genug, um zwei kleine Kinder zu bedecken. Er kicherte aufgeregt und riß den Wagen herum in Richtung auf die Route 6 A.

An der Einmündung dieser Straße zur 6 A lag Wiggins' Market. Jedesmal wenn er am Kap war, kaufte er dort ein. Natürlich, wenn er länger bleiben wollte, brachte er die wichtigsten Sachen, die er brauchte, mit. Es war zu riskant, allzuoft auszugehen. Es gab immer die Möglichkeit, daß er plötzlich Nancy über den Weg lief und sie ihn erkannte, obwohl er sich äußerlich völlig verändert hatte. Vor vier Jahren wäre es fast passiert. Er war in einem Supermarkt in Hyannis Port gewesen und hatte ihre Stimme hinter sich gehört. Er langte gerade nach einer Dose Kaffee, da griff ihre Hand unmittelbar neben seiner hoch und nahm eine Dose aus demselben Regal. Sie sagte: »Warte mal einen Augenblick, Mike. Ich muß hier noch etwas mitnehmen«, und während er noch wie erstarrt dastand, streifte sie ihn leicht und murmelte: »Oh, Verzeihung.«

Er wagte nicht zu antworten – er stand einfach da –, und sie ging weiter. Er war ganz sicher, daß sie ihn nicht einmal angeblickt hatte. Aber danach hatte er nie wieder eine Begegnung mit ihr riskiert. Trotzdem hielt er es für erforderlich, es so einzurichten, daß er zwar nicht allzuoft, aber doch regelmäßig in Adams Port einkaufte, denn eines Tages könnte es noch wichtig für ihn sein, daß die Leute sein Kommen und Gehen als etwas Alltägliches abtaten. Aus diesem Grunde kaufte er morgens in Wiggins' Market immer Milch, Brot und Fleisch – stets um zehn Uhr. Nancy verließ das Haus nie vor elf, und selbst dann ging sie immer zu Lowery's Market, eine halbe Meile weiter die Straße hinab. Mr. und Mrs. Wiggins begrüßten ihn inzwischen schon wie einen alten Kunden. Na schön, in ein paar Minuten würde er dort sein, genau nach Plan.

Hier draußen war kein Spaziergänger zu sehen. Diejenigen, die vielleicht eine Neigung verspürt hatten, an die frische Luft zu gehen, waren wahrscheinlich durch den scharfen Wind entmutigt worden. Er war schon fast an der 6 A angelangt. Er nahm das Gas weg und hielt an.

Ein unglaubliches Glück. In beiden Fahrtrichtungen kein einziges Auto. Schnell gab er Gas, und der Kombiwagen schoß über die Hauptstraße in den Fahrweg, der hinten am Grundstück der Eldredges entlangführte. Kaltblütigkeit – nur darauf kam es an. Jeder Dummkopf konnte mit einem narrensicheren Plan daherkommen. Aber einen Plan zu haben, der so einfach war, daß er kaum noch als Plan bezeichnet werden konnte – einen Plan, der auf Bruchteile von Sekunden genau überlegt war –, das war echte Genialität. Bereitwillig den Fehlschlag mit einzukalkulieren – einen Drahtseilakt über einem Dutzend von Abgründen so auszuführen, daß niemand zu einem hinblickte, wenn die Tat vollbracht war – so machte man das.

Zehn vor zehn. Die Kinder waren jetzt vielleicht schon eine Minute draußen. Oh, er wußte genau, was alles passieren konnte. Eines von ihnen könnte vielleicht ins Haus zurückgekehrt sein, um ins Badezimmer zu gehen oder einen Schluck Wasser zu trinken. War aber unwahrscheinlich. Jeden Tag, einen ganzen Monat lang, hatte er sie beobachtet. Wenn es nicht gerade regnete, kamen sie zum Spielen nach draußen. Und Nancy kam immer erst zehn oder fünfzehn Minuten später heraus, um nach ihnen zu sehen. Und in diesen zehn oder fünfzehn Minuten gingen die Kinder nie ins Haus zurück.

Neun Minuten vor zehn. Er steuerte den Wagen in den Feldweg auf ihrem Grundstück. In ein paar

Minuten würde die Lokalzeitung gebracht. Heute würde der Artikel erscheinen. Durchaus ein Anlaß für Nancy, mit einer Gewalttat zu reagieren ... sie ist entlarvt ... alle Menschen dieser Stadt sprechen darüber mit Entsetzen in der Stimme, gehen an diesem Haus vorbei, starren ...

Er fuhr den Wagen halb in den Wald hinein. Niemand konnte ihn von der Straße aus sehen. Und sie konnte ihn vom Haus aus nicht sehen. Er stieg schnell aus und eilte im Schutz der Bäume zum Spielplatz der Kinder. Die meisten Bäume hatten ihre Blätter ganz verloren, aber es gab genügend Fichten und Tannen, die ihn abschirmten.

Er hörte schon die Stimmen der Kinder, noch ehe er sie sah. Der Junge, seine Stimme keuchte ein wenig – er war wohl gerade dabei, das Mädchen zu schaukeln ... »Wir werden Vati fragen, was wir für Mami kaufen sollen. Ich habe das Geld für uns beide.«

Das Mädchen lachte. »Schön, Mike, schön. Höher, Mike – bitte schaukel mich noch höher.«

Er schlich sich hinter den Jungen, der ihn in der allerletzten Sekunde hörte. Einen Augenblick lang sah er die erschrockenen blauen Augen und einen Mund, der sich vor Entsetzen zusammenzog, dann bedeckte er beides mit der einen Hand, während er mit der anderen die Nadel durch den wollenen Fausthandschuh stieß. Der Junge versuchte sich loszureißen, wurde dann steif und fiel lautlos zu Boden.

Die Schaukel kam zurück – das Mädchen rief:

»Schubs doch, Mike – mach weiter, nicht aufhören.« Er fing die Schaukel an der rechten Kette auf, hielt sie an und umschlang den kleinen, sich windenden Körper, der gar nicht begriff, was mit ihm geschah. Sorgsam erstickte er den leisen Schrei und stieß die andere Nadel durch den roten Fausthandschuh, auf dessen Oberseite ein Lachgesicht eingesteppt war. Einen Augenblick später holte das Mädchen tief Luft und sackte gegen ihn.

Er bemerkte nicht, daß sich ein Fausthandschuh an der Schaukel festgehakt hatte und von der Hand abgezogen wurde. Mühelos nahm er beide Kinder unter die Arme und rannte mit ihnen zu seinem Wagen zurück.

Fünf Minuten vor zehn lagen sie zusammengekrümmt unter dem Regenmantel aus Segeltuch. Er setzte den Wagen auf dem Feldweg zurück bis zu der gepflasterten Landstraße hinter Nancys Grundstück. Er fluchte, als er eine kleine Dodge-Limousine auf sich zukommen sah. Sie fuhr ein wenig langsamer, damit er sich in die richtige Fahrspur einordnen konnte, und er wandte den Kopf zur Seite.

Verdammtes Pech. Im Vorbeifahren gelang ihm ein kurzer Seitenblick auf den Fahrer des anderen Wagens; unter einem verbeulten Hut zeichneten sich silhouettenhaft eine scharfe Nase und ein schmales Kinn ab. Der andere Fahrer schien aber nicht einmal seinen Kopf zur Seite zu drehen.

Ganz flüchtig hatte er das Gefühl, diesem Mann schon irgendwo begegnet zu sein: wahrscheinlich jemand vom Kap, der gar nicht bemerkt hatte, daß der Kombiwagen, für den er die Geschwindigkeit vermindert hatte, aus dem engen Feldweg vom Grundstück der Eldredges gekommen war. Die meisten Menschen waren nicht sehr aufmerksam. In ein paar Minuten würde sich dieser Mann wahrscheinlich kaum noch daran erinnern, daß er kurz das Gas weggenommen hatte, um einen anderen Wagen wenden zu lassen.

Er beobachtete den Dodge im Rückspiegel, bis er verschwunden war. Mit einem zufriedenen Grunzen stellte er den Spiegel so ein, daß er den Segeltuchmantel auf der Ladefläche hinten reflektierte. Man mußte den Eindruck haben, daß der Mantel nachlässig über Angelgerät geworfen war. Zufrieden klappte er den Spiegel zurück, ohne noch einmal hineinzublicken. Wenn er es getan hätte, wäre ihm wohl nicht entgangen, daß der Wagen, den er gerade noch beobachtet hatte, langsamer fuhr und zurücksetzte.

Vier Minuten nach zehn betrat er Wiggins' Market und brummte einen Gruß. Dann langte er ins Kühlfach nach einem halben Liter Milch.

5

Nancy stieg die steile Treppe herab. Schwankend versuchte sie Gleichgewicht zu halten, die Arme vollgepackt mit Handtüchern und Bettzeug, mit

Pyjamas und Unterwäsche. Einer plötzlichen Regung folgend, hatte sie sich entschlossen zu waschen; die Wäsche konnte noch draußen trocknen, ehe der Sturm losbrach. Der Winter war jetzt da. Er hatte den Rand des Hofes erreicht und riß die letzten dürren Blätter von den Bäumen, und er legte sich auf den Feldweg, der jetzt so hart wie Beton geworden war. Die Farben der Bucht verwandelte er in ein rauchiges Graublau.

Draußen braute sich der Sturm zusammen. Hier aber schien noch ein wenig die Sonne, und das wollte sie ausnutzen. Sie liebte den Duft frischer Bettwäsche, die draußen getrocknet war, sie zog sie sich gern vors Gesicht, wenn sie langsam einschlief, mit dem leichten Aroma von Preiselbeeren und Kiefern und dem salzigen Duft des Meeres, einem Aroma, das so ganz anders war als der gemeine, naßkalt-dumpfige Geruch der Gefängniswäsche. Sie stieß den Gedanken von sich.

Als sie den Treppenfuß erreichte, wollte sie schon auf die Hintertür zugehen. Doch plötzlich hielt sie ein. Ach Dummheit! Mit den Kindern war alles in Ordnung. Sie waren doch erst seit einer Viertelstunde draußen. Sie mußte diese wahnsinnige Angst, die ihr ständiger Begleiter war, einfach überwinden. Schon jetzt hatte sie den Verdacht, daß Missy es ahnte und für ihre allzu große Fürsorge empfänglich war. Sie würde die Maschine anstellen und dann die Kinder hereinrufen. Während sie sich dann im Fernsehen die 10.30 Uhr-Sendung ansahen, konnte sie noch eine Tasse Kaffee trinken und einen Blick in den Lokalanzeiger von Cape Cod werfen. Jetzt, wo die Saison vorüber war, konnte man vielleicht günstig – nicht zu Touristenpreisen – ein paar Antiquitäten kaufen. Sie suchte nach einem altmodischen kleinen Sofa für die gute Stube – so eines mit einem hohen Rücken, das man im achtzehnten Jahrhundert Lehnbank genannt hatte.

In dem kleinen Waschraum, den man von der Küche aus erreichte, sortierte sie die Wäsche, warf das Bettzeug und die Handtücher in die Maschine, füllte Waschmittel und Bleichpulver ein und drückte schließlich auf den Knopf für den Waschgang.

Nun war es aber wirklich Zeit, die Kinder zu rufen. Doch an der Haustür machte sie noch einen kleinen Umweg. Soeben war die Zeitung gekommen. Der Zeitungsjunge verschwand gerade um die Straßenkurve. Sie hob die Zeitung auf, erschauerte vor dem aufkommenden Wind und eilte in die Küche. Sie stellte den Brenner unter der noch lauwarmen Kaffeekanne an und blätterte die Zeitung hastig bis zum zweiten Teil durch, begierig, einen Blick auf die Kleinanzeigen zu werfen.

Ihr Blick blieb erstarrt an der knalligen Überschrift und den Bildern hängen – all den Bildern von ihr und Carl und Rob Legler; einem von ihr mit Peter und Lisa ... so wie sie sich immer an sie gekuschelt hatten, zutraulich und anhänglich. Es toste ihr in den Ohren; sie erinnerte sich deutlich daran, wie sie für das Foto posiert hatten. Carl hatte das Foto gemacht.

»Kümmert euch nicht um mich«, hatte er gesagt,

»tut so, als ob ich nicht da wäre.« Aber natürlich wußten sie, daß er da war. Die Kinder hatten sich fest an sie gedrückt, und sie hatte auf die beiden hinuntergeblickt, als er sie fotografierte. Ihre Hände lagen auf dem seidenweichen dunklen Haar der Kinder.

»Nein... nein... nein...!« Sie krümmte sich vor Schmerz. Sie schwankte und streckte ihre Hand aus, stieß dabei die Kaffeekanne um, schnappte sie noch auf und spürte kaum, wie ihr dabei kochend heiße Flüssigkeit über die Finger schwappte.

Sie mußte die Zeitung verbrennen. Michael und Missy durften sie nicht zu Gesicht bekommen. Ja, sie würde die Zeitung verbrennen, damit sie niemand zu Gesicht bekam. Sie lief zum Kamin im Wohnzimmer.

Der Kamin... jetzt war er nicht mehr anheimelnd, er strahlte keine Wärme und Geborgenheit mehr aus. Denn es gab keinen Hort der Geborgenheit für sie... für sie würde es niemals einen sicheren Hafen geben. Sie knüllte die Zeitung zusammen und griff zitternd nach der Streichholzschachtel auf dem Kaminsims. Erst ein Rauchfaden, dann eine Flamme, und die Zeitung brannte. Sie stopfte sie zwischen die Holzklötze.

Jeder am Kap las diese Zeitung. Sie würden es erfahren... alle würden es wissen. Auf dem einen Foto würde man sie bestimmt erkennen. Sie konnte sich nicht erinnern, daß jemand sie fotografiert hatte, seit sie ihr Haar kurz trug und es gefärbt hatte. Die Zeitung loderte jetzt hell auf. Sie sah zu, wie das Bild mit Peter und Lisa in Flammen aufging, wie es verkohlte und sich zusammenrollte. Tot, alle beide; am besten wäre es gewesen, wenn sie auch tot wäre. Es gab für sie keinen Ort, an dem sie sich verbergen... oder an dem sie Vergessen finden konnte. Ray konnte sich um Michael und Missy kümmern. Morgen würden die Kinder in Michaels Klasse hinter ihm herblicken, flüstern und mit Fingern auf ihn zeigen.

Die Kinder. Sie mußte die Kinder retten. Nein, sie *holen*. Richtig! Sie würden sich erkälten.

Sie stolperte zur Hoftür und riß sie auf. »Peter... Lisa...«, rief sie. Nein, nein! Es mußte Michael und Missy heißen. *Michael und Missy* waren ihre Kinder.

»Michael. Missy. Kommt herein. Kommt jetzt herein!« Ihr klagender Ruf ging in einen gellenden Schrei über. Wo waren sie? Sie stürzte in den Hinterhof hinaus, ohne auf die Kälte zu achten, die stechend durch ihren dünnen Pullover drang.

Die Schaukel. An der Schaukel waren sie nicht mehr. Wahrscheinlich steckten sie im Wald. »Michael, Missy. Michael! Missy! Versteckt euch doch nicht! Kommt jetzt her!«

Die Schaukel bewegte sich noch. Sie schwang im Wind hin und her. Dann sah sie den Fausthandschuh. Missys Fausthandschuh, der sich in den Eisenringen der Schaukel verfangen hatte.

Von weit her hörte sie etwas. Was war das? Die Kinder. Der See! Sie mußten am See sein. Sie hatte ihnen zwar verboten, dort hinzugehen, aber vielleicht hatten sie es doch getan. Man würde sie finden. Wie die anderen. Im Wasser. Die Gesichter naß und aufgedunsen und leblos.

Sie riß Missys Fausthandschuh an sich, den mit dem Lachgesicht darauf, und taumelte weiter in Richtung auf den See. Immer und immer wieder rief sie ihre Namen. Sie kämpfte sich durch den Wald und hinaus auf den Sandstrand.

Nicht weit vom Ufer schimmerte etwas unter der Oberfläche. War es etwas Rotes ... noch ein Fausthandschuh ... Missys Hand? Sie stürzte sich in das eisige Wasser, bis zu den Schultern, und griff tief nach unten. Aber da war nichts. Wie von Sinnen krallte sie ihre Finger zusammen, so daß sie ein Sieb bildeten, aber da war nichts – nur das schreckliche eisige Wasser. Sie blickte hinab, um auf den Grund zu sehen; sie beugte sich nach vorn, fiel hin. Das Wasser drang ihr in Nase und Mund, brannte auf ihrem Hals und ihrem Gesicht.

Schließlich torkelte sie wieder hoch und zurück, ehe ihre nasse Kleidung sie erneut hinabzog. Auf dem eisverkrusteten Sand sank sie nieder. Sie hatte Ohrensausen, und ein Schleier legte sich über ihre Augen. Durch den Nebel sah sie zum Wald hinüber und erblickte ihn – sein Gesicht ... *Wessen* Gesicht?

Der Nebel senkte sich ganz auf ihre Augen herab, die Laute wurden schwächer: das traurige Schnattern einer Seemöwe ... das Plätschern des Wassers ... Schweigen.

An dieser Stelle wurde sie von Ray und Dorothy gefunden. Sie lag im Sand, von Schauern durchschüttelt, das Haar und die Kleider klebten an ihr, die Augen blickten leer und verständnislos. Auf der Hand, mit der sie einen kleinen roten Fausthandschuh an ihre Wange preßte, bildeten sich schmerzhafte Blasen.

6

Sorgfältig wusch und spülte Jonathan sein Frühstücksgeschirr ab, dann scheuerte er die kleine Bratpfanne aus und fegte die Küche. Auf eine natürliche und mühelose Art war Emily stets sehr ordentlich gewesen, und in den Jahren ihres Zusammenlebens hatte er das innere Wohlgefühl, das Ordnung und Sauberkeit in ihm auslösten, in zunehmendem Maße schätzen gelernt. Er hängte seine Kleidung stets in die Wandschränke, legte seine schmutzige Wäsche in den Wäschekorb im Bad und räumte nach seinen einsamen Mahlzeiten immer gleich auf. Er hatte sogar ein Auge für solche Kleinigkeiten, die der Aufwartefrau entgingen, und auch mittwochs, wenn sie gegangen war, verrichtete er gewöhnlich noch ein paar kleinere Arbeiten, putzte Dosen und Nippessachen und polierte jene Flächen, auf denen das Polierwachs noch nicht verrieben war.

In New York hatte er mit Emily am Sutton Place gewohnt, an der Südostecke der Fünfundfünfzigsten Straße. Ihr Mehrfamilienhaus hatte sich an der Franklin D. Roosevelt Chaussee entlang bis zum

Ufer des East River erstreckt. Manchmal hatten sie auf ihrem Balkon im siebzehnten Stock gesessen und die Lichter der Brücken betrachtet, die den Fluß überspannten, und hatten sich über die Zukunft unterhalten, wenn sie sich zum Kap zurückziehen und dann hinaus auf den Maushop See blicken würden.

»Dann wirst du aber nicht mehr Berta im Hause haben, die alles in Ordnung hält«, hatte er sie geneckt.

»Wenn es soweit ist, daß wir da hinziehen, wird sich Berta zur Ruhe setzen, und ich werde dich als meinen Gehilfen einarbeiten. Das einzige, was wir dann brauchen, ist einmal in der Woche eine Reinemachefrau. Aber wie steht es denn mit dir? Wird dir dann nicht das Auto fehlen, das dich zu jeder Tageszeit vor der Tür abholt, wann immer es dir gefällt?«

Jonathan hatte erwidert, daß er die Absicht habe, sich ein Fahrrad zu kaufen. »Ich würde es schon jetzt machen«, hatte er Emily anvertraut, »aber ich fürchte, einige unserer Klienten wären wahrscheinlich ein wenig konsterniert, wenn es sich herumspräche, daß ich auf einem Stahlroß zur Arbeit komme.«

»Und dann wirst du anfangen zu schreiben«, hatte sie gestichelt. »Manchmal wünschte ich, du hättest schon früher dein Glück versucht und damit angefangen.«

»Konnte ich mir nicht erlauben. War ja mit dir verheiratet«, hatte er erwidert. »Dein einsamer Kampf gegen die Rezession. In der ganzen Fifth Avenue gehen die Lichter aus, wenn Mrs. Knowles einkaufen geht.«

»Das ist deine Schuld«, hatte sie ihm entgegengehalten. »Du hast mich immer dazu ermuntert, dein Geld auszugeben.«

»Es macht mir Spaß, es für dich auszugeben«, hatte er ihr geantwortet. »Und ich habe keine Klagen. Ich habe Glück gehabt.«

Wenn sie hier oben doch nur noch ein paar Jahre zusammen gehabt hätten... Jonathan seufzte und hängte das Geschirrtuch auf. Als er heute morgen Nancy Eldredge und ihre Kinder gesehen hatte, hinter dem Fenster wie in einem Rahmen, war er irgendwie bedrückt gewesen. Vielleicht war es das Wetter oder weil der lange Winter hereinbrach, aber er war unruhig und von bösen Vorahnungen ergriffen. Irgend etwas beunruhigte ihn. Es war so ein eigenartiges Kribbeln, wie es ihn immer überkommen hatte, wenn er ein Plädoyer vorbereitete und ein paar Dinge einfach nicht zusammenpaßten.

Na ja, er würde sich nun an die Arbeit machen. Ihm lag sehr viel daran, endlich mit dem Kapitel über den Fall Harmon zu beginnen.

Eigentlich hätte er auch schon früher in den Ruhestand treten können, dachte er, als er langsam in sein Arbeitszimmer ging. Dann aber fiel ihm ein, daß er das ja ohnehin schon getan hatte. Als Emily von ihm gegangen war, hatte er seine New Yorker Wohnung verkauft und sein Rücktrittsgesuch eingereicht, hatte Berta ausbezahlt und war wie ein Hund, der seine Wunden leckt, hierher in dieses Haus gekommen, das sie gemeinsam ausgesucht hatten. Nachdem der erste bittere Schmerz verflogen war, hatte er ein gewisses Maß an Zufriedenheit gefunden.

Dieses Buch nun zu schreiben, war ein faszinierendes Erlebnis, das ihn ganz in Anspruch nahm. Als ihm der Gedanke dazu gekommen war, hatte er Kevin Parks, einen überaus gewissenhaften frei schaffenden Wissenschaftler und alten Freund eingeladen und gebeten, zu ihm heraufzukommen und das Wochenende bei ihm zu verbringen. Dann hatte er ihm seinen Plan in großen Umrissen erklärt. Jonathan hatte zehn besonders umstrittene Kriminalfälle herausgesucht. Er hatte den Vorschlag gemacht, daß Kev es übernehmen sollte, alles Material zusammenzustellen, das über diese Prozesse zu bekommen war: Gerichtsprotokolle, eidesstattliche Erklärungen, Aussagen unter Eid, Zeitungsberichte, Bilder, Klatschspalten – alles was er finden konnte. Jonathan wollte dann jede Akte sorgfältig prüfen und erst danach entscheiden, wie er das Kapitel abfassen wollte – indem er dem Urteil entweder zustimmte oder es mit einer ausführlichen Begründung ablehnte. Er wollte das Buch ›Zweifelhafte Urteile‹ nennen.

Er hatte schon drei Kapitel abgeschlossen. Das erste behandelte den ›Sam Sheppard Prozeß‹. Seine Meinung: nicht schuldig. Zu viele Fragezeichen; zu viel Beweismaterial unterdrückt. Jonathan stimmte mit Dorothy Kilgallens Auffassung überein, daß

Sam Sheppard von den Geschworenen wegen Ehebruchs schuldig gesprochen worden war, nicht aber wegen Mord.

Das zweite Kapitel bildete ›Der Cappolino Prozeß‹. Nach seiner Meinung gehörten Marge Farger und ihr früherer Freund hinter Gitter.

Das Kapitel, das er gerade abgeschlossen hatte, war ›Der Edgar Smith Prozeß‹. In Jonathans Augen war Edgar Smith zwar schuldig, verdiente jedoch freigelassen zu werden. Vierzehn Jahre bedeuteten heute soviel wie lebenslänglich, und er hatte sich rehabilitiert, sich in der Zelle im Todestrakt weitergebildet.

Er setzte sich an seinen wuchtigen Schreibtisch und griff ins Aktenfach nach den Mappen mit den dicken Papphüllen, die einen Tag zuvor angekommen waren. Sie trugen die Aufschrift ›Der Fall Harmon‹.

Auf dem obersten Pappdeckel hatte Kevin eine Notiz geheftet. Sie lautete:

›Jon, ich habe so ein Gefühl, als ob es dir Spaß machen wird, dich hier so richtig ins Zeug zu legen. Die Angeklagte war eine leichte Beute für den Staatsanwalt; sogar ihr Mann kippte im Zeugenstand um und klagte sie praktisch vor den Geschworenen an. Sollte man den verschwundenen Zeugen der Anklage jemals wieder aufspüren und sie erneut vor Gericht stellen, täte sie gut daran, sich eine bessere Geschichte einfallen zu lassen als beim letzten Mal. Das Büro des Bezirksstaatsanwalts da drüben weiß, wo sie steckt, aber sie wollten es mir nicht

verraten; irgendwo im Osten, ist das einzige, was ich herausbekommen konnte.‹

Jonathan öffnete die Akte. Sein Puls schlug ein wenig schneller, wie immer, wenn er sich einen spannenden neuen Fall vornahm.

Im allgemeinen gestattete er sich keine allzu weitgehenden Spekulationen, ehe er nicht alle Untersuchungsergebnisse beisammen hatte. Doch seine eigenen Erinnerungen an diesen Fall und die Gerichtsverhandlung vor sechs oder sieben Jahren machten ihn neugierig. Er erinnerte sich, daß für ihn schon damals beim Lesen der Zeugenaussagen zahlreiche Fragen offengeblieben waren ... Fragen, auf die er sich jetzt konzentrieren wollte.

Er erinnerte sich noch, daß der Harmon-Prozeß in ihm den Gesamteindruck hinterlassen hatte, daß Nancy Harmon keineswegs alles gesagt hatte, was sie über das Verschwinden ihrer Kinder wußte.

Er griff in die Mappe und begann, die Artikel, die alle mit äußerster Sorgfalt beschriftet waren, vor sich auf dem Tisch auszubreiten. Es waren auch Bilder von Nancy Harmon darunter, aufgenommen während des Prozesses. Mit ihrem schulterlangen Haar war sie wirklich ein hübsches junges Ding. Wie die Zeitungen berichteten, war sie zum Zeitpunkt des Verbrechens fünfundzwanzig Jahre alt. Sie sah sogar noch jünger aus – nicht viel älter als ein Teenager. Die Kleider, die sie damals trug, waren noch ganz jugendlich ... fast kindlich ... sie verstärkten diesen Gesamteindruck noch. Vielleicht hatte ihr Rechtsanwalt ihr nahegelegt, so jung wie möglich auszusehen.

Es war komisch, aber seitdem er sich mit dem Gedanken trug, dieses Buch zu schreiben, hatte er immer das Gefühl, daß er dieser jungen Frau schon mal irgendwo begegnet war. Er starrte auf die Bilder, die da vor ihm lagen. Natürlich. Sie sah wie eine etwas jüngere Ausgabe von Ray Eldredges Frau aus. Jetzt war ihm klar, warum ihn ihr Anblick immer so beunruhigt hatte. Der Gesichtsausdruck war zwar völlig verschieden, aber wäre es nicht wirklich eine kleine Welt, wenn es da irgendwelche familiären Verbindungen gäbe?

Sein Blick fiel auf das erste Blatt. Es war mit der Schreibmaschine getippt und gab einen kurzen Lebensabriß von Nancy Harmon. Sie war in Kalifornien geboren und in Ohio aufgewachsen. Na gut, damit war die Möglichkeit, daß sie eine nahe Verwandte von Nancy Eldredge war, völlig ausgeschlossen. Die Familie von Rays Frau hatte in der Nachbarschaft von Dorothy Prentiss in Virginia gewohnt.

Dorothy Prentiss. Er spürte, wie ihn bei dem Gedanken an die hübsche Frau, die bei Ray arbeitete, ein Freudenstrahl durchzuckte. So um fünf Uhr herum, wenn er den Boston *Globe,* seine Abendzeitung, holte, hielt Jonathan oft vor ihrem Büro an. Ray hatte ihm ein paar interessante Tips für Kapitalanlagen in Grundbesitz gegeben und sie hatten sich alle als sehr gut erwiesen. Er hatte Jonathan auch dazu überredet, in der Stadt aktiv zu werden, und darüber waren sie schließlich gute Freunde geworden.

Dennoch war sich Jonathan durchaus bewußt, daß er Rays Büro öfter als notwendig aufsuchte. Ray sagte immer: »Sie kommen gerade im richtigen Augenblick für einen Schluck zum Büroschluß.« Und dann rief er Dorothy und forderte sie auf, sich zu ihnen zu gesellen.

Emily hatte gerne Daiquiris getrunken. Dorothy gab Jonathans Lieblingsgetränk – einem Rob Roy mit Schuß – den Vorzug. Zu dritt saßen sie dann immer noch ungefähr eine halbe Stunde in Rays Büro.

Dorothy hatte einen hintergründigen Humor, der ihm sehr gefiel. Ihre Familie war im Showgeschäft tätig gewesen, und sie konnte unzählige herrliche Geschichten über die Reisen erzählen, die sie mit ihrer Familie gemacht hatte. Sie hatte auch an eine eigene Karriere gedacht, aber nach drei kleinen Rollen in der Provinz hatte sie geheiratet und sich in Virginia niedergelassen. Nach dem Tode ihres Mannes war sie zum Kap heraufgekommen, zunächst in der Absicht, sich als Innenarchitektin niederzulassen, dann aber hatte sie angefangen, für Ray zu arbeiten. Ray war der Meinung, daß sie eine fantastisch gute Immobilienmaklerin war. Sie verstand es wie kein anderer, den Leuten eine Vorstellung davon zu geben, welche Möglichkeiten in einem Bau steckten, ganz gleich, wie heruntergekommen er auf den ersten Blick aussehen mochte.

Immer öfter hatte Jonathan in der letzten Zeit mit dem Gedanken gespielt, Dorothy einzuladen, mit ihr essen zu gehen. Die Sonntage waren lang, und in letzter Zeit hatte er sonntags nachmittags schon ein paarmal angefangen, ihre Nummer zu wählen, dann aber wieder aufgelegt. Er wollte mit jemandem, mit dem er ständig zu tun hatte, nicht zu schnell intim werden. Und er war sich einfach auch nicht sicher. Vielleicht war sie ihm auch ein wenig zu bestimmt. Emily war so ungeheuer weiblich gewesen, und nach all den vielen Jahren des Zusammenlebens mit ihr, war er irgendwie nicht darauf vorbereitet, sich im persönlichen Bereich auf eine so überaus unabhängige Frau einzustellen.

Du lieber Himmel, was war heute morgen bloß los mit ihm? Immer wieder geriet er ins Träumen. Warum ließ er sich bloß dauernd von diesem Harmon-Prozeß ablenken?

Entschlossen zündete er sich die Pfeife an, holte die Akte hervor und lehnte sich in seinem Sessel zurück. Bedächtig nahm er den ersten Stoß Zeitungen heraus.

Eineinviertel Stunden vergingen. Außer durch das Ticken der Uhr, die wachsende Heftigkeit, mit der draußen vor seinem Fenster der Wind durch die Fichten fuhr, und ein gelegentliches ungläubiges Schnauben Jonathans wurde die Stille nicht unterbrochen. Er las sehr konzentriert, und seine Stirn hatte sich in tiefe Falten gelegt. Schließlich legte er die Zeitungen beiseite. Langsam ging er zur Küche hinüber, um sich Kaffee zu kochen. Irgend etwas an dem ganzen Harmon-Prozeß war faul. Obwohl er bis jetzt erst einen Teil des Protokolls durchgelesen hatte, war es ganz offensichtlich, daß da etwas faul war... unter der Oberfläche war da etwas, das es ihm nicht erlaubte, die Tatumstände in einer vernünftigen und schlüssigen Weise miteinander zu verknüpfen.

Er betrat die makellos saubere Küche und ließ geistesabwesend den Kessel halbvoll laufen. Während er darauf wartete, daß das Wasser heiß wurde, ging er zur Haustür. Der *Lokalanzeiger* von *Cape Cod* lag schon auf der Veranda... Er steckte ihn unter den Arm, ging in die Küche zurück, tat einen gehäuften Teelöffel *Taster's Choice* in eine Tasse, gab kochendes Wasser zu, während er mit der anderen Hand die Seiten der Zeitung umblätterte und den Inhalt überflog.

Er hatte den Kaffee schon fast ausgetrunken, als er zum zweiten Teil kam. Seine Hand mit der Tasse verharrte mitten in der Luft, während seine Augen wie gebannt auf das Bild von Ray Eldredges Frau starrten.

Im ersten Augenblick der Erleuchtung hatte sich Jonathan mit zwei bitteren, aber unbestreitbaren Tatsachen abzufinden: Dorothy hatte ihn bewußt angelogen, als sie behauptete, sie habe Nancy als Kind in Virginia gekannt; und er selbst, im Ruhestand oder nicht, hätte genügend Jurist sein müssen, um sich auf sein Gespür zu verlassen. Im Unterbewußtsein hatte er doch immer schon den Verdacht gehabt, daß Nancy Harmon und Nancy Eldredge ein und dieselbe Person waren.

7

Es war so kalt. In ihrem Mund spürte und schmeckte sie Sand. Sand – wieso? Wo war sie?

Sie hörte, wie Ray nach ihr rief, fühlte, wie er sich über sie beugte, sie an sich zog. »Nancy, was ist denn passiert? Nancy, wo sind die Kinder?«

Sie hörte die Angst in seiner Stimme. Sie versuchte die Hand zu heben, spürte dann, wie sie ihr schlapp zur Seite herunterfiel. Sie versuchte zu sprechen, aber ihr kam kein Wort über die Lippen. Ray war da, aber sie konnte ihn nicht erreichen.

Sie hörte, wie Dorothy sagte: »Heben Sie sie auf, Ray. Bringen Sie sie ins Haus. Wir brauchen Hilfe, um die Kinder zu suchen.«

Die Kinder. Sie müssen sie finden. Nancy wollte Ray bitten, nach ihnen zu suchen. Sie spürte, wie ihre Lippen versuchten, Worte zu formen, aber sie brachte kein Wort heraus.

»Oh, mein Gott!« Sie hörte, wie Rays Stimme umschlug. Sie wollte sagen: »Kümmert euch nicht um mich; kümmert euch nicht um mich. Sucht die Kinder.« Aber sie konnte nicht sprechen. Sie spürte, wie er sie hochhob und an sich drückte. »Was ist mit ihr los, Dorothy?« fragte er. »Was ist mit ihr geschehen?«

»Ray, wir müssen die Polizei verständigen.«

»Die Polizei!« Ganz schwach hörte Nancy den Widerstand in seiner Stimme.

»Selbstverständlich. Wir brauchen Hilfe, um die Kinder zu suchen. Ray, beeilen Sie sich. Jeder Augenblick ist kostbar. Begreifen Sie das nicht? Sie können Nancy jetzt nicht heraushalten. Auf dem einen Bild erkennt sie sowieso jeder.«

Das Bild. Nancy spürte, daß sie getragen wurde. Ganz von fern merkte sie, daß sie zitterte. Aber das war es gar nicht, worüber sie nachdenken mußte. Es war das Bild von ihr in dem Tweedkostüm, das sie sich gekauft hatte, nachdem das Urteil aufgehoben worden war. Man hatte sie aus dem Gefängnis geholt und ins Gerichtsgebäude gebracht. Der Staatsanwalt hatte sie nicht wieder verhört. Carl war tot, und der Student, der gegen sie ausgesagt hatte, war verschwunden. Deshalb war sie freigelassen worden.

Der Anklagevertreter hatte zu ihr gesagt: »Glauben Sie ja nicht, daß jetzt alles für Sie vorbei ist. Und wenn ich den Rest meines Lebens damit zubringen müßte –, ich werde Mittel und Wege zu einem Schuldspruch finden, der unumstößlich ist.« Während diese Worte noch auf sie einhämmerten, hatte sie den Gerichtssaal verlassen.

Nach einiger Zeit, als sie die Genehmigung erhalten hatte, den Staat zu verlassen, hatte sie sich das Haar kurzgeschnitten und gefärbt und war einkaufen gegangen. Die Kleider, die sie auf Carls Wunsch getragen hatte, waren ihr immer zuwider gewesen, und sie hatte sich ein dreiteiliges Kostüm mit einem braunen Rollkragenpullover gekauft. Sie trug die Jacke noch immer und lockere Hosen dazu; sie hatte sie erst in der vergangenen Woche beim Einkaufen angehabt. Das war ein weiterer Grund, weshalb sie auf dem Bild so leicht zu erkennen war. Das Bild ... es war am Autobusbahnhof gemacht worden; dort war es gewesen.

Es war ihr nicht aufgefallen, daß jemand ein Foto von ihr gemacht hatte. Sie war mit dem letzten Abendbus nach Boston gefahren. Am Busbahnhof waren nicht sehr viele Leute gewesen, und niemand hatte ihr besondere Aufmerksamkeit geschenkt. Sie hatte geglaubt, sie könnte sich heimlich davonmachen und dann versuchen, ein neues Leben zu beginnen. Aber jemand hatte die ganze Zeit über nur darauf gewartet, die ganze Geschichte wieder in Gang zu bringen.

Ich möchte sterben, dachte sie. *Ich möchte sterben.*

Ray machte große Schritte. Gleichzeitig versuchte er, sie mit seiner Jacke abzuschirmen. Der Wind biß durch ihre nassen Sachen hindurch. Er konnte sie nicht abschirmen; nicht einmal er konnte sie abschirmen. Es war zu spät ... Vielleicht war es schon immer zu spät gewesen. Peter und Lisa und Michael und Missy. Alle waren verschwunden ... Es war zu spät für sie alle.

Nein, nein, nein. Michael und Missy. Sie waren doch eben noch hier gewesen. Sie hatten gespielt. Sie waren draußen auf der Schaukel gewesen, und dann war da auch der Fausthandschuh. Michael würde Missy nicht allein lassen. Er paßte immer so gut auf sie auf. Es war wie beim letzten Mal. Wie beim letzten Mal. Und man würde sie genauso finden, wie man Peter und Lisa gefunden hatte, mit feuchtem Seegras und Plastikfetzen im

Gesicht und im Haar, und mit geschwollenen Leibern.

Sie mußten am Hause angekommen sein. Dorothy öffnete die Tür und sagte: »Ich rufe die Polizei an, Ray.«

Nancy spürte, wie sich die Dunkelheit auf sie senkte. Langsam tauchte sie in sie ein, tief, weit weg... Nein... nein... nein...

8

Ha, dieser Wirbel. Wie die Ameisen rannten sie herum – und wie sie um das Haus und im Garten herumliefen! Er fuhr sich aufgeregt mit der Zunge über die Lippen. Sie waren ganz trocken, obwohl alles andere an ihm feucht war – seine Hände und Füße, seine Leisten und Achselhöhlen. Der Schweiß lief ihm in Strömen den Hals und den Rücken hinunter.

Nachdem er in das große Haus zurückgekehrt war, hatte er sofort die Kinder hereingetragen und sie gleich hinauf in das Zimmer mit dem Teleskop gebracht. Er konnte sie hier im Auge behalten und mit ihnen sprechen, wenn sie aufwachten, und sie befühlen.

Vielleicht würde er das kleine Mädchen baden und sie mit einem hübschen weichen Handtuch abtrocknen und sie mit Kinderpuder einreiben und sie küssen. Er konnte noch den ganzen Tag mit den

Kindern zusammen sein. Den ganzen Tag; die Flut heute abend würde nicht vor sieben Uhr einsetzen. Bis dahin würde es dunkel sein, und keiner wäre in der Nähe, der etwas sehen oder hören konnte. Es konnte Tage dauern, bis sie an Land gespült wurden. Es würde genauso sein wie beim letzten Mal.

Er würde aber noch viel größere Lust haben, sie zu berühren und zu befühlen, wenn er wußte, daß ihre Mutter inzwischen schon verhört wurde. »Was haben Sie mit Ihren Kindern gemacht?« würde man sie fragen.

Er beobachtete, wie noch weitere Polizeifahrzeuge den Feldweg hinaufjagten und in den Hof hinter ihrem Haus einbogen. Aber einige fuhren an dem Haus vorbei. Warum fuhren so viele von ihnen zum Maushop See? Natürlich, die glaubten, sie hätte die Kinder dorthin geschleppt.

Er empfand eine wundervolle Befriedigung. Alles, was da passierte, konnte er ohne Risiko beobachten, völlig sicher und bequem. Er hätte gern gewußt, ob Nancy gerade weinte. Bei ihrem Prozeß hatte sie kein einziges Mal geweint, bis ganz zum Schluß – nachdem der Richter sie zur Gaskammer verurteilt hatte. Sie hatte zu schluchzen begonnen und das Gesicht in ihren Händen vergraben, um den Ton zu ersticken. Die Gerichtsdiener hatten Handschellen um ihre Handgelenke schnappen lassen. Ihr langes Haar war nach vorn gefallen und hatte das tränenüberströmte Gesicht bedeckt, das so verzweifelt in die feindseligen Gesichter blickte.

Er dachte daran zurück, wie er sie zum ersten Mal gesehen hatte. Sie war quer über das Hochschulgelände gegangen. Er hatte sich sofort zu ihr hingezogen gefühlt – wie der Wind ihr das rotblonde Haar um die Schultern wehte; mit ihren zarten Gesichtszügen, den kleinen, ebenmäßigen, weißen Zähnen; ihren bezaubernden runden blauen Augen, die so ernst unter den dichten schwarzen Augenbrauen und Wimpern hervorguckten.

Er hörte ein Schluchzen. Nancy? Ach, natürlich nicht. Es kam von dem Mädchen. Nancys Kind. Er trat vom Teleskop zurück und stierte unwillig hinüber. Aber sein Gesichtsausdruck ging in ein Schmunzeln über, als er sie genauer betrachtete. Die feuchten Löckchen auf der Stirn, das kleine gerade Näschen, die helle Haut ... sie sah Nancy sehr ähnlich. Sie wimmerte leise, als sie langsam aufwachte. Nun ja, es war auch Zeit, daß die Wirkung der Droge nachließ; sie waren fast eine Stunde lang bewußtlos gewesen.

Nur ungern verließ er das Teleskop. Er hatte die Kinder an den entgegengesetzten Enden der modrig riechenden Velourscouch niedergelegt. Das kleine Mädchen weinte jetzt ernstlich. »Mami ... Mami.« Seine Augen waren fest zusammengekniffen. Der Mund stand offen ... Wie rosig ihre kleine Zunge war! Die Tränen liefen ihr die Wangen hinunter.

Er richtete sie auf und öffnete den Reißverschluß ihrer Jacke. Sie schrak vor ihm zurück. »Na, na, sei ruhig«, sagte er beschwichtigend. »Ist schon gut.«

Der Junge bewegte sich und wachte ebenfalls auf. Seine Augen blickten ihn erschrocken an. Genauso wie im Garten, als er ihn plötzlich hinter sich gesehen hatte. Jetzt richtete er sich langsam auf. »Wer sind Sie?« wollte er wissen. Er rieb sich die Augen, schüttelte den Kopf und schaute in die Runde. »Wo sind wir?«

Ein Kind, das sich auszudrücken wußte ... das die richtigen Worte fand ... seine Stimme klar und mit einem angenehmen Tonfall. Das war gut so. Gut erzogene Kinder ließen sich leichter lenken. Machten keine Umstände. Wenn ihnen beigebracht war, daß sie älteren Leuten Respekt entgegenzubringen hatten, waren sie meistens sehr gefügig. Wie die beiden anderen. Sie waren an jenem Tag so bereitwillig mit ihm gegangen. Als er ihnen erklärt hatte, daß sie Mami einen lustigen Streich spielen wollten, hatten sie sich in den Kofferraum des Autos gekniet, ohne zu fragen.

»Es ist ein Spiel«, sagte er zu Michael. »Ich bin ein alter Freund von deiner Mami, und sie möchte ein Geburtstagsspiel spielen. Wußtet ihr, daß sie heute Geburtstag hat?« Während er sprach, tätschelte er das kleine Mädchen. Sie fühlte sich so angenehm weich an.

Der Junge schien sich noch nicht ganz sicher zu sein. »Ich mag dieses Spiel nicht«, sagte er fest. Schwankend stand er auf. Er stieß die Hände zur Seite, die auf Missy lagen, und streckte die Arme nach ihr aus. Sie klammerte sich an ihn. »Nicht weinen, Missy«, sagte er beruhigend. »Es ist nur ein dummes Spiel. Wir gehen jetzt nach Hause.«

Es war deutlich zu erkennen, daß man ihn nicht so leicht täuschen konnte. Der Junge hatte den offenen Gesichtsausdruck von Ray Eldredge. »Wir machen Ihre Spiele nicht mit«, sagte. »Wir möchte nach Hause gehen.«

Es gab eine wunderbare Möglichkeit, wie er den kleinen Jungen dazu bringen konnte, mitzumachen. »Laß deine Schwester los«, befahl er. »Hier, gib sie her.« Er zerrte sie von dem Jungen weg. Mit der anderen Hand faßte er Michael am Handgelenk und zog ihn zum Fenster hinüber. »Weißt du, was ein Teleskop ist?«

Michael nickte ein wenig unsicher. »Ja. Es ist so etwas wie das Fernglas, das mein Vater hat. Es macht alles größer.«

»Ganz richtig. Du bist ein kluger Junge. Jetzt schau mal hier durch.« Der Junge legte sein Auge ans Okular. »Jetzt sag mir, was du siehst ... Nein, kneif das andere Auge zusammen.«

»Es guckt auf mein Haus.«

»Was siehst du da?«

»Da sind viele Autos ... Polizeiautos. Was ist passiert?« Seine Stimme zitterte vor Angst.

Er blickte glücklich auf das verängstigte Gesicht hinab. Vom Fenster kam ein schwaches Kling-kling herüber. Es fing an zu graupeln. Der Wind fegte harte kleine Kügelchen gegen die Glasscheiben. Die Sicht würde bald sehr schlecht sein. Sogar mit dem Teleskop würde es kaum möglich sein, allzuviel zu sehen. Aber er konnte sich ja mit den Kindern amüsieren – den ganzen, langen Nachmittag. Und er wußte auch, wie er den Jungen dazu bringen konnte, zu gehorchen. »Weißt du, wie das ist, wenn man tot ist?« fragte er.

»Das bedeutet, daß man in den Himmel kommt«, erwiderte Michael.

Er nickte beifällig. »Das ist richtig. Und heute morgen ist deine Mutter in den Himmel gekommen. Das ist der Grund, weshalb die Polizeiautos da stehen. Dein Papi hat mich gebeten, eine Zeitlang auf euch aufzupassen. Er sagte, daß du schön artig sein mußt und mir helfen sollst, auf deine Schwester aufzupassen.«

Michael sah so aus, als wollte er auch anfangen zu weinen. Mit bebenden Lippen sagte er: »Wenn meine Mutter im Himmel ist, will ich auch dahin.«

Er ließ seine Finger durch Michaels Haar gleiten, während er die noch immer wimmernde Missy auf seinem Schoß hin und her schaukelte. »Das kannst du auch«, sagte er zu ihm. »Heute abend. Ich verspreche es.«

9

Am Mittag tickten die ersten Berichte über die Fernschreiber, früh genug, daß die Radiosender im ganzen Land es noch in ihre Nachrichtensendungen aufnehmen konnten. Sofort stürzten sich Nachrichtenredakteure darauf, die nach einer richtigen Story hungerten. Sie schickten Leute zum Recherchieren aus, die in die Archive hasteten und nach Berichten über den Mordprozeß Nancy Harmon suchten.

Verleger charterten Flugzeuge, um ihre besten Kriminalreporter nach Cape Cod zu schicken.

Als die Meldung in San Francisco durchkam, hörten zwei Stellvertretende Bezirksstaatsanwälte aufmerksam zu. Der eine sagte zu dem anderen: »Habe ich nicht immer gesagt, daß dieses Weibsstück so schuldig ist, als hätte ich selbst gesehen, wie sie die Kleinen umgebracht hat. Habe ich das nicht gesagt? So wahr mir Gott helfe, wenn man die jetzt nicht damit rankriegt, dann nehme ich Urlaub und suche höchstpersönlich den ganzen Erdball ab, bis ich den Legler, diesen Dreckfinken, gefunden und hierher geschleppt habe, damit er gegen sie aussagt.«

In Boston lehnte sich Dr. Lendon Miles gerade zurück, um seine Mittagspause zu genießen. Soeben war Mrs. Markley gegangen. Nach einem Jahr intensiver Therapie gelangte sie endlich zu einer gewissen Selbsterkenntnis. Vor ein paar Minuten hatte sie sogar eine lustige Bemerkung gemacht. Sie hatte gerade eine Episode aus der Zeit, als sie vierzehn Jahre alt war, analysiert und gesagt: »Sind Sie sich eigentlich bewußt, daß ich dank Ihrer werten Hilfe Jugendzeit und Wechseljahre gleichzeitig durchlebe? Eine teuflische Therapie!« Noch vor ein paar Monaten hatte sie nicht sehr viel Sinn für witzige Bemerkungen gehabt.

Lendon Miles war in seinem Beruf glücklich. Der menschliche Geist war für ihn ein empfindliches, kompliziertes Phänomen – ein Geheimnis, das nur durch eine Folge unendlich kleiner Entdeckungen enträtselt werden konnte … von denen eine langsam und geduldig zur nächsten führte. Er holte tief Luft. Sein Zehn-Uhr-Patient befand sich noch in einem frühen Studium der Analyse und hatte sich äußerst feindselig verhalten.

Er schaltete das Radio neben seinem Schreibtisch ein, um noch den letzten Teil der Mittagsnachrichten mitzubekommen. Er hörte gerade noch die Meldung.

Der Anflug eines weit zurückliegenden Kummers zuckte über sein Gesicht. Nancy Harmon … Priscillas Tochter. Nach vierzehn Jahren sah er Priscilla immer noch deutlich vor sich: die schlanke, elegante Figur; die Art, wie sie ihren Kopf hielt; das Lächeln, das wie Quecksilber kam.

Ein Jahr nach dem Tode ihres Mannes hatte sie angefangen, für ihn zu arbeiten. Sie war damals achtunddreißig Jahre alt gewesen, zwei Jahre jünger als er. Er hatte fast sofort angefangen, sie zum Essen auszuführen, wenn sie Überstunden machten, und bald wurde er sich bewußt, daß ihm zum ersten Mal in seinem Leben der Gedanke an eine Ehe logisch und sogar lebenswichtig erschien. Bis er Priscilla kennenlernte, hatten ihm Arbeit, Studium, Freunde und Freiheit genügt; er hatte einfach nie jemanden kennengelernt, der ihn dazu gebracht hätte, seinen Status quo ändern zu wollen.

Im Laufe der Zeit hatte sie ihm von sich erzählt. Nach ihrem ersten Collegejahr hatte sie den Piloten einer Luftverkehrsgesellschaft geheiratet; sie hatte aus dieser Ehe ein Kind, eine Tochter. Sie waren offenbar glücklich verheiratet gewesen. Dann, bei einem Flug nach Indien, hatte sich ihr Mann eine Viruslungenentzündung geholt und war innerhalb von vierundzwanzig Stunden gestorben.

»Es war sehr schwer, damit fertig zu werden«, erzählte ihm Priscilla. »Dave war schon über eine Million Meilen geflogen. Er brachte die Boeing 707 selbst in Blizzards heil runter. Und dann etwas so völlig Unerwartetes … Ich hatte gar nicht gewußt, daß Menschen noch an Lungenentzündungen sterben konnten …«

Lendon hatte Priscillas Tochter nie kennengelernt. Kurz nachdem Priscilla bei ihm in der Praxis angefangen hatte, war Nancy nach San Francisco auf die Hochschule gegangen. Priscilla hatte ihm die Gründe, weshalb sie sie so weit wegschickte, sehr ausführlich dargelegt. Priscilla hatte sich Sorgen gemacht. »Sie lehnte sich allmählich zu eng an mich an«, sagte sie. »Sie ist mit Daves Tod so schwer fertig geworden. Ich möchte, daß sie glücklich und jung ist und daß sie aus dieser Atmosphäre von Kummer und Schmerz, die uns umgibt, herauskommt. Ich hatte Auberley besucht, und in dieser Zeit lernte ich Dave kennen. Bei späteren Treffen hat mich Nancy manchmal begleitet. Deshalb ist es nicht so, als wenn sie dort ganz fremd wäre.«

Im November hatte sich Priscilla ein paar Tage frei genommen, um Nancy auf dem College zu besuchen. Lendon hatte sie zum Flughafen gefahren. Ein paar Minuten hatten sie am Terminal zusammengestanden und darauf gewartet, daß ihr Flug ausgerufen wurde. »Du weißt doch, daß du mir schrecklich fehlen wirst«, hatte er gesagt.

Sie trug einen dunkelblauen Wildledermantel, der ihre vornehme blonde Schönheit noch betonte. »Das hoffe ich auch«, sagte sie, und ihre Augen umwölkten sich. »Ich mache mir große Sorgen«, bekannte sie ihm. »Nancys Briefe klingen seit kurzem so niedergeschlagen. Ich habe einfach schreckliche Angst. Hast du schon einmal das Gefühl gehabt, daß etwas Schreckliches drohend über dir schwebt?«

Dann aber, als sie ihn mit großen Augen anblickte, begannen sie beide zu lachen. »Jetzt verstehst du, weshalb ich mich nicht schon eher getraut habe, davon zu sprechen«, sagte sie. »Ich wußte, du würdest mich für verrückt halten.«

»Ganz im Gegenteil. Auf Grund meiner Erfahrungen habe ich gelernt, die Bedeutung von Vorahnungen sehr hoch anzusetzen. Nur – ich nenne das Intuition. Aber warum hast du mir nicht gesagt, daß du dir so große Sorgen machst? Vielleicht sollte ich dich doch begleiten. Ich wünschte nur, ich hätte Nancy noch kennengelernt, bevor sie wegzog.«

»Ach, was. Wahrscheinlich bin ich nur eine alte Glucke. Aber wie dem auch sei, wenn ich zurückkomme, werde ich dir die Würmer aus der Nase ziehen.« Bei diesem Gespräch hatten sich ihre Finger irgendwie ineinander verflochten.

»Mach dir keine Sorgen. Die Kinder kommen meistens schon zurecht, und falls es irgendwelche echten Probleme gibt und du mich brauchst, fliege ich am Wochenende hinüber.«

»Ich möchte dich nicht bemühen . . . «

Eine unpersönliche Stimme tönte über den Lautsprecher: »Passagiere des Fluges fünf-sechs-neun, Abflug nach San Francisco . . . «

»Priscilla, um Himmels willen, begreifst du denn nicht, daß ich dich liebe?«

»Ich freue mich . . . Ich meine . . . Ich weiß . . . Ich liebe dich auch.«

Ihr letzter Augenblick zusammen. Ein Anfang . . . ein Liebesversprechen.

Am folgenden Abend hatte sie angerufen. Um ihm mitzuteilen, daß sie sich große Sorgen mache und mit ihm sprechen müsse. Sie war mit Nancy zum Essen aus, wollte ihn aber sofort anrufen, wenn sie in ihr Hotel zurückkam. Ob er dann zu Hause sei?

Er wartete die ganze Nacht auf den Anruf. Aber der Anruf kam nicht. Sie kehrte nie mehr ins Hotel zurück. Am nächsten Tag erfuhr er von dem Unfall. An dem Auto, das sie gemietet hatte, hätte die Steuerung versagt. Der Wagen war von der Straße abgekommen und in einen Graben gefahren.

Vielleicht hätte er Nancy aufsuchen sollen. Er hatte versucht, sie anzurufen. Doch als er schließlich zu ihr durchkam, war Carl Harmon am Telefon, der Professor, der ihm mitteilte, daß er und Nancy die Absicht hatten zu heiraten. Es klang durchaus so, als wäre er berechtigt und bevollmächtigt, das zu sagen. Nancy habe nicht die Absicht, nach Ohio zurückzukehren. Sie hätten ihrer Mutter beim Essen von ihrem Vorhaben erzählt. Mrs. Kiernan sei beunruhigt gewesen, weil Nancy noch so jung war, aber das sei ja ganz natürlich. Sie werde da draußen, wo ihr Mann bestattet sei, beigesetzt werden. Schließlich sei die Familie seit drei Generationen bis zu Nancys Kindheit, in Kalifornien ansässig gewesen: Nancy halte sich tapfer. Seiner Ansicht nach wäre es das beste, wenn sie sofort in aller Stille heiraten würden. Nancy dürfe jetzt nicht allein sein.

Lendon hatte da nichts unternehmen können. Was hätte er auch tun sollen? Nancy erzählen, daß ihre Mutter und er sich ineinander verliebt hatten? Mit großer Wahrscheinlichkeit hätte sie ihm das wohl einfach übelgenommen. Was dieser Professor Harmon sagte, klang doch ganz vernünftig, weil Nancy einen so entscheidenden Schritt schon mit knapp achtzehn Jahren machen wollte. Aber es gab bestimmt nichts, was er, Lendon, gegen diese Entscheidung unternehmen konnte.

Er hatte das Angebot, an der Universität von London zu lehren, gern angenommen. Deshalb war er nicht im Lande gewesen und hatte von dem Mordprozeß Harmon erst erfahren, als er vorüber war.

An der Universität London hatte er Allison kennengelernt. Sie war dort Lehrerin. Der Sinn für ein Leben zu zweit, den Priscilla in ihm geweckt hatte,

hatte es ihm unmöglich gemacht, in sein wohlgeordnetes, egoistisches Leben zurückzukehren. Manchmal hatte er sich gefragt, wohin sich Nancy Harmon wohl geflüchtet haben mochte. In den letzten beiden Jahren hatte er in der Umgebung von Boston gewohnt – und sie nur eineinhalb Stunden entfernt. Vielleicht konnte er jetzt gutmachen, daß er Priscilla nicht beigestanden hatte.

Das Telefon läutete. Einen Augenblick später leuchtete das Zeichen der Gegensprechanlage an seinem Apparat auf. Er nahm den Hörer ab. »Mrs. Miles möchte Sie sprechen, Herr Doktor«, sagte seine Sekretärin.

Allisons Stimme klang sehr besorgt. »Liebling, hast du zufällig die Nachricht über die kleine Harmon gehört?«

»Ja.« Er hatte Allison von Priscilla erzählt.

»Was willst du jetzt tun?«

Ihre Frage ließ den Entschluß, den er im Unterbewußtsein bereits gefaßt hatte, feste Formen annehmen. »Was ich schon vor Jahren hätte tun sollen. Ich werde versuchen, dem Mädchen zu helfen. Sobald ich kann, rufe ich dich an.«

»Gott sei mit dir, Liebling.«

Lendon schaltete die Gegensprechanlage ein und sagte kurz und bestimmt zu seiner Sekretärin: »Bitten Sie doch Herrn Dr. Marcus, heute nachmittag meine Termine zu übernehmen. Sagen Sie ihm bitte, es sei ein dringender Fall. Und sagen Sie meinen Vier-Uhr-Kursus ab. Ich fahre sofort nach Cape Cod.«

10

»Wir haben gerade damit begonnen, den See mit dem Schleppnetz abzusuchen, Ray. Außerdem haben wir über Rundfunk und Fernsehen Meldungen herausgegeben. Alle verfügbaren Kräfte werden aufgeboten, um sich hier an der Suche zu beteiligen.« Der Chef der Polizei von Adams Port, Captain Jed Coffin, versuchte den beherzten Tonfall zu finden, den er gewöhnlich annahm, wenn zwei Kinder verschwunden waren.

Aber obgleich man Ray die Angst und das Entsetzen von den Augen ablesen konnte und er die aschfahle Blässe auf seinem Gesicht sah, fiel es Jed schwer, beruhigend und mitfühlend zu reden. Ray hatte ihn getäuscht. Er hatte ihn seiner Frau vorgestellt, und gesagt, daß sie aus Virginia stammt und Dorothy dort schon gekannt hätte. Er hatte ihm alles mögliche erzählt und nicht ein einziges Mal die Wahrheit gesagt. Und der Captain hatte es nicht geahnt – hatte nicht einmal Verdacht geschöpft. Das war es, was ihn eigentlich ärgerte. Kein einziges Mal hatte er Verdacht geschöpft.

Captain Coffin war sich über das, was da geschehen war, völlig im klaren. Dieses Weibsstück hatte in der Zeitung den Artikel über sich gesehen, hatte begriffen, daß jetzt jeder wissen würde, wer sie war, und war durchgedreht. Hatte mit diesen armen Kleinen das gleiche gemacht wie damals mit den anderen. Er blickte Ray prüfend an. Er vermutete, daß Ray so ziemlich das gleiche dachte wie er.

In dem Kamin lagen noch die verkohlten Reste der Morgenzeitung. Der Captain bemerkte, daß Ray dorthin blickte. An der gezackten Form der unverbrannten Teile war ganz leicht zu erkennen, daß sie von jemandem im Zustand höchster Erregung zerrissen worden war.

»Ist Doktor Smathers noch oben bei ihr?« In der Frage lag eine unbewußte Unhöflichkeit. Bisher hatte er Nancy stets ›Mrs. Eldredge‹ genannt.

»Ja, er will ihr gleich eine Spritze zur Beruhigung geben, die sie aber nicht außer Gefecht setzt. Wir müssen doch noch mit ihr sprechen. Oh, Gott!«

Ray setzte sich an den Eßzimmertisch und vergrub das Gesicht in den Händen. Erst vor ein paar Stunden hatte Nancy noch auf diesem Stuhl gesessen, Missy auf dem Arm, und Mike hatte gefragt: »Hast du heute Geburtstag, Mami?« Hatte er in ihr etwas ausgelöst, als er verlangte, daß sie den Geburtstag feiern sollten? ... und dann dieser Artikel in der Zeitung... Hatte ...?

»Nein!« Ray blickte auf, kniff die Augen halb zu und wandte sein Gesicht von dem Polizisten ab, der an der Hintertür stand.

»Was sagten Sie?« fragte Captain Coffin.

»Nancy ist gar nicht fähig, den Kindern etwas anzutun. Was auch geschehen sein mag, das ist es nicht.«

»Ihre Frau würde den Kindern bestimmt nichts antun, wenn sie ganz bei Sinnen ist, aber ich habe schon erlebt, wie Frauen völlig durchdrehten, und dann ist ja da auch noch die Geschichte...«

Ray stand auf. Seine Hände umklammerten den Rand des Tisches. Sein Blick ging an dem Captain vorbei – von dem war nichts zu erwarten. »Ich brauche Hilfe«, sagte er. »Echte Hilfe!«

Das Zimmer war ein einziges Durcheinander. Ehe die Polizei sich auf die Umgebung konzentrierte, hatte sie das Haus kurz durchsucht. Ein Polizeifotograf machte noch immer Aufnahmen in der Küche, von der Stelle, wo der Kaffeetopf umgefallen war und der schwarze Kaffee sich auf den Ofen und den Boden ergossen hatte. Unaufhörlich klingelte das Telefon. »Der Chef wird später eine Erklärung abgeben«, beantwortete der Polizist alle Anrufe.

Der Polizist kam vom Telefon zum Tisch herüber. »Das war A. P.«, sagte er. »Jetzt haben die Nachrichtendienste Wind davon bekommen. In einer Stunde haben wir die Meute hier am Hals.«

Die Nachrichtendienste. Ray erinnerte sich noch an den gequälten Blick, der nur ganz langsam aus Nancys Gesicht gewichen war. Er dachte an das Bild in der heutigen Morgenzeitung, wie sie die Hände erhoben hatte, als ob sie versuchte, Schläge abzuwehren. Er drängte sich an Captain Coffin vorbei, stürzte die Treppe hinauf und öffnete die Tür zum Elternschlafzimmer. Der Doktor saß direkt neben Nancy und hielt ihre Hand. »Sie können mich hören, Nancy«, sagte er gerade. »Sie wissen, daß Sie mich hören können. Ray ist hier. Er macht sich große Sorgen um Sie. Sprechen Sie mit ihm, Nancy.«

Ihre Augen waren geschlossen. Dorothy hatte

Ray dabei geholfen, ihr die nassen Sachen abzustreifen. Sie hatten ihr einen flauschigen Morgenrock übergezogen, aber sie sah darin eigentümlich klein und hinfällig aus – einem Kinde nicht unähnlich.

Ray beugte sich über sie. »Liebling, bitte, du mußt den Kindern helfen. Wir müssen sie doch finden. Sie brauchen dich. Versuch es, Nancy – bitte versuch es.«

»Ray, das würde ich nicht tun«, warnte Dr. Smathers. Sein durchfurchtes, feinnerviges Gesicht hatte sich in tiefe Falten gelegt. »Sie hat irgendeinen schweren Schock erlitten – vielleicht, als sie den Artikel las, vielleicht auch durch etwas anderes. Ihr Bewußtsein versucht, damit fertig zu werden.«

»Aber wir müssen doch wissen, was es war«, erwiderte Ray hartnäckig. »Vielleicht hat sie sogar gesehen, wie jemand die Kinder weggeholt hat. Nancy, ich weiß. Ich verstehe. Mit der Zeitung, das ist doch gar nicht so schlimm. Wir beide zusammen werden damit schon fertig werden. Aber Schatz, wo sind die Kinder? Du mußt uns helfen, sie zu finden. Glaubst du, daß sie zum See gegangen sind?«

Nancy erbebte. Ein erstickter Schrei brach irgendwo aus ihrer Kehle. Ihre Lippen formten Wörter: »Sucht sie … sucht sie.«

»Wir wollen sie suchen. Aber du mußt uns dabei helfen, bitte. Liebling, ich helfe dir jetzt, dich aufzurichten. Du schaffst es. Komm jetzt.«

Ray beugte sich nieder und stützte sie mit seinen

Armen ab. Er sah die wundgeriebene Haut auf ihrem Gesicht, die vom Sand brannte. Noch immer klebte ihr feuchter Sand im Haar. Warum aber? Wenn nicht…

»Ich habe ihr eine Spritze gegeben«, sagte der Doktor, »damit sie ein bißchen die Angst verliert. Sie ist aber nicht sehr stark und kann sie nicht umwerfen.«

Sie fühlte sich so schwer und nebelhaft entrückt. Ganz genauso, wie sie sich damals lange gefühlt hatte – von der Nacht an, in der Mutter starb… oder vielleicht sogar schon davor – so wehrlos, so fügsam… so ohne Kraft, etwas zu wollen, oder sich zu rühren oder auch nur zu sprechen. Sie erinnerte sich, daß ihre Augen viele Nächte hindurch wie verriegelt gewesen waren – so schwer, so müde. Carl war mit ihr so geduldig gewesen. Er hatte alles für sie getan. Sie hatte sich immer eingeredet, daß sie stärker werden müsse, daß sie diese fürchterliche Lethargie überwinden müsse, aber sie hatte es nie geschafft.

Aber das lag so weit zurück. Sie dachte darüber nicht mehr nach – nicht über Carl; nicht über die Kinder; nicht über Rob Legler, den netten Studenten, der sie gern zu haben schien, der sie zum Lachen brachte. Die Kinder waren so lustig gewesen, wenn er da war, so glücklich. Sie hatte geglaubt, er wäre ein wahrer Freund – aber dann saß er auf der Zeugenbank und erklärte: »Sie sagte zu mir, daß die Kinder ersticken würden. Ganz genau das hat sie gesagt, vier Tage bevor sie verschwanden.«

»Nancy. Bitte. Nancy. Warum bist du zum See gelaufen?«

Sie hörte den unterdrückten Laut, den sie ausstieß. Der See. Waren die Kinder dorthin gegangen? Sie mußte sie suchen gehen.

Sie fühlte, wie Ray sie aufrichtete, und sank gegen ihn zusammen, zwang sich dann aber, sich langsam gerade hinzusetzen. Es wäre soviel leichter gewesen, sich fallen zu lassen, in Schlaf zu sinken, so wie früher.

»So ist es richtig. Gut so, Nancy.« Ray blickte den Doktor an. »Glauben Sie, daß ihr eine Tasse Kaffee ...?«

Der Doktor nickte. »Ich bitte Dorothy, Kaffee zu kochen.«

Kaffee. Sie hatte gerade Kaffee gekocht, als sie das Bild in der Zeitung sah. Nancy schlug die Augen auf. »Ray«, flüsterte sie. »Jetzt werden sie es alle erfahren. Alle werden sie es erfahren. Man kann sich nicht verstecken... man kann sich nicht verstecken.« Aber da war noch etwas. »Die Kinder.« Sie packte seinen Arm. »Ray, such sie – such meine Kleinen.«

»Ruhig, Liebling. Das ist es ja gerade, wozu wir dich brauchen. Du mußt jetzt sprechen. Über jede Einzelheit. Versuch jetzt nur ein paar Minuten lang, dich zurechtzufinden und zu erinnern.«

Dorothy kam herein. Sie hatte eine Tasse mit dampfendem Kaffee in der Hand. »Ich habe Pulverkaffee genommen. Wie geht es ihr?«

»Sie kommt gerade zu sich.«

»Captain Coffin liegt sehr viel daran, sie so bald wie möglich zu vernehmen.«

»Ray!« In panischem Schrecken ergriff Nancy Rays Arm.

»Liebling. Das ist doch nur deshalb, weil wir helfen müssen, die Kinder zu finden. Es ist alles in Ordnung.«

Sie schluckte den Kaffee hinunter. Sein stark gebrannter Geschmack und seine Wärme taten ihr gut. Wenn sie doch nur denken könnte... nur aufwachen... nur diese schreckliche Müdigkeit ablegen könnte.

Ihre Stimme. Sie konnte wieder sprechen. Ihre Lippen fühlten sich wie Gummi an, dick, schwammig. Aber sie mußte sprechen... mußte ihnen helfen, die Kinder zu finden. Sie wollte nach unten gehen. Sie durfte nicht hier bleiben... nicht wie beim letzten Mal in ihrem Zimmer warten... unfähig hinunterzugehen... und mit den Leuten unten sprechen... den Polizisten... den Frauen der Professoren... Haben Sie irgendwelche Verwandte? Sollen wir jemanden verständigen?... Nein, niemanden... niemanden... niemanden...

Sie stützte sich schwer auf Rays Arm und stand schwankend auf. Ray. Jetzt hatte sie seinen Arm, auf den sie sich stützen, an dem sie sich halten konnte. Und es waren seine Kinder. Seine Kinder.

»Ray... Ich habe ihnen nichts getan...«

»Natürlich nicht, Schatz.«

Die Stimme viel zu besänftigend... der erschrokkene Tonfall. Natürlich, er war erschrocken. Er fragte sich, warum sie das überhaupt bestritt. Keiner guten Mutter käme doch nur der Gedanke, ihren Kindern etwas anzutun. Warum aber sagte sie…?

Mit äußerster Anstrengung tastete sie sich vorwärts zur Tür. Mit seinem Arm um ihre Hüfte ging sie etwas sicherer. Ihre Füße spürte sie gar nicht. Sie waren gar nicht da. Sie war gar nicht da. Es war wieder nur ein Alptraum. In ein paar Minuten würde sie aufwachen, wie in so vielen anderen Nächten, leise aus dem Bett schlüpfen und nach Missy und Michael sehen, sie zudecken und wieder zurück ins Bett gehen – leise, ganz behutsam, ohne Ray aufzuwecken. Aber im Schlaf würde er die Arme ausstrecken und sie dann eng an sich ziehen, und bei seinem warmen Körpergeruch würde sie sich beruhigen und wieder einschlafen.

Sie gingen jetzt gerade die Treppe hinunter. So viele Polizisten… Alle schauten herauf… merkwürdig still… als wäre die Zeit angehalten worden.

Captain Coffin stand am Wohnzimmertisch. Sie spürte seine Feindseligkeit… Es war wie beim letzten Mal.

»Mrs. Eldredge, wie fühlen Sie sich?«

Eine gewohnheitsmäßige Frage, ohne echtes Interesse. Wenn Ray nicht dabei gewesen wäre, hätte er sich wahrscheinlich nicht einmal die Mühe gemacht, danach zu fragen.

»Alles in Ordnung mit mir.« Sie hatte diesen Menschen nie gemocht.

»Wir suchen nach den Kindern, und wir sind ganz zuversichtlich, daß wir sie bald finden. Aber Sie müssen uns helfen. Wann haben Sie die Kinder zuletzt gesehen?«

»Ein paar Minuten vor zehn. Ich schickte sie zum Spielen nach draußen und ging nach oben, um die Betten zu machen.«

»Wie lange waren Sie oben?«

»Zehn Minuten... höchstens fünfzehn.«

»Was haben Sie dann gemacht?«

»Ich ging nach unten. Ich wollte die Waschmaschine anstellen und dann die Kinder rufen. Aber nachdem ich die Waschmaschine in Gang gesetzt hatte, kam mir der Gedanke, den Kaffee aufzuwärmen. Dann sah ich, daß der Junge den Lokalanzeiger brachte.«

»Haben Sie mit ihm gesprochen?«

»Nein. Ich will damit nicht sagen, daß ich ihn wirklich gesehen habe. Ich wollte die Zeitung holen, und er verschwand gerade um die Kurve.«

»Ich verstehe. Was geschah dann?«

»Ich ging in die Küche zurück. Ich drehte den Brenner an – der Kaffee in der Kanne war noch ziemlich warm. Dann begann ich, die Seiten der Zeitung durchzublättern.«

»Und Sie fanden den Artikel über sich.«

Nancy blickte starr vor sich hin und nickte mit dem Kopf.

»Wie reagierten Sie, als Sie den Artikel fanden?«

»Ich glaube, ich habe aufgeschrien... Ich weiß es nicht...«

»Was passierte mit der Kaffeekanne?«

»Ich stieß sie um... Der Kaffee schwappte über und verbrannte mir die Hand.«

»Wie kam das?«

»Ich weiß es nicht. Ich wollte es nicht. Es war nur so, daß ich fast außer mich geriet. Ich wußte, daß mich von jetzt an jeder wieder anstarren würde. Sie würden starren und flüstern. Sie würden sagen, ich hätte die Kinder umgebracht. Und Michael durfte das auf keinen Fall zu Gesicht bekommen. Ich schnappte die Zeitung und stopfte sie in den Kamin. Ich steckte ein Streichholz an, und sie brannte... sie fing an zu brennen... und ich wußte, daß ich Missy und Michael holen mußte – ich mußte sie verstecken. Aber es war so wie beim letzten Mal. Als die Kinder verschwunden waren. Ich lief nach draußen, um Michael und Missy zu holen. Ich hatte Angst.«

»Nun! Das ist wichtig. Haben Sie die Kinder gesehen?«

»Nein. Sie waren weg. Ich fing an zu rufen. Ich rannte zum See.«

»Mrs. Eldredge, das ist sehr wichtig: Warum rannten Sie zum See? Ihr Gatte sagte mir, daß die Kinder immer gehorcht hätten und kein einziges Mal zum See gegangen wären. Warum haben Sie nicht auf der Straße nach ihnen gesucht oder im Wald? Warum haben Sie nicht nachgesehen, ob die Kinder sich vielleicht entschlossen hatten, in die Stadt zu gehen, um Ihnen ein Geburtstagsgeschenk zu kaufen? Warum zum See?«

»Weil ich Angst hatte. Weil Peter und Lisa ertrunken waren. Weil ich Michael und Missy finden mußte. Missys Fausthandschuh hatte sich an der Schaukel verhakt. Sie verliert immer einen Handschuh. Ich rannte zum See. Ich mußte die Kinder holen. Es wird genauso sein wie beim letzten Mal... ihre Gesichter ganz feucht und still... und sie werden nicht mit mir sprechen...« Ihre Stimme verlor sich.

Captain Coffin richtete sich gerade auf. Seine Stimme wurde förmlich. »Mrs. Eldredge«, sagte er, »es ist meine Pflicht, Sie davon in Kenntnis zu setzen, daß Sie einen Anspruch darauf haben, mit einem Rechtsberater zu sprechen, ehe Sie irgendwelche weiteren Fragen beantworten, und daß alles, was Sie sagen, gegen Sie verwendet werden kann.«

Ohne ihre Antwort abzuwarten, erhob er sich und stakste breitbeinig aus dem Zimmer zur Hintertür. Auf dem Fahrweg hinter dem Haus wartete auf ihn ein Auto mit einem Polizisten am Steuer. Als er aus der Tür trat, schlugen ihm feine, stechende Graupelkörnchen ins Gesicht und auf den Kopf. Er stieg in den Wagen, und der Wind knallte die Tür hinter ihm zu. Sie schlug noch gegen seinen Schuh, und er zuckte zusammen, als er den stechenden Schmerz an seinem Knöchel spürte. »Zum See«, brummte er.

Überhaupt keine Möglichkeit für sie, den See abzusuchen, wenn das Wetter noch ein bißchen schlechter würde. Schon am Mittag so dunkel, daß man glauben konnte, es wäre Nacht. Selbst unter den günstigsten Bedingungen war so ein Taucheinsatz ein elender Schlamassel. Der Maushop war einer der größten Seen am Kap, und einer der tiefsten und dazu äußerst tückisch. Das war die Erklärung, weshalb da Jahr für Jahr so viele ertrunken waren. Man konnte bis zur Hüfte hineinwaten, und plötzlich, beim nächsten Schritt hatte man zwölf Meter Wasser unter sich. Wenn die Kinder ertrunken waren, würde es wohl Frühling werden, ehe ihre Leichen an die Oberfläche kamen. So wie schon jetzt die Temperatur fiel, konnte man in ein paar Tagen auf dem See Schlittschuh laufen.

In dieser Jahreszeit hielt sich normalerweise kein Mensch am Seeufer auf, schon gar nicht bei solchem Wetter. Heute aber wimmelte es von Zuschauern, die sich in kleinen Gruppen zusammendrängten. Schweigend beobachteten sie den freien Platz, den die Polizei mit Seilen für die Taucher und ihre Apparate abgeschirmt hatte.

Captain Coffin sprang aus dem Streifenwagen und eilte zum Strand. Er ging geradewegs auf Pete Regan zu, den Leutnant, der den Einsatz überwachte. Petes beredtes Schulterzucken beantwortete seine noch unausgesprochene Frage.

Der Captain krümmte seine Schultern, und er stampfte mit den Füßen, als der Graupel schmolz und das Wasser in seine Schuhe lief. Er überlegte, ob dies die Stelle war, von der aus Nancy Eldredge ihre Kinder ins Wasser gezerrt hatte. Ihretwegen setzten die Männer jetzt ihr eigenes Leben aufs Spiel. Weiß Gott, wo und wann man diese armen

Kleinen finden würde. Da sah man wieder, was passierte ... Eine juristische Spitzfindigkeit ... eine überführte und verurteilte Mörderin kommt davon, weil ein gerissener Schweinehund von Rechtsanwalt es fertigbringt, daß ein paar Richter, denen das Herz vor Mitleid blutet, den Prozeß wegen eines Verfahrensfehlers für ungültig erklären.

Zornig zischte er Petes Namen.

Pete wandte sich blitzschnell zu ihm. »Sir?«

»Wie lange wollen diese Kerls da noch weiter tauchen?«

»Sie sind zweimal unten gewesen, und nach dieser Besprechung wollen sie es noch einmal versuchen, dann eine Pause machen und sich anschließend einen anderen Standort aussuchen.« Er zeigte auf die Aufnahmegeräte des Fernsehens. »Sieht so aus, als würden wir heute abend Schlagzeilen machen. Wäre wohl gut, wenn Sie eine Erklärung bereithielten.«

Mit steifen Fingern faßte der Chef in seine Tasche. »Ich hab' schon eine aufgesetzt.« Er überflog sie. »Wir unternehmen massive Anstrengungen, um die Eldredge-Kinder zu finden. Freiwillige suchen Stück für Stück die unmittelbare Umgebung des Hauses und des benachbarten Waldgeländes ab. Hubschrauber führen aus der Luft Suchflüge durch. Da der Maushop See in unmittelbarer Nähe des Hauses der Familie Eldredge liegt, ist es selbstverständlich, daß er in unsere Nachforschungen einbezogen wurde.«

Doch einige Minuten später, als er diese Erklärung der ständig wachsenden Schar von Reportern übergab, fragte einer von ihnen: »Trifft es zu, daß Nancy Eldredge heute morgen nach dem Verschwinden ihrer Kinder in diesem Bereich des Sees hysterisch und völlig durchnäßt aufgefunden wurde?«

»Das ist zutreffend.«

Ein dünner Reporter mit scharfen Augen, von dem er wußte, daß er mit dem Nachrichtenteam von Kanal 5 des Senders Boston in Verbindung stand, fragte: »Erscheint angesichts dieser Tatsache und aufgrund der Vergangenheit von Mrs. Eldredge das Absuchen des Sees nicht in einem besonderen Licht?«

»Wir gehen allen Möglichkeiten nach.«

Jetzt kamen die Fragen knüppeldick, und die Reporter unterbrachen sich gegenseitig, um ihre Fragen an den Mann bringen zu können. »Müßte man, angesichts der damaligen Tragödie, das Verschwinden der Eldredge-Kinder nicht als äußerst verdächtig betrachten?«

»Eine Antwort auf diese Frage könnte die Rechte von Mrs. Eldredge beeinträchtigen.«

»Wann werden Sie sie wieder vernehmen?«

»Sobald wie möglich.«

»Ist Ihnen bekannt, ob Mrs. Eldredge den Artikel zu Gesicht bekommen hat, der heute morgen über sie erschien?«

»Ich glaube, ja!«

»Wie hat sie auf diesen Artikel reagiert?«

»Das kann ich nicht sagen.«

»Entspricht es den Tatsachen, daß die meisten, wenn nicht gar alle Bewohner dieser Stadt von der Vergangenheit von Mrs. Eldredge keine Kenntnis besaßen?«

»Das ist zutreffend.«

»Hatten Sie selbst Kenntnis von ihrer Identität?«

»Nein. Ich besaß keine Kenntnis davon.« Der Captain sprach mit aufeinandergebissenen Zähnen. »Keine weiteren Fragen.«

Dann, ehe er imstande war, ihnen zu entgehen, kam noch eine Frage. Ein Reporter vom *Boston Herald* versperrte ihm den Weg. Als sie die Frage ihres Kollegen hörten, versuchten die anderen Nachrichtenleute nicht mehr, an den Captain heranzukommen. »Sir, hat es am Kap und auf dem nahe gelegenen Festland in den vergangenen sechs Jahren nicht eine Anzahl ungeklärter Todesfälle von Kindern gegeben?«

»Das ist zutreffend.«

»Captain Coffin, seit wann lebt Nancy Eldredge am Kap?«

»Seit sechs Jahren, glaube ich.«

»Captain. Ich danke Ihnen.«

11

Jonathan Knowles bemerkte gar nicht, wie schnell die Zeit verstrich. Und er merkte auch nichts von der ganzen Aufregung in der Nähe des Maushop

Sees. Im Unterbewußtsein hatte er zwar registriert, daß der Verkehr, der auf der Straße vor seinem Haus vorbeifloß, stärker als gewöhnlich war. Aber sein Arbeitszimmer lag auf der Rückseite des Hauses, und der größte Teil des Straßenlärms wurde verschluckt, ehe er überhaupt an sein Ohr drang.

Nach dem ersten Schreck darüber, daß Ray Eldredges Frau die berüchtigte Nancy Harmon war, hatte er sich noch eine Tasse Kaffee gekocht und war dann an seinen Schreibtisch zurückgekehrt. Er war fest entschlossen, sich von seinem Arbeitsplan nicht abbringen zu lassen – den Mordfall Harmon zu studieren, genau wie er es vorgehabt hatte. Sollte sich herausstellen, daß die persönliche Bekanntschaft mit Nancy Harmon seine Fähigkeit, über sie zu schreiben, in irgendeiner Weise beeinträchtigen könnte, würde er dieses Kapitel einfach auslassen.

Er begann das Studium des Falls, indem er zunächst sorgfältig den Sensationsartikel in der Kap-Zeitung las. Der Artikel war erbarmungslos bis ins Detail, und in heimtückischer Weise rief er im Leser ein Gefühl des Grauens hervor. Zunächst gab er einen Überblick über Nancy Harmons Lebensumstände als junge Frau eines Professors... zwei Kinder... ein Heim auf dem Hochschulgelände. Ideale Verhältnisse, bis zu dem Tag, an dem Professor Harmon einen Studenten in sein Haus schickte, der den Ölbrenner reparieren sollte. Der Student sah gut aus, war nicht auf den Mund gefallen und hatte Erfahrung mit Frauen. Und Nancy – selbst noch nicht ganz fünfundzwanzig – war ihm auf den Leim gegangen.

Jonathan las die in dem Artikel enthaltenen Auszüge der Zeugenaussagen aus dem Prozeß. Der Student Rob Legler stellte dar, wie er Nancy kennengelernt hatte. »Als Professor Harmon diesen Anruf von seiner Frau erhielt, daß der Ölbrenner nicht funktionierte, war ich gerade bei ihm im Büro. Es gibt einfach nichts Mechanisches, das ich nicht in Ordnung bringen kann. Deshalb bot ich mich an, hinüberzugehen. Er wollte erst nicht, daß ich das machte, aber er konnte keinen richtigen Wartungsdienst bekommen, und er mußte ja dafür sorgen, daß das Haus wieder warm wurde.«

»Gab er Ihnen irgendwelche besonderen Verhaltensmaßregeln, was seine Familie betraf?« fragte ein Bezirksstaatsanwalt.

»Ja. Er sagte, daß es seiner Frau nicht gutgehe und daß ich sie nicht stören solle; und wenn ich irgend etwas bräuchte oder über irgendwelche unerwarteten Schwierigkeiten mit ihm sprechen wolle, solle ich ihn anrufen.«

»Haben Sie Professor Harmons Anweisungen befolgt?«

»Ich wollte schon, Sir, aber ich konnte nicht verhindern, daß mir seine Frau wie ein kleines Hündchen überallhin folgte.«

»Einspruch! Einspruch!«

Aber der Anwalt der Verteidigung war zu spät gekommen. Die Aussage war bereits gemacht. Doch auch die weiteren Aussagen des Studenten waren in jeder Hinsicht belastend gewesen. Er wurde gefragt, ob er irgendwelchen Körperkontakt mit Mrs. Harmon gehabt habe.

Seine Antwort war eindeutig. »Ja, Sir.«

»Wie kam es dazu?«

»Ich zeigte ihr, wo sich an dem Ölbrenner der Notschalter befand. Es war eines dieser altmodischen Modelle mit Heißluft, und der Schalter hatte die Störung verursacht.«

»Hatte Professor Harmon Sie nicht angewiesen, Mrs. Harmon nicht mit Fragen oder Erklärungen zu belästigen?«

»Sie wollte es unbedingt wissen. Sie sagte, sie müsse lernen, mit den Dingen in ihrem Heim fertig zu werden. Deshalb zeigte ich es ihr. Dann lehnte sie sich irgendwie über mich, um den Schalter auszuprobieren, und ... nun, ich dachte, warum nicht? ... da habe ich es eben mal versucht.«

»Was tat Mrs. Harmon?«

»Sie hatte es gern. Das merkte ich.«

»Wollen Sie bitte genau erklären, was geschah?«

»Es war nicht so, daß wirklich etwas geschah. Denn es ist gar nichts groß passiert. Es war nur so, daß sie es gern hatte. Ich drehte sie irgendwie herum und schnappte sie und küßte sie – und nach einer Minute riß sie sich los und wollte nicht mehr.«

»Was geschah dann?«

»Ich sagte so etwas wie, daß das doch sehr schön sei.«

»Was erwiderte Mrs. Harmon?«

»Sie schaute mich nur an und sagte ... fast so, als

wenn sie gar nicht zu mir spräche ... sie sagte: ›Ich muß weg von hier.‹

Ich dachte, daß ich auf keinen Fall irgendwelche Scherereien haben wollte. Ich will damit sagen, ich wollte nichts tun, weswegen man mich von der Schule werfen und schließlich zur Armee einziehen konnte. Das letztere war überhaupt der Grund für mein Gastspiel am College. Deshalb sagte ich ›Sehen Sie, Mrs. Harmon‹ ... doch dann kam ich zu dem Schluß, daß es an der Zeit sei, Nancy zu ihr zu sagen ... deshalb sagte ich ›Schauen Sie, Nancy, das kann doch kein Problem sein. Wir können uns doch etwas einfallen lassen, damit wir zusammenkommen können, ohne daß überhaupt jemand etwas davon merkt. Sie können hier nicht alles stehen und liegen lassen und weggehen – Sie haben doch die Kinder.‹ «

»Wie reagierte Mrs. Harmon auf diese Äußerung?«

»Nun, es ist seltsam. In diesem Augenblick kam gerade der Junge ... Peter ... die Treppe herab und suchte sie. Er war ein auffallend stilles Kind – erschreckte einen nicht mit ›Buh‹. Sie blickte wie von Sinnen und sagte: ›Die Kinder!‹ Dann lachte sie so komisch und sagte: ›Aber sie werden ersticken.‹ «

»Mr. Legler, das ist ein ganz entscheidender Satz, den Sie da erwähnen. Sind Sie sicher, daß Sie Mrs. Harmons Formulierung genau wiedergeben?«

»Jawohl, Sir, ganz sicher. Mir wurde schon damals ganz unheimlich dabei. Das ist auch der Grund, weshalb ich so sicher bin. Aber man glaubt ja natürlich nicht, daß es jemand ernst meint, wenn er so etwas sagt.«

»An welchem Tag machte Nancy Harmon diese Äußerung?«

»Es war am dreizehnten November. Ich weiß das deshalb, weil Professor Harmon, als ich zur Schule zurückkehrte, darauf bestand, mir für die Reparatur des Brenners einen Scheck auszustellen.«

»Der dreizehnte November... und vier Tage später verschwanden die Harmon-Kinder aus dem Fahrzeug ihrer Mutter, ehe sie am Ende mit Plastiktüten über dem Kopf an das Ufer der Bucht von San Francisco gespült wurden, in der Tat erstickt.«

»Das ist richtig.«

Der Verteidiger hatte versucht, die Wirkung dieser Darstellung abzuschwächen. »Haben Sie Mrs. Harmon auch danach noch in die Arme genommen?«

»Nein. Sie ging mit dem Kind nach oben.«

»Somit haben wir nur Ihre Aussage, daß Mrs. Harmon es gern gehabt hatte, als Sie sie gewaltsam küßten.«

»Verlassen Sie sich darauf, wenn ich mit einer Puppe zusammen bin, merke ich schon, ob sie will oder nicht.«

Und dann Nancys beeidete Aussage, als sie über diesen Vorfall befragt wurde: »Ja, er hat mich geküßt. Ja, ich wußte wohl, daß er es tun würde. Ich ließ es zu.«

»Erinnern Sie sich auch, daß Sie erklärt haben, Ihre Kinder würden ersticken?«

»Ja.«

»Was wollten Sie damit sagen?«

Laut Artikel blickte Nancy nur an ihrem Anwalt vorbei und starrte, ohne etwas wahrzunehmen, über die Gesichter im Gerichtssaal hinweg. »Ich weiß es nicht«, sagte sie kaum hörbar.

Jonathan schüttelte den Kopf und fluchte innerlich. Man hätte nie zulassen dürfen, daß das Mädchen den Zeugenstand betritt. Sie schadete sich nur selbst. Er las weiter. Als er an die Stelle kam, wo die Entdeckung dieser bemitleidenswerten Kinder beschrieben wurde, zuckte er zusammen. Angespült beide, im Abstand von zwei Wochen, um 50 Meilen auseinander. Die Leiber schrecklich aufgetrieben, von Seetang verklebt, der Körper des kleinen Mädchens grausam verstümmelt – wahrscheinlich durch Haie. Wie durch ein Wunder waren die handgestrickten hellroten Pullover mit dem weißen Muster, die sie trugen, immer noch farbkräftig.

Nachdem er die Artikel zu Ende gelesen hatte, richtete Jonathan seine Aufmerksamkeit sofort auf das voluminöse Aktenbündel, das Kevin ihm geschickt hatte. Er lehnte sich in seinem Sessel zurück, um es durchzuarbeiten. Er begann mit dem ersten Zeitungsausschnitt. In einer Schlagzeile wurde gemeldet, daß die Harmon-Kinder aus dem Fahrzeug ihrer Mutter verschwunden waren, während sie Einkäufe machte. Vergrößerungen von unscharfen Fotos mit beiden Kindern; eine bis ins kleinste Detail gehende Beschreibung des Gewichts, ihrer Größe und ihrer Bekleidung. Jeder, der irgendeine

Mitteilung dazu machen könne, möge bitte diese Sondernummer wählen. Sein Verstand und seine Augen waren hervorragend geschult. Deshalb kam Jonathan mit der Lektüre sehr schnell voran; Informationen wurden geordnet und miteinander verglichen, beweiskräftige Fakten, auf die er später Bezug nehmen wollte, wurden leicht unterstrichen. Als er anfing, das Verhandlungsprotokoll zu lesen, verstand er, warum Kevin Nancy Harmon als eine leichte Beute für den Staatsanwalt betrachtet hatte. Was die junge Frau da machte, hatte überhaupt keinen Sinn. Mit dem, was sie vorbrachte, hatte sie ausschließlich dem Staatsanwalt in die Hände gespielt – kampflos; ihre Unschuldsbeteuerungen klangen mechanisch und teilnahmslos.

Was war mit ihr los gewesen? Das hätte Jonathan gern gewußt. Es schien fast so, als wollte sie gar nicht freigesprochen werden. An einer Stelle hatte sie sogar zu ihrem Mann direkt von der Zeugenbank aus gesagt: »Oh, Carl, kannst du mir verzeihen?«

Die Falten gruben sich noch tiefer in Jonathans Stirn, als er sich daran erinnerte, daß er erst vor wenigen Stunden am Haus der Eldredges vorbeigekommen war. Die junge Familie hatte um den Frühstückstisch gesessen. Er hatte sie mit seinem eigenen Einsiedlerdasein verglichen und hatte sie beneidet. Jetzt war ihr Leben zerstört. Es war für sie unmöglich, in einer so geschlossenen Gemeinschaft wie der hier am Kap zu bleiben. Denn sie wußten, daß, ganz gleich, wohin sie gingen, die Leute auf sie zeigen und reden würden. Jeder würde Nancy sofort wiedererkennen. Selbst er erinnerte sich noch daran, daß sie dieses Tweedkostüm getragen hatte. Es war noch gar nicht so lange her.

Plötzlich entsann sich Jonathan, wann das gewesen war. In Lowery's Market. Er hatte Nancy zufällig getroffen, als er und sie ihre Einkäufe machten, und sie waren stehengeblieben und hatten sich ein paar Minuten lang unterhalten. Er hatte das Kostüm bewundert und ihr gesagt, daß es nichts Schöneres gebe als einen guten Tweed – und reine Wolle, natürlich. Der ganze synthetische Plunder sei dagegen ohne Tiefe und ohne Charakter.

Nancy hatte sehr hübsch ausgesehen. Ein gelbes Halstuch, mit einem saloppen Knoten am Hals, hatte den Gelbschimmer in dem überwiegend braunen und rostfarbenen Stoff noch verstärkt. Sie hatte gelächelt – ein warmes, entzückendes Lächeln, das einen gefangennahm. Die Kinder waren bei ihr – freundliche, höfliche Kinder, alle beide. Der Junge hatte dann gesagt: »Du, Mami, ich hole die Corn-flakes«, doch als er danach griff, hatte er eine Pyramide von Suppendosen umgestoßen.

Der Lärm bewirkte, daß alle im Laden herbeigerannt kamen, sogar Lowery selbst, ein mürrischer, unangenehmer Mensch. Vielen jungen Müttern wäre das vielleicht peinlich gewesen, und sie hätten das Kind ausgeschimpft. Jonathan hatte voller Bewunderung beobachtet, wie Nancy ganz gelassen sagte: »Entschuldigen Sie bitte, Mr. Lowery.

Das war keine böse Absicht. Wir bringen das sofort wieder in Ordnung.«

Dann sagte sie zu dem kleinen Jungen, der ganz verschreckt und ängstlich aussah: »Keine Angst, Mike. Du wolltest das ja nicht. Komm! Wir stellen sie wieder auf.«

Auch Jonathan hatte geholfen, die Dosen wieder aufzustapeln, nachdem er vorher Lowery einen drohenden Blick zugeworfen hatte, der offenbar gerade eine Bemerkung machen wollte. Es war kaum zu glauben, daß die gleiche, rücksichtsvolle Frau heute vor sieben Jahren vorsätzlich ihre beiden anderen Kinder getötet hatte – Kinder, denen sie das Leben geschenkt hatte.

Aber Leidenschaft war ein starkes Motiv, und sie war sehr jung gewesen. Vielleicht war gerade ihre Teilnahmslosigkeit während des Prozesses ein Schuldbekenntnis gewesen, selbst wenn sie sich nicht dazu durchringen konnte, solch ein abscheuliches Verbrechen offen einzugestehen. Er hatte so etwas auch schon erlebt.

Es klingelte an der Tür. Jonathan erhob sich aus seinem Sessel. Er war überrascht. Es gab nur wenige Menschen am Kap, die unangemeldet zu Besuch kamen, und Hausieren war absolut verboten.

Als er zur Tür ging, merkte Jonathan, daß er vom Sitzen ganz steif geworden war. Er stellte erstaunt fest, daß sein Besucher ein Polizeibeamter war, ein junger Mann, dessen Gesicht er, wie er sich schwach erinnerte, irgendwann in einem

Streifenwagen gesehen hatte. *Er will sicherlich irgendwelche Lose verkaufen,* war Jonathans erster Gedanke, aber er schob diese Überlegung sofort beiseite. Der junge Beamte folgte seiner Einladung und trat ein. In seinem Benehmen lag etwas Frisch-Forsches, doch zugleich auch Gewichtiges. »Sir, es tut mir leid, Sie stören zu müssen, aber wir stellen gerade Ermittlungen über das Verschwinden der Eldredge-Kinder an.«

Während Jonathan ihn noch fassungslos anstarrte, zog er ein Notizbuch heraus. Seine Blicke schossen in dem aufgeräumten Hause umher. »Sie wohnen doch allein hier, Sir, nicht wahr?« begann er die Befragung.

Ohne zu antworten, langte Jonathan an ihm vorbei und öffnete die schwere Haustür. Jetzt erst bemerkte er die unbekannten Fahrzeuge, die die Straße zum See hinabfuhren, und die Männer mit den verbissenen Gesichtern, die in ihrem schweren Regenzeug die Umgebung durchkämmten.

12

»Trinken Sie das, Nancy. Ihre Hände sind so kalt. Es tut Ihnen bestimmt gut. Sie müssen doch wieder zu Kräften kommen.« Dorothy versuchte, ihr gut zuzureden. Aber Nancy schüttelte den Kopf. Dorothy stellte die Tasse auf den Tisch und hoffte, daß das Aroma des frischen Gemüses, das in einer würzigen Tomatensuppe brodelte, Nancy doch noch verlocken würde.

»Das habe ich gestern gekocht«, sagte Nancy mit ausdrucksloser Stimme, »zum Mittagessen für die Kinder. Die Kinder sind bestimmt hungrig.«

Ray saß dicht neben ihr. Er hatte seinen Arm schützend um die Lehne ihres Stuhls gelegt. Vor ihm stand ein Aschenbecher voller ausgedrückter Zigaretten.

»Quäl dich doch nicht selbst, Liebes«, sagte er ruhig.

Von draußen, durch das Klappern der Rolläden und Fensterscheiben hindurch, konnten sie das stakkatohafte Geräusch tief fliegender Hubschrauber hören.

Ray beantwortete die Frage, die er in Nancys Gesicht las. »Sie haben drei Hubschrauber eingesetzt, mit denen sie die Umgebung absuchen. Wenn die Kinder sich nur verlaufen haben, werden sie sie entdecken. Aus allen Städten hier am Kap sind jetzt Freiwillige hier. Über der Bucht und dem Sund suchen zwei Flugzeuge. Alle helfen.«

»Und im See sind Taucher«, sagte Nancy, die nach den Leichen meiner Kinder suchen.« Ihre Stimme klang geistesabwesend und monoton.

Nachdem er den Nachrichtendiensten seine Erklärung abgegeben hatte, war Captain Coffin zur Polizeistation zurückgekehrt, um eine Reihe von Telefongesprächen zu führen. Als er damit fertig war, fuhr er zum Eldredge-Haus zurück. Er hörte gerade noch Nancys letzte Worte, als er das

Zimmer betrat. Mit erfahrenem Blick bemerkte er den starren Ausdruck in Nancys Augen, die verdächtige Ruhe ihrer Hände und ihres Körpers und die Ausdruckslosigkeit ihrer Stimme und ihres Gesichtsausdrucks. Sie war kurz davor, in ihren Schockzustand zurückzuverfallen. Wenn sie in einiger Zeit auch nur einen Mucks von sich gab, konnten sie von Glück reden.

Er blickte an ihr vorbei. Seine Augen suchten Bernie Mills, den Polizisten, den er von Amts wegen im Haus gelassen hatte. Bernie stand am Eingang zur Küche. Er hatte sich so postiert, daß er bei einem Anruf sofort den Hörer aufnehmen konnte. Bernies sandfarbenes Haar war ordentlich auf seinem knochigen Schädel verteilt. Seine vorstehenden Augen, von kurzen, blonden Wimpern umsäumt, bewegten sich waagrecht hin und her. Captain Coffin verstand die Botschaft, die ihm da signalisiert wurde, und blickte wieder zu den drei Personen hinüber, die um den Tisch saßen. Ray erhob sich, stellte sich hinter den Stuhl seiner Frau und legte seine Hände um ihre Schultern.

Zwanzig Jahre flogen an Jed Coffin vorüber. Er erinnerte sich an jene Nacht damals, als er noch Polizeianwärter in Boston war, und ihn ein Anruf im Präsidium erreichte, daß Delias Eltern verunglückt seien und daß sie wahrscheinlich nicht durchkämen.

Er war nach Hause gegangen. Sie hatte in Nachthemd und Bademantel in der Küche gesessen, eine Tasse von ihrem geliebten Schnellkakao geschlürft und die Zeitung gelesen. Sie hatte sich zu ihm umgewandt, überrascht, daß er schon so früh nach Hause kam, aber mit lächelndem Gesicht, und noch ehe er ein Wort sagte, hatte er genau das gleiche getan, was Ray Eldredge jetzt tat – er hatte seine Hände auf ihre Schultern gelegt und sie festgehalten.

Zum Teufel auch, war das nicht genau das, was die Stewardessen beim Abflug in den Maschinen runterleierten? »Im Falle einer Notlandung setzen Sie sich bitte aufrecht hin, stützen Sie sich auf die Armlehnen Ihres Sitzes, stemmen Sie Ihre Füße fest auf den Boden.« Was sie meinten, war: ›Lassen Sie beim Aufprall den Stoß durch sich hindurchgehen.‹

»Ray, kann ich Sie mal alleine sprechen?« fragte er kurz angebunden.

Als Nancy anfing zu zittern, lagen Rays Hände immer noch beruhigend auf ihren Schultern. »Haben Sie meine Kinder gefunden?« fragte sie. Ihre Stimme war beinahe ein Flüstern.

»Liebling, er würde es uns doch sagen, wenn er die Kinder gefunden hätte. Bleib hier sitzen. Ich bin gleich zurück.« Ray beugte sich hinab, und einen Augenblick lang berührten sich ihre Wangen. Er schien keine Antwort zu erwarten. Er richtete sich auf und führte den Captain durch das angrenzende Foyer in das geräumige Wohnzimmer.

Unwillkürlich empfand Jed Coffin Bewunderung für den hochgewachsenen jungen Mann, der sich jetzt an den offenen Kamin stellte und ihm dann das Gesicht zuwandte. Sogar in dieser Situation zeigte sich Ray von gelassener Selbstsicherheit. Jed fiel ein, daß sich Ray beim Kampfeinsatz in Vietnam durch hervorragende Führungsqualitäten ausgezeichnet hatte und noch an der Front zum Hauptmann befördert wurde.

Ray hatte Format, daran bestand kein Zweifel. Alles an ihm hatte Format – wie er sich gab, wie er sprach, wie er sich kleidete und sich bewegte; die festen Konturen seines Kinns und seines Mundes, die kräftige, wohlgeformte Hand, die da leicht auf dem Kaminsims ruhte.

Jed brauchte einige Zeit, um sich auf seine Aufgaben und die Autorität seines Amtes zu besinnen. Er blickte langsam im Zimmer umher. Die breiten Eichendielen glänzten matt unter den gehäkelten ovalen Vorlegern; zwischen den beiden Fenstern mit den bleigefaßten Scheiben stand ein trockenes Abflußbecken. Die zartgetönten cremefarbenen Wände waren von Gemälden bedeckt. Auf einmal bemerkte er, daß ihm die Szenerie darauf bekannt vorkam. Das große Gemälde über dem Kamin stellte Nancy Eldredges Steingarten dar. Die Szene mit dem Landfriedhof, über dem Klavier, zeigte den alten Kirchhof weiter unten an der Straße hinter der Kirche, die *Our Lady of the Cape Church* hieß. Das Gemälde in dem Kiefernholzrahmen über der Couch fing die anheimelnde Stimmung des Sesuit-Hafens bei Sonnenuntergang ein, wenn die Segelboote zurückkehrten. In dem Aquarell mit dem windgepeitschten Krannbeermoor war im Hintergrund, in schwachen Konturen, das alte Hunt-Haus – ›Der Ausguck‹ – angedeutet.

Jed hatte gelegentlich beobachtet, daß Nancy Eldredge in der Nähe der Stadt Skizzen anfertigte, doch er hätte sich nie träumen lassen, daß sie Talent hatte. Die meisten Frauen, die er kannte, landeten, wenn sie sich mit solchen Faxen abgaben, gewöhnlich an einem Punkt, an dem sie sich etwas einrahmten, das wie ein Stück vom Jahrmarkt aussah.

Eingebaute Bücherschränke rahmten den Kamin ein. Die Tische waren aus schwerem, altem, abgelagertem Kiefernholz gefertigt und glichen den Möbeln, die Delia nach dem Tode seiner Großmutter dem Wohltätigkeitsbasar der Kirche gestiftet hatte. Zinnlampen wie die von Großmutter standen auf den niedrigen Tischen vor dickgepolsterten Sesseln. Die Rückenlehne und das Kissen auf dem Schaukelstuhl neben dem Kamin waren handgestickt.

Er fühlte sich ein wenig unbehaglich, als er diesen Raum mit seinem eigenen, erst vor kurzem tapezierten Wohnzimmer verglich. Für die Couch und die Sessel hatte Delia schwarzes Vinyl ausgesucht; eine Tischplatte aus Glas auf Stahlfüßen; das ganze Zimmer mit Teppichware ausgelegt – ein dickes zotteliges Material, das an den Schuhen hängenblieb. Jeder Speicheltropfen und Urinflecken, den sein noch nicht stubenreiner Dackel darauf hinterließ, wurde getreulich konserviert und verewigt.

»Was wünschen Sie, Captain?« Rays Stimme war

kalt und unfreundlich. Der Captain wußte, daß er in Rays Augen ein Feind war. Ray hatte seinen routinemäßigen Hinweis Nancy gegenüber, bezüglich ihrer Rechte, durchschaut. Ray wußte genau, was er dachte, und stellte sich zum Kampf. Nun gut, wenn er also Kampf wollte ...

Aufgrund seiner Erfahrungen, die er bei zahllosen ähnlichen Gelegenheiten gesammelt hatte, bereitete es Jed Coffin keine Schwierigkeit, sofort Rays schwachen Punkt herauszufinden, und da hakte er ein: »Wer ist der Anwalt Ihrer Frau, Ray?« fragte er kurz.

Ein Anflug von Unsicherheit, eine Versteifung der Körperhaltung verriet die Antwort. Es war so, wie Jed erwartet hatte. Ray hatte den entscheidenden Schritt noch nicht unternommen. Versuchte immer noch, so zu tun, als sei seine Frau die tief verstörte Mutter von zwei verschwundenen Kindern. Du lieber Himmel, vielleicht wollte Ray sie heute abend in den Fernseh-Nachrichten auftreten lassen –, ein zerknülltes Taschentuch in den Händen, mit geschwollenen Augen und beschwörender Stimme: ›Gebt mir meine Kinder zurück.‹

Nun, Jed konnte Ray etwas erzählen. Dieses Schauspiel hatte seine reizende kleine Frau schon einmal aufgeführt. Jed konnte Kopien jenes sieben Jahre alten Films bekommen, den die Zeitungen ›einen rührenden Appell‹ genannt hatten. Vor nur einer halben Stunde, während ihres Telefongesprächs, hatte der Stellvertretende Bezirksstaatsanwalt in San Francisco nämlich ihm tatsächlich angeboten, eine Kopie zu beschaffen. »Dann kann es sich dieses Weibsstück ersparen, die gleiche Komödie noch einmal aufzuführen«, hatte er gesagt.

Ray sprach sehr ruhig, seine Stimme klang jetzt viel gedämpfter. »Wir haben noch keinen Anwalt verpflichtet«, sagte er. »Ich habe gehofft, daß vielleicht ... wo alle noch suchen ... «

»Wir werden die Suche schon bald zum größten Teil einstellen müssen«, sagte Jed platt heraus. »Bei diesem Wetter wird bald kein Mensch mehr in der Lage sein, etwas zu sehen. Außerdem muß ich Ihre Frau zum Verhör mit auf die Wache nehmen. Und wenn Sie sich bis jetzt noch nicht um einen Anwalt gekümmert haben, werde ich veranlassen, daß das Gericht einen für sie bestimmt.«

»Das können Sie nicht tun!« brach es wütend aus Ray heraus. Aber sofort bemühte er sich, die Beherrschung wiederzuerlangen: »Ich will damit sagen, daß Sie Nancy umbringen würden, wenn Sie sie in die Atmosphäre eines Polizeireviers brächten. Jahrelang hatte sie Alpträume, und es waren immer die gleichen: daß sie sich auf einem Polizeirevier befand und verhört wurde, und daß man sie dann einen langen Korridor entlangführte zur Leichenhalle, damit sie ihre Kinder identifizierte. Mein Gott, Mann, sie steht ja jetzt im Augenblick noch unter einem tiefen Schock. Legen Sie es etwa darauf an, sie so weit zu bringen, daß sie am Ende wirklich nicht in der Lage ist, uns zu sagen, was sie möglicherweise gesehen hat?«

»Ray, es ist meine Aufgabe, dafür zu sorgen, daß Ihre Kinder wiedergefunden werden.«

»Ja, aber Sie sehen doch, was allein dieser verfluchte Artikel bei ihr angerichtet hat. Und was ist das überhaupt für ein Schweinehund, der den Artikel geschrieben hat? Jemand, der so infam ist, diese Geschichte auszugraben und zu veröffentlichen, ist auch fähig, die Kinder zu entführen.«

»Selbstverständlich gehen wir dieser Sache nach. Diese Berichte sind immer mit einem fingierten Namen aus der Redaktion signiert, aber in Wirklichkeit sind die Artikel Beiträge freier Mitarbeiter, die bei Annahme des Artikels ein Honorar von fünfundzwanzig Dollar erhalten.«

»Gut, aber wer ist nun der Verfasser?«

»Das eben haben wir herauszufinden versucht«, erwiderte Jed. Es klang zornig. »In dem Begleitbrief hieß es, daß der Artikel nur unter der Bedingung angeboten würde, daß ihn die Redaktion, wenn sie ihn annahm, nicht im geringsten veränderte, daß alle dazugehörigen Bilder veröffentlicht würden, und daß er genau am siebzehnten November zu erscheinen hätte – also heute. Der Redakteur sagte mir, daß er die Story nicht nur für gut geschrieben, sondern auch für spannend hielt. Offen gesagt, er hielt sie für so gut, daß er der Meinung war, der Verfasser sei ein Esel, weil er sie für lausige fünfundzwanzig Dollar überlassen habe. Aber das hat er ihm natürlich nicht gesagt. Er diktierte einen Brief, in dem er die Bedingungen akzeptierte und einen Scheck beifügte.«

Jed griff in seine Gesäßtasche nach seinem Notizbuch und klappte es auf. »Der Brief mit der Annahmebestätigung trägt das Datum vom achtundzwanzigsten Oktober. Die Redaktionssekretärin erinnert sich, daß am neunundzwanzigsten Oktober jemand telefonisch angefragt hat, ob über den Harmon-Artikel schon eine Entscheidung getroffen worden sei. Die Leitung war sehr gestört, und die Stimme so gedämpft, daß sie den Anrufer kaum hören konnte, aber sie sagte ihm – oder ihr –, daß in dem Brief ein Scheck sei, postlagernd Hauptpostamt Hyannis Port. Der Scheck wurde auf den Namen J. R. Penrose ausgestellt. Am nächsten Tag wurde er abgeholt.«

»Mann oder Frau?« fragte Ray sofort.

»Das wissen wir nicht. Sie wissen ja selbst, daß eine Stadt wie Hyannis Port auch zu dieser Jahreszeit noch von einer beachtlichen Zahl von Touristen besucht wird. Jeder, der beim Hauptpostamt irgend etwas abholen möchte, braucht nur danach zu fragen. Kein Angestellter scheint sich an diesen Brief zu erinnern, und bis jetzt ist der Fünfundzwanzig-Dollar-Scheck auch noch nicht eingelöst worden. Wir können die Spur bis zu J. R. Penrose zurückverfolgen, wenn es den überhaupt gibt. Offen gesagt, es würde mich nicht sehr überraschen, wenn sich am Ende herausstellt, daß der Verfasser eine unserer kleinen Damen aus der Stadt ist. Sie sind nämlich unübertrefflich, wenn sie so in Klatsch und Tratsch herumwühlen können.«

Ray blickte unverwandt in den Kamin. »Es ist

kühl hier drin«, sagte er. »Ein bißchen Wärme täte gut.« Sein Blick fiel auf die Kameen auf dem Kaminsims, die Nancy von Michael und Missy angefertigt hatte, als sie noch Babys waren. Er würgte an dem bitteren Kloß, der ihm plötzlich die Kehle zuschnürte.

»Ich glaube nicht, daß Sie jetzt wirklich ein Feuer brauchen, Ray«, sagte Jed ruhig. »Ich bat Sie lediglich, hier hereinzukommen, weil ich möchte, daß Sie Nancy dazu bewegen, sich anzuziehen und mit uns zur Pollzeistation zu kommen.«

»Nein... nein... bitte...« Captain Coffin und Ray fuhren herum und blickten zu der Bogentür, die in das Zimmer führte. Nancy stand da. Mit einer Hand hielt sie sich an dem geschnitzten Türrahmen fest. Ihr Haar war getrocknet, und sie hatte es zu einem Knoten gebunden und diesen locker im Nacken befestigt. Die Anspannungen der verflossenen Stunden hatten ihre Hautfarbe in ein kalkiges Weiß verwandelt, das durch das dunkle Haar noch hervorgehoben wurde. Langsam trat ein fast entrückter Ausdruck in ihre Augen.

Dorothy stand hinter ihr. »Sie wollte hereinkommen.« Dorothys Worte klangen wie eine Rechtfertigung.

Sie spürte den Vorwurf in Rays Augen, als er zu ihnen herübereilte. »Ray, es tut mir leid. Sie ließ sich nicht zurückhalten.«

Ray zog Nancy an sich. »Es ist schon gut, Dorothy«, sagte er kurz. Seine Stimme schlug um und wurde zärtlich. »Liebling, beruhige dich nur. Niemand wird dir etwas tun.«

Dorothy spürte das Abweisende in seiner Stimme. Er hatte sich darauf verlassen, daß sie Nancy fernhalten würde, solange er mit dem Captain sprach. Nicht einmal dazu war sie imstande. Sie war hier zu nichts zu gebrauchen – zu nichts zu gebrauchen. »Ray«, sagte sie steif. »Ich weiß, es ist sehr unpassend, Sie jetzt damit zu belästigen, aber das Büro hat gerade angerufen und mich daran erinnert, daß Mr. Kragopoulos, der wegen des Huntschen Anwesens geschrieben hat, um zwei Uhr kommt und es sich ansehen möchte. Soll ich jemand anderes bitten, ihn dort hinaufzubringen?«

Ray blickte über Nancys Kopf hinweg, während er sie fest an sich drückte. »Das ist mir völlig gleich«, fauchte er. Dann fügte er schnell hinzu: »Entschuldigen Sie, Dorothy. Ich wäre Ihnen sehr dankbar, wenn Sie ihm das Anwesen zeigen würden. Sie kennen den ›Ausguck‹ und können ihn verkaufen, wenn echtes Interesse vorliegt. Der arme alte Mr. Hunt braucht das Geld.«

»Ich habe Mr. Parrish nichts davon gesagt, daß wir heute vielleicht mit Leuten kommen könnten.«

»Der Mietvertrag mit ihm legt eindeutig fest, daß wir das Recht haben, bei nur halbstündiger telefonischer Voranmeldung und zu jeder beliebigen Zeit jemandem das Haus zu zeigen. Aus diesem Grund hat er es ja so billig bekommen. Rufen Sie ihn vom Büro aus an und teilen Sie ihm mit, daß Sie kommen.«

»In Ordnung.« Dorothy wartete, unschlüssig, sie wollte noch nicht gehen. »Ray ... «

Er blickte sie an, verstand ihren unausgesprochenen Wunsch, aber er schickte sie fort. »Sie können hier im Augenblick doch nichts tun, Dorothy. Kommen Sie zurück, wenn Sie beim ›Ausguck‹ fertig sind.«

Sie nickte und wandte sich zum Gehen. Sie wollte sie nicht allein lassen; sie wollte bei ihnen bleiben, mit ihnen die Angst teilen. Seit dem ersten Tag, an dem sie Rays Büro zum ersten Mal betreten hatte, war er für sie wie ein Rettungsanker gewesen. Nachdem sie fast fünfundzwanzig Jahre lang ihr ganzes Leben mit Kenneth gemeinsam geplant oder sich zumindest an seinen Absichten orientiert hatte, war sie plötzlich wie ohne Wurzeln gewesen, und zum ersten Mal in ihrem Leben hatte sie Angst gehabt. Aber die Zusammenarbeit mit Ray, die Möglichkeit, ihm beim Aufbau seines Geschäfts zu helfen und ihre Kenntnisse auf dem Gebiete der Innenarchitektur nutzen zu können, Leute für den Kauf von Häusern zu begeistern und sie dazu zu bewegen, noch etwas für die Renovierung anzulegen, hatten allmählich die Leere ihres Daseins erfüllt. Ray war ein so feiner und anständiger Mensch. Er hatte mit ihr eine sehr großzügige Regelung über ihre Gewinnbeteiligung getroffen. Selbst wenn er ihr eigener Sohn gewesen wäre, hätte sie keine höhere Meinung von ihm haben können. Als Nancy gekommen war, war sie stolz gewesen, daß Nancy ihr Vertrauen schenkte. Dennoch legte sich

Nancy eine gewisse Zurückhaltung auf, die keine Vertraulichkeit zuließ. Und jetzt fühlte sie sich wie ein überflüssiger Zuschauer. Wortlos verließ sie das Zimmer, nahm ihren Mantel und Schal und ging zur Haustür.

Sie stemmte sich gegen den Wind und den Graupelschauer, als sie die Tür öffnete. Sie hatte ihren Wagen auf halbem Wege um die halbkreisförmige hintere Einfahrt geparkt. Sie war froh, daß sie nicht zur vorderen Ausfahrt mußte. Eine der Sendeanstalten hatte einen Fernsehwagen vor dem Haus geparkt.

Als sie auf ihren Wagen zueilte, sah sie am Rande des Grundstückes den Baum mit der Schaukel. Das war die Stelle, wo die Kinder gespielt hatten und wo Nancy den Handschuh gefunden hatte. Wie viele Male hatte sie hier selbst die Kinder geschaukelt? Michael und Missy ... Die fürchterliche Möglichkeit, daß ihnen vielleicht etwas zugestoßen war – daß sie vielleicht tot waren – löste in ihr eine Beklemmung aus, so als ob sie ersticken müßte. *Oh, bitte nicht das ... allmächtiger und gnädiger Gott, bitte nicht das ...* Einmal hatte sie im Scherz gesagt, daß sie ihre Ersatzgroßmutter sei, doch da war in Nancys Gesicht ein so gequälter Ausdruck getreten, daß sich Dorothy am liebsten die Zunge abgebissen hätte. Es war schon sehr vermessen gewesen, so etwas zu sagen.

In Gedanken verloren starrte sie auf die Schaukel, ohne den feuchten Graupel zu beachten, der ihr ins Gesicht schlug. Immer wenn Nancy im Büro vorbeigekommen war, waren die Kinder schnurstracks zu ihrem Schreibtisch gelaufen. Sie hatte sich immer bemüht, eine Überraschung für sie bereitzuhalten. Noch gestern, als Nancy mit Missy hereingekommen war, hatte sie Spitzkuchen gehabt, die sie am Abend zuvor als besonderen Leckerbissen gebacken hatte. Nancy war unterwegs gewesen, um nach Vorhangstoffen zu suchen, und Dorothy hatte sich angeboten, auf Missy achtzugeben und Michael vom Kindergarten abzuholen. »Es ist doch schwer, Stoff auszusuchen, wenn man sich nicht richtig darauf konzentrieren kann«, hatte sie gesagt. »Und ich muß ohnehin beim Verwaltungsgericht noch ein paar Schriftsachen über die Untersuchung von Besitzansprüchen abholen. Und ich freue mich, wenn ich Gesellschaft habe, und auf dem Rückweg kaufen wir eine Portion Eis, wenn Sie einverstanden sind.« Das war erst vor vierundzwanzig Stunden...

»Dorothy.«

Erschrocken blickte sie auf. Jonathan mußte von seinem Haus aus quer durch den Wald gekommen sein. Sein Gesicht lag heute in tiefen Falten. Sie wußte, daß er fast sechzig Jahre alt sein mußte, und heute sah man ihm das wirklich an. »Ich habe gerade von dem Verschwinden der Eldredge-Kinder gehört«, sagte er. »Ich muß mit Ray sprechen. Vielleicht kann ich helfen.«

»Das ist sehr freundlich von Ihnen«, sagte Dorothy unsicher. Die Besorgnis in seiner Stimme hatte etwas seltsam Tröstendes. »Sie sind im Hause.«

»Bis jetzt noch keine Spur von den Kindern?«

»Nein.«

»Ich habe den Artikel in der Zeitung gesehen.«

Zu spät merkte Dorothy, daß das Mitgefühl nicht ihr galt. In Jonathans Stimme lag eine gewisse Kühle, ein Vorwurf, der sie deutlich daran erinnerte, daß sie ihn angelogen hatte, sie hätte Nancy schon in Virginia gekannt. Müde öffnete sie die Wagentür. »Ich habe eine Verabredung«, sagte sie abrupt. Ohne ihm Zeit zu einer Antwort zu lassen, stieg sie ein und ließ den Motor an. Erst als sich ihr Blick verschleierte, bemerkte sie, daß ihr Tränen in den Augen standen.

13

Der Krach von den Hubschraubern gefiel ihm. Er erinnerte ihn an das letzte Mal, als die Leute meilenweit um die Universität herum ausgeschwärmt waren, um nach den Kindern zu suchen. Er starrte aus dem Vorderfenster und blickte über die Bucht hinweg. An der Landungsbrücke war das graue Wasser von Eisschollen bedeckt. Schon vorher hatte das Radio Sturmwarnungen durchgegeben und Graupel oder Regen mit Schnee vermischt angekündigt. Diesmal wenigstens hatten die Meteorologen recht behalten. Der Wind peitschte die Bucht zu wütenden Schaumkronen hoch. Er beobachtete, wie ein Schwarm Möwen bei dem vergeblichen

Versuch, gegen den Wind anzukommen, hin und her geweht wurde.

Sorgfältig studierte er das Innen- und Außen-Thermometer. Draußen war es jetzt zwei Grad minus – seit dem Vormittag ein Absinken um fast sieben Grad. Bei diesem Wetter konnten die Hubschrauber und Suchflugzeuge nicht mehr lange oben bleiben. Und auch auf dem Boden würden nicht mehr viele auf der Suche sein.

Hochwasser war heute abend um sieben Uhr. Zu diesem Zeitpunkt würde er die Kinder nach oben bringen, durch die Dachstube auf den äußersten Balkon, den sie den Witwensteg nannten. Bei Flut bedeckte das Wasser unten den Strand, schlug wütend gegen die Stützmauern und rollte, von einem gewaltigen Sog hinweggezogen ins Meer zurück. Das wäre der richtige Zeitpunkt, die Kinder hinunterfallen zu lassen ... hinüber ... hinab ... Wahrscheinlich würde es Wochen dauern, ehe sie angeschwemmt würden ... Aber selbst für den Fall, daß man sie schon nach einigen Tagen fand, hatte er Vorsorge getroffen. Er hatte ihnen nur Milch und Kekse gegeben. Er würde doch nicht so dumm sein, ihnen etwas zu essen zu geben, was die Polizei auf den Gedanken bringen mußte, daß ihnen nach dem Frühstück mit Nancy noch jemand eine richtige Mahlzeit gegeben hatte. Natürlich hoffte er, daß man sie nicht mehr obduzieren konnte, wenn sie gefunden würden.

Er lachte in sich hinein. Bis dahin hatte er noch fünf Stunden Zeit: fünf lange Stunden, in denen er das Flutlicht betrachten konnte, das gerade in der Nähe von Nancys Haus und am See aufgerichtet wurde; fünf Stunden mit den Kindern allein. Wenn man es genau betrachtete, war sogar der Junge ein schönes Kind ... eine so weiche Haut, und diese vollkommene Figur.

Aber ihn interessierte das kleine Mädchen. Es sah Nancy so sehr ähnlich ... das seidige, schöne Haar und die kleinen wohlgeformten Öhrchen. Jäh wandte er sich vom Fenster ab. Die Kinder lagen nebeneinander auf der Couch. Durch das Beruhigungsmittel, das er ihnen in die Milch gegeben hatte, waren beide eingeschlafen. Der Arm des Jungen lag schützend auf seiner Schwester. Aber der Junge rührte sich nicht einmal, als er das kleine Mädchen hochhob. Er wollte es nur aufs Bett legen und ausziehen. Es gab keinen Ton von sich, als er es vorsichtig ins Schlafzimmer trug und niederlegte. Er ging ins Badezimmer, drehte die Wasserhähne über der Wanne auf und prüfte das herausströmende Wasser, bis es die erwünschte Temperatur erreichte. Als die Wanne vollgelaufen war, prüfte er das Wasser noch einmal mit dem Ellenbogen. Etwas heißer als es sein sollte, aber es ging schon. In ein paar Minuten würde es sich abkühlen.

Er zog den Atem ein. Er vergeudete seine Zeit. Eilig öffnete er die Tür des Medizinschränkchens und nahm eine Dose mit Kinderpuder heraus, die er heute morgen in Wiggin's Market unauffällig in seine Manteltasche gesteckt hatte. Er wollte schon die Tür schließen, als er die kleine Gummiente bemerkte, die er hinter die Rasiercreme gestopft hatte. Er hatte sie schon ganz vergessen ... immerhin, sie war beim letzten Mal gebraucht worden ... das paßte sehr gut. Er lachte leise und holte die Ente heraus; spülte sie unter kaltem Wasser ab, fühlte, daß sie nicht mehr elastisch und das Gummi rissig war; und stieß sie dann in die Wanne. Es war kein schlechter Gedanke, Kinder bisweilen ein wenig abzulenken.

Er riß den Puder an sich und rannte ins Schlafzimmer zurück. Rasch knöpfte er mit den Fingern Missys Jacke auf und zog sie ihr aus. Ohne Mühe streifte er ihr den Rollkragenpullover über den Kopf. Das Unterhemd zog er ihr dabei gleich mit aus. Er holte tief Luft – ein anhaltendes, ächzendes Stöhnen – und hob das kleine Mädchen empor und drückte ihren schlaffen Körper fest an sich. Drei Jahre alt. Ein zu schönes Alter. Sie bewegte sich und versuchte die Augen zu öffnen. »Mami, Mami ...« Es war ein schwacher, schläfriger Ruf – so lieb, so köstlich.

Das Telefon läutete.

In seinem Ärger faßte er das Kind etwas heftiger an, und es begann zu wimmern – ein hoffnungsloses, benommenes Weinen.

Er würde das Telefon klingeln lassen. Nie, nie empfing er Telefonanrufe. Warum ausgerechnet jetzt? Seine Augen zogen sich zusammen. Es könnte ein Anruf aus der Stadt sein mit der Bitte, sich an der Suche zu beteiligen. Es wäre besser, sich zu melden. Es könnte vielleicht doch verdächtig sein, wenn er nicht ans Telefon ging. Er warf Missy aufs Bett zurück und machte die Schlafzimmertür fest zu, ehe er im Wohnzimmer den Hörer aufnahm. »Ja.« Seine Stimme sollte förmlich und kalt klingen.

»Mr. Parrish, ich hoffe, ich habe Sie nicht gestört. Hier spricht Dorothy Prentiss vom Maklerbüro Eldredge. Es tut mir leid, daß ich Ihnen nur so kurzfristig Bescheid geben kann, aber in zwanzig Minuten werde ich mit einem potentiellen Käufer für das Haus hinüberkommen. Werden Sie zu Hause sein, oder soll ich meinen Hauptschlüssel benutzen, um Ihr Apartment zu besichtigen?«

14

Lendon Miles bog von der Route 6 A nach rechts in den Paddock Pfad ein. Den ganzen Weg auf der Fahrt von Boston herüber hatte er sein Radio auf einen Nachrichtensender eingestellt: Der größte Teil der Nachrichten beschäftigte sich mit Nancy Eldredge und den verschollenen Kindern.

Den Meldungen zufolge war der Maushop See in Sektionen aufgeteilt worden, doch die Taucher brauchten mindestens drei Tage, um ihn gründlich abzusuchen. Der Maushop-See war unter Wasser voller Sandbänke. Captain Coffin von Port Adams wurde zitiert: Er erläuterte, daß es an einer Stelle möglich war, bis zur Hälfte in den See hinauszulaufen, ohne daß einem das Wasser höher als bis zur Hüfte ging, während ein paar Meter weiter, nur zwei Meter vom Ufer entfernt, das Wasser eine Tiefe von über zwölf Metern erreichte. An den Riffen unter Wasser blieben Gegenstände hängen und wurden dort festgehalten, so daß die Suche riskant und dem Zufall unterworfen war ...

Die Meldungen verkündeten, daß sich Hubschrauber, kleine Wasserflugzeuge und Bodensuchtruppen an der Suche beteiligt hätten, daß aber eine Sturmwarnung für das Kap ausgegeben war und die Suche aus der Luft abgebrochen werden müsse.

Bei der Meldung, daß Nancy Eldredge zur Vernehmung ins Polizeipräsidium gebracht werden sollte, gab er unbewußt Gas. Er empfand ein unbändiges Bedürfnis, so schnell wie möglich zu Nancy zu gelangen. Aber er merkte sehr bald, daß er langsamer fahren mußte. Der Graupel vereiste die Windschutzscheibe so schnell, daß der Entfroster Mühe hatte, das verkrustete Eis aufzuschmelzen.

Als er schließlich in den Paddock Pfad abbog, war es nicht mehr schwierig, das Eldredge-Haus zu finden. Der Mittelpunkt des Trubels war nicht zu verfehlen. Auf halbem Wege die Straße hinauf parkte vor einem Haus, an dessen Vorderseite zwei Polizeiwagen standen, ein Übertragungswagen vom Fernsehen quer zur Straße. In der Nähe des Übertragungswagens säumten Privatfahrzeuge die Straße. Viele trugen Sonderausweise der Presse.

Die Zufahrt zum halbkreisförmigen Fahrweg war

von einem der Polizeiwagen versperrt. Lendon hielt an und wartete, daß einer der Polizisten herüberkäme. Als sich schließlich einer näherte, war dessen Ton ziemlich barsch: »Was wünschen Sie hier?«

Lendon hatte diese Frage vorausgesehen und war gerüstet. Er reichte ihm eine Visitenkarte hinaus, auf die er eine Mitteilung gekritzelt hatte: ›Bitte übergeben Sie das Mrs. Eldredge.‹

Der Polizist wurde unsicher: »Wenn Sie hier warten wollen, Doktor … Ich muß das überprüfen.« Er kehrte sofort zurück, eine Spur weniger feindselig. »Ich fahre den Streifenwagen zur Seite. Parken Sie auf dem Fahrweg und gehen Sie ins Haus, Sir.«

Von der anderen Straßenseite hatten die Reporter diese Nebenhandlung verfolgt. Jetzt kamen sie herübergeeilt, als Lendon aus dem Wagen stieg, hielt ihm einer von ihnen ein Mikrofon vors Gesicht.

»Dr. Miles, dürfen wir Ihnen ein paar Fragen stellen?«

Ohne eine Antwort abzuwarten, fuhr er schnell fort:

»Sir, Sie sind ein berühmter Psychiater und Professor an der Medizinischen Fakultät der Harvard Universität. Hat die Familie Eldredge Sie kommen lassen?«

»Niemand hat mich kommen lassen«, erwiderte Lendon in scharfem Ton. »Ich bin ein Freund – war ein Freund – von Mrs. Eldredges Mutter. Ich bin aus persönlicher Freundschaft hierher gekommen, und nur deshalb.«

Er versuchte vorbeizukommen, aber der Reporter mit dem Mikrofon versperrte ihm den Weg. »Sie sagen, daß Sie ein Freund von Mrs. Eldredges Mutter waren. Würden Sie uns bitte folgende Frage beantworten: War Nancy Harmon Eldredge jemals bei Ihnen in Behandlung?«

»Absolut nicht!« Lendon schob und drängte sich buchstäblich durch die Reporter zur Veranda. Die Haustür wurde von einem anderen Polizisten offengehalten. »Dort hinein«, sagte er und deutete auf das Zimmer zur Rechten.

Nancy Eldredge stand am Kamin neben einem hochgewachsenen jungen Mann, bestimmt Ray Eldredge. Lendon hätte sie überall erkannt. Die fein geformte Nase, die großen mitternachtsblauen Augen, die offen und gerade unter den dichten Wimpern hervorblickten, der tiefe keilförmige Haaransatz, das Profil, das Priscillas so ähnlich war...

Ohne den offen feindseligen Blick des Polizeicaptains und die prüfenden Blicke des Mannes mit dem kantigen Gesicht am Fenster zu beachten, ging er direkt auf Nancy zu. »Ich hätte früher kommen sollen«, sagte er.

In den Augen der jungen Frau lag eine gewisse Starre, aber sie verstand, was er meinte. »Ich glaubte damals, daß Sie kommen würden«, erwiderte sie ihm, »als Mutter starb. Ich war so sicher, daß Sie kommen würden. Aber Sie kamen nicht.«

Mit dem Blick des Fachmanns schätzte Lendon die Schocksymptome ab, die er wahrnehmen konnte: die vergrößerten Pupillen, die steife Körperhaltung, die leise, monotone Art zu sprechen. Er wandte sich Ray zu. »Wenn ich irgend kann, möchte ich helfen«, sagte er.

Ray musterte ihn aufmerksam, und unwillkürlich war ihm das, was er sah, sympathisch. »Dann versuchen Sie als Arzt den Captain davon zu überzeugen, daß es eine Katastrophe wäre, Nancy zur Polizeistation zu bringen«, sagte er ohne Umschweife.

Nancy blickte Lendon starr ins Gesicht. Sie fühlte sich so weit weg. Ihr war, als wenn sie sich von Minute zu Minute immer weiter entfernte. Aber dieser Dr. Miles hatte irgend etwas an sich. Mutter hatte ihn sehr gern gehabt; Mutters Briefe hatten so glücklich geklungen; sein Name war in ihnen immer häufiger aufgetaucht.

Als ihre Mutter zu ihr herübergekommen war, um sie am College zu besuchen, hatte sie sich nach dem Doktor erkundigt; eine wie wichtige Rolle spielte er? Aber Carl war bei ihnen, und Mutter wollte da anscheinend nicht über ihn sprechen. Sie lächelte nur und sagte: »Oh, eine sehr wichtige Rolle, mein Schatz, aber ich werde dir später alles genau erklären.«

Sie konnte sich ganz deutlich daran erinnern. Sie hatte gewünscht, Dr. Miles kennenzulernen. Irgendwie war sie fest überzeugt gewesen, er würde sie anrufen, wenn er von Mutters Unfall erfuhr. Sie hatte jemanden gebraucht, der Mutter ebenfalls liebte und mit dem sie hätte sprechen können...

»Sie haben Mutter doch geliebt, nicht wahr?« Es

war ihre Stimme, die diese Frage stellte. Sie war sich nicht einmal bewußt, daß sie die Absicht gehabt hatte, das zu fragen.

»Ja. Sehr sogar. Ich wußte nicht, daß sie mit Ihnen über mich gesprochen hatte. Ich hatte angenommen, daß Sie mich vielleicht nicht mochten. Ich hätte versuchen sollen, Ihnen zu helfen.«

»Helfen Sie mir jetzt!«

Er umschloß ihre Hände, ihre schrecklich kalten Hände. »Ich werde es versuchen, Nancy. Ich verspreche es.« Sie sackte in sich zusammen, und ihr Mann legte seine Arme um sie.

Ray Eldredges Erscheinung gefiel Lendon. Das Gesicht des jüngeren Mannes war grau vor Angst, aber er hielt sich gut. Seiner Frau gegenüber zeigte er sich sehr behutsam. Seine eigenen Gefühle hatte er offensichtlich gut unter Kontrolle. Lendon bemerkte das kleine eingerahmte Bild auf dem Tisch neben dem Sofa. Es war ein Schnappschuß im Freien, wie Ray einen kleinen Jungen und ein Mädchen an der Hand hielt... Die vermißten Kinder. Natürlich. Welch eine prachtvolle Familie. Auffallend, daß er nirgendwo ein Bild von Nancy sah. Er fragte sich, ob sie sich überhaupt jemals fotografieren ließ.

»Nancy. Komm, Liebling. Du mußt dich jetzt ausruhen.« Sachte ließ Ray Nancy auf das Sofa niedergleiten und legte ihre Füße hoch. »So, das ist schon besser.« Gehorsam lehnte sie sich zurück. Lendon bemerkte, wie ihre Augen auf den Schnappschuß mit Ray und den Kindern fielen und sich dann vor

Schmerz schlossen. Sie erbebte am ganzen Körper.

»Ich glaube, es wäre besser, wenn wir das Feuer hier wieder in Gang brächten«, sagte er zu Ray. Er suchte einen mittelgroßen Klotz aus dem Korb am Kamin und warf Ihn in die noch schwelende Glut. Ein Funkenregen sprühte auf.

Ray schlug eine Decke um Nancy. »Du bist so kalt, Schatz«, sagte er. Einen Augenblick lang hielt er ihr Gesicht in seinen Händen. Aus ihren geschlossenen Augen tropften Tränen und benetzten seine Finger.

»Ray, habe ich Ihre Einwilligung, daß ich Nancy als Rechtsbeistand vertrete?« Jonathans Stimme hatte sich merklich gewandelt. Sie klang bestimmt und entschieden. Gelassen begegnete er den erstaunten Blicken. »Ich darf Ihnen versichern, daß ich dazu durchaus qualifiziert bin«, fügte er trocken hinzu.

»Rechtsbeistand«, flüsterte Nancy. Von irgendwoher sah sie das farblose, verängstigte Gesicht des Rechtsanwalts vom letzten Mal. Domes war sein Name gewesen, Joseph Domes. Er hatte ihr immer wieder gesagt: »Aber Sie müssen mir die Wahrheit sagen. Sie müssen Vertrauen haben, daß ich Ihnen helfen will.« Selbst er hatte ihr nicht geglaubt.

Aber Jonathan Knowles war anders. Ihr gefiel seine Würde und die vornehme Art, in der er immer mit ihr sprach, und er war immer so aufmerksam zu den Kindern, wenn er stehenblieb, um sich mit ihr zu unterhalten... In Lowery's Market – da war's. Vor ein paar Wochen, er hatte ihr und Mike geholfen, die Dosen aufzustapeln, die Mike umgestoßen hatte. Er mochte sie gern, dessen war sie sich ganz sicher. Instinktiv wußte sie das. Sie schlug die Augen auf. »Bitte«, sagte sie und blickte Ray an.

Ray nickte. »Wir wären Ihnen sehr dankbar, Jonathan.«

Jonathan wandte sich an Lendon Miles. »Doktor, kann ich von Ihnen eine ärztliche Auskunft darüber erhalten, ob es zulässig ist, daß Mrs. Eldredge zum Verhör zur Polizeistation gebracht wird.«

»Davon ist in höchstem Maße abzuraten«, erwiderte Lendon ohne Zögern. »Ich würde dringend darum bitten, daß alle Vernehmungen hier erfolgen.«

»Aber ich erinnere mich an gar nichts.« Nancys Stimme klang so matt, als ob sie diese Worte schon zu viele Male ausgesprochen hätte. »Sie sagten, daß ich vielleicht weiß, wo meine Kinder sind. Aber von dem Augenblick, an dem ich heute morgen in der Küche diese Zeitung sah, bis zu dem Moment, wo ich hörte, wie Ray nach mir rief, kann ich mich an gar nichts mehr erinnern.« Sie blickte zu Lendon empor, ihre Augen umwölkt und starr. »Können Sie mir helfen, daß ich mich wieder daran erinnern kann? Gibt es eine Möglichkeit?«

»Was meinen Sie damit?«

»Ich meine, ob die Möglichkeit besteht, daß Sie mir etwas verabreichen, damit ich, wenn ich etwas weiß ... oder gesehen habe ... oder getan habe ... auch wenn ich etwas getan habe ... Ich muß es wissen. Man darf das nicht verbergen. Wenn da etwas in mir ist ... wenn ich meinen Kindern etwas antun könnte ... dann müssen wir das auch wissen. Und wenn es da nichts gibt, ich aber irgendwie weiß wo sie sein könnten, dann vergeuden wir jetzt nur Zeit.«

»Nancy, ich werde nicht zulassen –«. Aber Ray hielt ein, als er den gequälten Ausdruck in ihrem Gesicht sah.

»Kann man Nancy helfen, sich daran zu erinnern, was heute morgen passiert ist, Doktor?« fragte Jonathan.

»Vielleicht. Sie leidet möglicherweise an einer bestimmten Art von Gedächtnisstörung, die nach dem, was ihr als schwerer Schicksalsschlag erscheinen mußte, nicht ungewöhnlich ist. In medizinischer Terminologie: es handelt sich um eine hysterische Amnesie. Bei einer Sodium-Amytal-Injektion würde sie Erleichterung verspüren und könnte uns vielleicht erzählen, was passiert ist – die Wahrheit, wie sie sie kennt.«

»Antworten, die unter Einwirkung von Beruhigungsmitteln zustande kommen, würden vor Gericht nicht zugelassen werden«, fuhr Jed dazwischen. »Ich kann nicht zulassen, daß Sie Mrs. Eldredge in dieser Weise befragen.«

»Ich hatte immer ein so gutes Gedächtnis«, murmelte Nancy. »Einmal am College machten wir einen Wettkampf, um festzustellen, wer sich von uns erinnern konnte, was er an jedem Tag getan hatte. Man mußte immer weiter zurückgehen, Tag für Tag, bis man sich an nichts mehr erinnern konnte. Ich gewann so überlegen, daß alle im Wohnheim es ulkig fanden. Alles stand mir so klar vor Augen ... «

Das Telefon läutete. Es hatte eine Wirkung, als würde in dem Zimmer eine Pistole abgefeuert. Nancy fuhr zurück, und Ray ergriff ihre Hände. Sie warteten alle schweigend, bis der Polizist, der Telefondienst hatte, ins Zimmer kam. Er sagte: »Ein Ferngespräch für Sie, Captain.«

»Ich kann Sie beruhigen. Es ist ein Anruf, den ich vorhin angemeldet habe«, unterrichtete der Captain Nancy und Ray. »Mr. Knowles, ich wäre Ihnen dankbar, wenn Sie mit mir kämen. Sie auch, Ray.«

»Bin gleich zurück, Schatz«, murmelte Ray. Dann blickte er Lendon ins Gesicht. Zufrieden mit dem, was er sah, verließ er das Zimmer und folgte den anderen Männern nach draußen.

Lendon beobachtete, wie Nancys Gesicht wieder einen gequälten Ausdruck annahm. »Jedesmal, wenn es klingelt, hoffe ich, daß jemand die Kinder gefunden hat und daß sie in Sicherheit sind«, flüsterte sie. »Und dann denke ich weiter, es wird genauso sein wie beim letzten Mal ... als der Anruf kam.«

»Nur ruhig bleiben«, sagte Lendon. »Nancy, das ist sehr wichtig. Erzählen Sie mir, wann das anfing, daß Sie Schwierigkeiten bekamen, wenn Sie sich an besondere Ereignisse zu erinnern suchten.«

»Als Peter und Lisa starben ... vielleicht sogar noch früher. Es fällt mir so schwer, mich an die Jahre zu erinnern, in denen ich mit Carl verheiratet war.«

»Das kann daran liegen, daß Sie diese Jahre mit den Kindern assoziieren und daß es für Sie zu schmerzhaft ist, sich an etwas zu erinnern, das damit zusammenhängt.«

»Aber in diesen fünf Jahren ... ich war oft so schrecklich müde ... nachdem Mutter starb ... immer so müde. Der arme Carl ... er war so geduldig. Er tat alles für mich ... Er stand nachts wegen der Kinder auf – sogar als sie noch ganz klein waren. Alles war so anstrengend für mich ... Als die Kinder verschwunden waren, konnte ich mich an nichts erinnern ... wie jetzt ... Ich konnte einfach nicht.« Ihre Stimme war lauter geworden.

Ray kam ins Zimmer zurück. Es mußte etwas passiert sein. Lendon konnte es an dem angespannten Gesicht, den Falten um Rays Mund erkennen, dem leichten Zittern seiner Hände. Er merkte, daß er betete: *Bitte, laß es keine schlimme Nachricht sein.*

»Doktor, könnten Sie bitte einen Augenblick mit Jonathan sprechen?« Ray unternahm einen entschlossenen Versuch, seiner Stimme einen ruhigen Ton zu verleihen.

»Selbstverständlich.« Lendon ging rasch zur Bogentür, die ins Speisezimmer führte. Er war sicher, daß Ray über den Anruf sehr bestürzt war.

Als er das Speisezimmer betrat, war Captain Coffin noch am Apparat. Er bellte dem diensthabenden Leutnant auf der Wache Befehle durchs Telefon: »Setzen Sie bei diesem Postamt Himmel und Hölle in Bewegung, und trommeln Sie alle Angestellten zusammen, die am dreizehnten Oktober Dienst hatten, und machen Sie mit den Vernehmungen nicht eher Schluß, bis jemandem einfällt, wer diesen Brief vom Lokalanzeiger abgeholt hat, der an J. R. Penrose adressiert war. Ich brauche eine genaue Beschreibung, und ich brauche sie sofort.« Er knallte den Hörer auf die Gabel.

Auch Jonathan war von neuer Spannung erfaßt. Ohne Vorrede sagte er: »Doktor, wir dürfen bei dem Versuch, Nancys Amnesie zu durchbrechen, keine Zeit verlieren. Folgendes zu Ihrer Information: Wegen eines Buches, das ich gerade schreibe, besitze ich eine sehr ausführliche Dokumentation über den Fall Harmon. Ich habe die vergangenen drei Stunden damit zugebracht, die Akten zu studieren und den Artikel zu lesen, der heute in der Zeitung erschienen ist. Dabei ist mir etwas aufgefallen, was mir von größtmöglicher Wichtigkeit zu sein schien, und ich bat Captain Coffin, den Bezirksstaatsanwalt in San Francisco anzurufen und meine Theorie zu überprüfen. Sein Assistent hat soeben zurückgerufen.«

Jonathan griff in die Tasche nach seiner Pfeife und klemmte sie sich zwischen die Zähne. Ohne sie anzuzünden, fuhr er fort: »Doktor, wie Sie vielleicht wissen, hält die Polizei in Fällen, in denen Kinder verschwinden und ein Verbrechen vermutet wird, oftmals mit Absicht eine Information zurück und erleichtert sich damit in gewisser Hinsicht das Aussortieren der unbrauchbaren Hinweise, die sie selbstverständlich auch erhält, wenn das Verschwinden bekanntgegeben wird.«

Er begann schneller zu sprechen, als ob er spürte, daß er zuviel Zeit verstreichen ließ. »Ich bemerkte, daß alle Zeitungsberichte von vor sieben Jahren bei der Beschreibung der vermißten Kinder erwähnten, daß sie bei ihrem Verschwinden dicke rote Pullover mit einem weißen Muster trugen. Aber selbst in den ausführlichen Berichten gibt es nirgendwo eine genaue Beschreibung davon, wie das Muster aussah. Ich mutmaße mit Recht – das Motiv des Musters war absichtlich zurückgehalten worden.«

Jonathan blickte Lendon gerade an, denn er wünschte, daß er sofort die Bedeutung dessen begriff, was er ihm jetzt sagen wollte. »Der Artikel im Lokalanzeiger von Cape Cod stellt eindeutig fest, daß die Harmon-Kinder, als sie verschwanden, dicke rote Pullover mit einem ungewöhnlichen weißen Segelbootmuster trugen, und daß sie sie noch anhatten, als sie Wochen später ans Ufer gespült wurden. Nancy kannte dieses Segelbootmuster natürlich. Sie hatte die Jacken ja selbst gestrickt. Aber außer den Experten von der Untersuchungskommission in San Francisco wußte nur noch eine einzige Person von diesem Muster.« Jonathans Stimme wurde immer lauter. »Wenn wir davon ausgehen, daß Nancy unschuldig ist, dann war es diese Person, die die Harmon-Kinder vor sieben Jahren entführt hat – und die vor einem Monat die Story schrieb, die in der heutigen Zeitung erschien.«

»Dann meinen Sie –«, begann Lendon.

»Doktor, als Nancys Anwalt und Freund meine ich, wenn Sie in der Lage sind, ihre Amnesie zu durchbrechen, dann tun Sie es – schnell! Ich habe Ray überzeugt, daß es wichtig ist, ohne Rücksicht auf Persönlichkeitsrechte zu handeln. Von ausschlaggebender Bedeutung ist jetzt, daß wir herausfinden, was Nancy möglicherweise noch zurückhält; wenn wir das nicht schaffen, gibt es bestimmt keine Chance mehr, den Kindern zu helfen.«

»Kann ich einen Drugstore anrufen und etwas herüberschicken lassen?« fragte Lendon.

»Rufen Sie an, Doktor«, bestimmte Jed. »Ich schicke einen Streifenwagen hin, der alles holt, was Sie brauchen. Hier – ich wähle den Drugstore für Sie.«

Ruhig gab Lendon seine Bestellung durch. Nachdem er aufgelegt hatte, ging er in die Küche, um ein Glas Wasser zu trinken. *Oh, diese Zeitverschwendung,* dachte er – *diese schreckliche Zeitverschwendung.* Die Tragödie, die mit Priscillas Unfall begonnen hatte ... Ursache und Wirkung ... Ursache und Wirkung. Wenn Priscilla nicht verunglückt wäre, hätte sie Nancy wahrscheinlich davon abgehalten, so jung zu heiraten. Die Harmon-Kinder wären nie geboren worden. Gewaltsam riß er sich von diesen unnützen Spekulationen los. Die Küche war offensichtlich nach Fingerabdrücken abgesucht worden. Auf der Anrichte, um das Abflußbecken herum und auf dem Ofen waren noch Pulverspuren zu erkennen. Niemand hatte den Flecken weggewischt, wo der Kaffee vergossen war.

Als er ins Eßzimmer zurückkehrte, hörte er, wie Captain Coffin sagte: »Denken Sie daran, Jonathan, vielleicht überschreite ich damit meine Befugnisse. Aber wenn Mrs. Eldredge befragt wird, werde ich in diesem Zimmer ein Tonbandgerät aufstellen lassen. Wenn sie unter dem Einfluß von Beruhigungsmitteln irgend etwas zugibt, werden wir es wohl nicht direkt verwerten können, aber ich weiß dann, was ich sie später bei einer regulären Vernehmung fragen muß.«

»Sie wird gar nichts zugeben«, sagte Jonathan unwirsch. »Was mir Sorgen macht, ist folgendes: Wenn wir ihre Unschuld als gegeben nehmen –, nicht nur in bezug auf das Verschwinden von Michael und Missy, sondern auch im Hinblick auf die Ermordung der Harmon-Kinder – dann ergibt sich eine weitere notwendige Überlegung; wenn der Mörder der Harmon-Kinder den Artikel für den Lokalanzeiger geschrieben hat und wenn er ein Postamt in Hyannis benutzt hat, dann hat er sich auch eine Zeitlang hier am Kap aufgehalten.«

»Und Sie schließen daraus, daß er heute morgen die Eldredge-Kinder entführt hat«, folgerte Captain Coffin.

Jonathan zündete seine Pfeife an und nahm ein paar kräftige Züge, ehe er antwortete: »Ich fürchte, ja«, sagte er. Aus dem Tonfall seiner Stimme, der gewollt ausdruckslos war, entnahm Lendon, was er meinte. Jonathan war der Meinung, daß Michael und Missy wahrscheinlich tot waren, falls der Mörder der Harmon-Kinder auch sie entführt hatte.

»Auf der anderen Seite«, theoretisierte Jed, »wenn wir Mrs. Eldredge als Tatverdächtige ausschließen, ist es doch auch möglich, daß jemand, der sich beim Harmon-Prozeß nie hervorgewagt hat, jedoch die Umstände der Ermordung kannte, jetzt diesen Artikel geschrieben und danach die Eldredge-Kinder entführt hat. Eine dritte Möglichkeit ist die, daß zwischen beiden Fällen gar kein Zusammenhang besteht, außer daß jemand, der den Artikel gelesen und Nancy Eldredge erkannt hat, an dem Verschwinden der Kinder heute morgen beteiligt ist. Die Kinder können vielleicht von einer frustrierten Mutter entführt worden sein, die das Gefühl hat, Nancy verdiene die Kinder nicht. Ich habe in meiner Zeit schon verrücktere Rechtfertigungen als diese erlebt.«

»Jed«, fuhr Jonathan hoch, »was ich deutlich machen möchte, ist folgendes, unabhängig davon, wer sonst noch an der Sache beteiligt ist: Es ist eine Tatsache – und ich glaube, daran kann kein Zweifel bestehen –, daß Nancy vor sieben Jahren mehr über das Verschwinden ihrer Kinder wußte, als sie gesagt hat.«

Lendon zog eine Augenbraue hoch. Jed legte die Stirn in tiefe Falten. Als Jonathan sah, wie die beiden Männer das Gesicht verzogen, schlug er ungeduldig mit der Hand auf den Tisch. »Ich sage nicht, daß sie schuldig ist. Ich sage nur, daß sie mehr wußte, als sie gesagt hat; vielleicht mehr wußte, als sie zu wissen meinte. Sehen Sie sich die Bilder von ihr auf der Zeugenbank an. Ihr Gesicht ist völlig ausdruckslos. Lesen Sie sich die Aussagen durch. Um Himmels willen, Mann, lesen Sie das Verhandlungsprotokoll. Sie begriff überhaupt nicht, um was es da ging. Ihr Anwalt mag ihren Schuldspruch vielleicht wegen eines Formfehlers über den Haufen gestoßen haben, aber das heißt noch lange nicht, daß er dem Bezirksstaatsanwalt nicht die Möglichkeit gab, sie fix und fertig zu machen. Die ganze Sache stinkt, und Sie versuchen, das ganze Theater hier zu wiederholen.«

»Ich versuche, von Ihren Theorien wegzukommen... und das sind sie ja schließlich nur... und meine Arbeit zu tun, die darin besteht, diese Kinder wieder herbeizuschaffen – tot oder lebendig – und herauszubekommen, wer sie entführt hat.« Jed war jetzt wirklich aufgebracht. »In einem Atemzug erzählen Sie mir, daß sie zu krank sei für eine Vernehmung, und im nächsten, daß sie mehr weiß, als sie sich jemals anmerken ließ. Sehen Sie doch, Jonathan, Sie selbst haben gesagt, daß Sie als Hobby ein Buch über fragwürdige Gerichtsurteile schreiben. Für mich ist das Leben dieser Kinder aber kein Hobby, und ich bin nicht dazu da, Ihnen Beihilfe zu leisten, wenn Sie mit dem Gesetz Schindluder treiben.«

»Immer langsam.« Lendon legte besänftigend

seine Hand auf den Arm des Captains. »Mr. Knowles... Jonathan... Sie glauben, daß Nancy uns vielleicht helfen kann, die Eldredge-Kinder zu finden, und zwar durch das, was sie über den Verlust ihrer ersten Familie weiß?«

»Genau. Das Problem besteht lediglich darin, dieses Wissen aus ihr herauszuholen und nicht zuzulassen, daß sie es noch tiefer ins Unterbewußtsein verdrängt. Dr. Miles, Sie gelten doch als Fachmann, was die Anwendung von Sodium-Amytal in der Psychiatrie betrifft, nicht wahr?«

»Ja, das stimmt.«

»Ist es möglich, daß Sie Nancy dazu bringen können, nicht nur das preiszugeben, was sie von den Ereignissen an diesem Morgen weiß – was, wie ich vermute, unerheblich sein wird –, sondern auch Informationen über Vergangenes, von denen sie nicht einmal weiß, daß sie sie besitzt?«

»Das ist möglich.«

»Dann bitte ich Sie dringend, das zu versuchen, wenn sie uns nicht irgend etwas Greifbares über den Aufenthalt von Michael und Missy sagen kann.«

Als Dorothy eine Stunde später wieder ins Haus gelassen wurde, fand sie das Eßzimmer und die Küche verlassen vor. Nur Bernie Mills war da, der Polizist, der die Aufgabe hatte, die Telefonanrufe entgegenzunehmen. »Sie sind alle da drüben drin«, sagte er und deutete mit dem Kopf zum großen Wohnzimmer hinüber. »Eine komische Sache, die sich da abspielt.«

Dorothy eilte über den Korridor, blieb aber wie angewurzelt an der Zimmertür stehen. Die Begrüßungsworte erstarben ihr auf den Lippen, als sie die Szene vor sich sah.

Nancy lag auf der Couch, ein Kissen unter dem Kopf und warm eingepackt in eine Steppdecke. Ein Fremder, der wie ein Arzt aussah, saß neben ihr und sprach beruhigend auf sie ein. Nancys Augen waren geschlossen. Ray, mit gequältem Gesicht, und Jonathan, grimmig entschlossen, saßen nebeneinander auf dem kleinen Sofa. Jed Coffin saß an einem Tisch hinter der Couch und hielt ein Mikrofon in der Hand, das auf Nancy gerichtet war.

»Wie fühlen Sie sich, Nancy? Liegen Sie bequem?« Lendons Stimme war ruhig und gelassen.

»Ich habe Angst…«

»Warum?«

»Die Kinder… die Kinder…«

»Nancy. Wir wollen über den heutigen Morgen sprechen. Haben Sie heute nacht gut geschlafen? Als Sie erwachten, fühlten Sie sich da ausgeruht?«

Nancys Stimme klang nachdenklich. »Ich habe geträumt. Ich habe viel geträumt…«

»Wovon haben Sie geträumt?«

»Peter und Lisa… Sie waren so groß geworden… Sie sind sieben Jahre tot…« Sie begann zu schluchzen. Dann, während Jonathan Ray mit eisernem Griff zurückhielt, schrie sie: »Wie hätte ich sie denn umbringen können? Es waren doch meine Kinder! Wie hätte ich sie denn umbringen können…«

15

Ehe Dorothy im Büro mit John Kragopoulos zusammentraf, hatte sie versucht, ihre roten Augenränder unter Gesichtspuder zu verbergen. Sie hatte sich einzureden versucht, daß es für sie nach allem, was geschehen war, eine Ablenkung sein würde, jemandem das Hunt-Haus zu zeigen. Es war eine Tätigkeit, auf die man sich eine Zeitlang konzentrieren mußte und die sie daran hindern würde, unentwegt nach Anhaltspunkten für den Verbleib der Kinder zu suchen. Was für Anhaltspunkten?

Normalerweise fuhr sie mit potentiellen Käufern, ehe sie ihnen ein Anwesen zeigte, ein wenig in der Gegend herum, um ihnen die Strände und Seen und die Bootsplätze zu zeigen; die prachtvollen alten Häuser, die verstreut zwischen der Krannbeer-Chaussee und der Bucht lagen; den atemberaubenden Blick vom Maushop Turm; die Sehenswürdigkeiten der Altstadt.

Aber heute, wo der Graupel einen scharfen Wind auf das Wagendach und die Fenster trommelte, wo der Himmel mit schwarzen Wolkenbänken bepackt war und die kalte Seeluft einem das Mark in den Knochen gefrieren ließ, steuerte sie direkt auf den ›Ausguck‹ zu.

Es fiel ihr sehr schwer, sich auf das zu konzentrieren, was sie gerade tat. Sie fühlte sich so aufgewühlt und mitgenommen. Sie, die jahrelang nicht mehr geweint hatte, mußte sich auf die Lippen beißen, um die Tränen zurückzuhalten. Auf ihren Schultern lastete eine drückende Bürde, eine Bürde aus Schmerz und Furcht, die sie bestimmt nicht allein tragen konnte.

Während sie den Wagen über die tückisch glatte Landschaft steuerte, warf sie gelegentlich einen verstohlenen Seitenblick auf den Mann mit der dunklen Gesichtsfarbe neben sich. John Kragopoulos war ein Mittvierziger. Er hatte die Figur eines Gewichthebers, doch in seiner Figur lag eine angeborene Vornehmheit, die durch seine ein wenig akzentuierte Sprechweise noch hervorgehoben wurde.

Er erzählte Dorothy, daß er und seine Frau soeben ihr Restaurant in New York verkauft hätten und daß sie übereingekommen seien, sich beim nächsten Mal in einer Gegend niederzulassen, in der sie für immer bleiben wollten. Ihnen war sehr daran gelegen, daß es dort wohlhabende Leute für das Wintergeschäft gab, aber auch Möglichkeiten für das Kurgeschäft im Sommer.

Dorothy ging die einzelnen Punkte in Gedanken durch und sagte: »Ich würde Ihnen auf keinen Fall empfehlen, ein Restaurant auf der anderen Seite des Kaps zu kaufen; das ist jetzt nur noch eine Ansammlung von Motels und Pizzastuben – eine wahrhaft fürchterliche Gegend – aber diese Seite des Kaps ist wirklich noch zauberhaft. ›Der Ausguck‹ hat nahezu unbegrenzte Möglichkeiten als Restaurant und als Gasthaus. Während der dreißiger Jahre wurde er von Grund auf renoviert und in einen Sport- und Gesellschaftsklub umgewandelt.

Die Menschen besaßen damals aber nicht das Geld, um in teure Klubs einzutreten, und deshalb fand er nie sehr viel Anklang. Schließlich kaufte Mr. Hunt das Haus und das Grundstück – insgesamt neun Morgen, einschließlich dreihundert Meter Ufergelände und eines der schönsten Ausblicke am ganzen Kap.«

»›Der Ausguck‹ war ursprünglich das Haus eines Kapitäns, nicht wahr?«

Dorothy merkte, daß sich John Kragopoulos zu Hause über das Anwesen informiert hatte – ein zuverlässiges Zeichen für echtes Kaufinteresse.

»Ja, das ist richtig«, stimmte sie zu. »Es wurde um 1690 von dem Kapitän eines Walfängers als Geschenk für seine Braut errichtet. Beim letzten Umbau vor vierzig Jahren wurden noch zwei Geschosse aufgesetzt. Das Haus behielt aber das alte Dach, und an der Schornsteinspitze wurde auch einer dieser entzückenden kleinen Balkone wieder angebaut, die man Witwensteg nennt, weil von dort aus so viele Kapitänsfrauen vergeblich Ausschau hielten, wenn sie ihre Männer von der Fahrt zurückerwarteten.«

»Die See kann heimtückisch sein«, stimmte ihr Fahrgast zu. »Doch was ich Sie noch fragen wollte: Gehört zu diesem Anwesen auch ein Anlegeplatz? Wenn ich hier seßhaft werde, möchte ich mir auch ein Boot kaufen.«

»Ein sehr guter sogar«, versicherte ihm Dorothy. »Oh, du lieber Gott!« Sie hielt den Atem an, weil der Wagen, als sie in die enge, gewundene Straße einbog, die zum ›Ausguck‹ hinaufführte, gefährlich ins Schleudern geriet. Es gelang ihr, das Fahrzeug wieder unter Kontrolle zu bekommen, und sie warf einen ängstlichen Blick auf ihren Fahrgast. Aber er schien ruhig und gelassen zu sein und bemerkte rücksichtsvoll, daß sie eine sehr mutige Dame sei, da sie es wagte, auf so vereisten Straßen zu fahren.

Wie ein Skalpell drangen die Worte ins tiefste Innere ihres Jammers. Welch ein entsetzlicher Tag! Es wäre wirklich ein Wunder, wenn der Wagen nicht von dieser schmalen Straße rutschte. Alles, was sie sich vorher eingeredet hatte, die Gründe, weshalb sie das Haus zeigen wollte, waren plötzlich wie weggeblasen. Wenn sie doch nur besseres Wetter hätten, dann wären die Strände und Straßen und Wälder voll von Männern und Jungen, die nach Michael und Missy suchten; aber bei diesem Wetter dachten nur ein paar Unerschrockene daran, nach draußen zu gehen – vor allem, da viele das Gefühl hatten, die ganze Suche sei umsonst.

»Das Fahren macht mir nichts aus«, sagte sie unbeholfen. »Ich bedauere nur, daß Mr. Eldredge nicht bei uns ist. Aber Sie werden das bestimmt verstehen.«

»Ich verstehe das sehr wohl«, sagte John Kragopoulos. »Eine entsetzliche Qual für Eltern, wenn ihre Kinder verschwunden sind. Es tut mir nur leid, daß ich Ihre Zeit heute in Anspruch nehme. Als Freundin der Familie und Mitarbeiterin müssen sie in großer Sorge sein.«

Entschlossen zwang sich Dorothy dazu, nicht auf

die Anteilnahme in der Stimme und im Verhalten des Mannes zu reagieren. »Erlauben Sie mir, Ihnen noch mehr über das Haus zu erzählen«, sagte sie. »Alle Fenster der Vorderfront blicken aufs Wasser hinaus. Über der Haustür befindet sich ein exquisites fächerförmiges Oberlicht, ein charakteristisches Merkmal der vornehmeren Häuser jener Epoche. Die großen Zimmer im Erdgeschoß haben wundervolle Kamine an der Giebelwand. An einem Tag wie heute würden viele Leute sicherlich gern in ein Restaurant gehen, von wo sie den Sturm beobachten könnten, während sie einen guten Tropfen und gutes Essen und ein warmes Feuer im Kamin genießen. So, da wären wir.«

Sie fuhren um die Kurve – und ›Der Ausguck‹ lag direkt vor ihnen. Auf Dorothy wirkte er eigentümlich düster und verlassen, wie er so drohend von der Uferböschung aufragte. Die verwitterten Schindeln waren ganz grau. Der Graupel schlug gegen die Fenster und Veranden und schien die Fensterläden, von denen die Farbe abblätterte, und die absackenden Außentreppen mitleidslos bloßzustellen.

Sie war überrascht, als sie sah, daß Mr. Parrish die Garagentür offengelassen hatte. Vielleicht hatte er nach seiner letzten Fahrt Lebensmittel ins Haus getragen und vergessen, wieder herauszukommen und die Tür herunterzuziehen. Aber es war eine Chance für sie. Sie würde den Wagen direkt in die geräumige Garage fahren und neben seinem alten Kombi parken. Sie könnten dann zum Haus hinüberspurten und wären dabei durch das überhängende Garagendach ein wenig geschützt.

»Ich habe einen Schlüssel für den Hintereingang«, erklärte sie John Kragopoulos, nachdem sie aus dem Wagen gestiegen waren. »Es tut mir wirklich leid, daß ich nicht daran gedacht habe, Rays großen Regenschirm mitzunehmen. Hoffentlich werden Sie nicht allzu naß.«

»Machen Sie sich um mich nur keine Sorgen«, beruhigte er sie. »Ich bin einiges gewöhnt. Sieht man mir das nicht an?«

Sie lächelte schwach und nickte. »Also gut. Ein kurzer Spurt.« Sie rannten aus der Garage heraus und hielten sich dicht an der Mauer, während sie die fünfzehn bis zwanzig Meter zum Hintereingang zurücklegten. Trotzdem prasselte ihnen dabei der Graupel ins Gesicht, und der Wind zerrte an ihren Mänteln.

Zu ihrer Verwunderung mußte Dorothy feststellen, daß die Tür zweifach veriegelt war. Sie kochte. Mr. Parrish hätte doch wohl etwas rücksichtsvoller sein können. Sie durchwühlte ihre Handtasche nach dem Schlüssel für das obere Schloß und fand ihn schließlich auch. Sie riß kurz an der Glocke, um Mr. Parrish anzukündigen, daß sie da waren. Als sie die Tür aufstieß, vernahm sie noch das Echo, das aus dem oberen Stockwerk zurückgeworfen wurde.

Ihr Begleiter schien unbeeindruckt zu sein. Er streifte sich den Graupel vom Mantel und trocknete sich mit einem Taschentuch das Gesicht ab. Er war ein Mensch, der schwer außer Fassung zu bringen war, entschied Dorothy. Wenn sie ihn durchs Haus führte, mußte sie sich zwingen, weder zu nervös noch zu gesprächig zu erscheinen. Alles in ihr drängte sie, diesen Mann auf schnellstem Wege durch das Haus zu schleusen. *Sehen Sie bitte dieses... und jenes... und dieses. Jetzt aber lassen Sie mich bitte zu Ray und Nancy zurückkehren; vielleicht gibt es etwas Neues über die Kinder.*

Sie registrierte, daß er sich in der Küche sorgfältig umsah. Ohne Hast zog sie ihr eigenes Taschentuch heraus, um sich das Gesicht abzutupfen, und bemerkte plötzlich, daß sie ihren neuen Wildleder-Wintermantel trug. Heute morgen hatte sie sich entschlossen, ihn wegen dieser Verabredung anzuziehen. Sie wußte, er stand ihr gut, und der graue Farbton paßte gut zu ihrem graumelierten Haar. Es waren die großen, tiefen Taschen, die ihr bewußt machten, daß sie nicht ihren alten Wintermantel trug – aber heute wäre es vernünftiger gewesen, den Wettermantel anzuziehen.

Und dann gab es da noch etwas. Na klar. Als sie den Mantel anzog, hatte sie überlegt, ob Jonathan Knowles heute nachmittag vielleicht mal ins Büro hereinschauen und ihn bemerken würde. Vielleicht würde er ihr heute vorschlagen, daß sie zusammen essen gehen könnten. Noch vor wenigen Stunden hatte sie solche Luftschlösser gebaut. Wie war es nur möglich, daß alles plötzlich so anders war, so fürchterlich...?

»Mrs. Prentiss?«

»Ja. Oh, ich bitte um Entschuldigung. Ich fürchte, ich bin heute ein bißchen zerstreut.« Ihre Aufgeräumtheit klang ihr selbst unecht. »Wie man sieht, muß die Küche modernisiert werden, aber sie hat eine gute Lage und ist sehr geräumig. Der Herd ist so groß, daß man auch für eine größere Gesellschaft darauf kochen könnte – aber Sie werden sich sicherlich für einen modernen Herd entscheiden.«

Ohne daß sie es wollte, war ihre Stimme ein wenig lauter geworden. Mißtönend heulte und stöhnte der Wind um das Haus. Sie hörte irgendwo oben eine Tür zuschlagen und, eine Sekunde lang, ein Wehklagen. Es waren die Nerven; dieses Haus hier brachte sie heute noch ganz um den Verstand. Außerdem war es eisig kalt in der Küche.

Schnell schritt sie voraus, in die vorderen Zimmer. Es lag ihr sehr daran, daß Mr. Kragopoulos den so wichtigen ersten Eindruck von der Aussicht auf das Wasser bekam.

Die Gewalt des Wetters steigerte noch die Wirkung, die das atemberaubende Panorama auf sie ausübte, als sie an die Fenster traten. Wütende Schaumkronen tobten, wurden emporgehoben, überstürzten sich, krachten auf die Felsen, rollten zurück. Gebannt beobachteten beide, wie die Brandung donnernd auf die Felsen am Fuß der Klippen schlug.

»Bei Flut liegen diese Felsen völlig unter Wasser«, sagte sie. »Genau unter uns, ein wenig nach links, hinter dem Landungssteg, befindet sich ein schöner großer Sandstrand, der zum Grundstück gehört, und dahinter liegt gleich der Anlegeplatz.«

Sie führte ihn von einem Zimmer ins andere, machte ihn auf die großartigen breiten Eichendielen aufmerksam, die massigen Kamine, die bleigefaßten Glasscheiben, und darauf, daß das alles für ein elegantes Restaurant wie geschaffen sei. Sie gingen ins erste Stockwerk hinauf, und er besichtigte eingehend die großen Zimmer, die an Gäste und zum Übernachten vermietet werden konnten.

»Bei der Renovierung hat man die kleinen Schlafzimmer zu Badezimmern umgebaut und sie mit den großen Räumen verbunden«, erklärte Dorothy. »Als Folge davon hat man wirklich schöne Wohneinheiten bekommen, die nur gestrichen und tapeziert werden müssen. Die Messingbetten sind allein ein Vermögen wert. Die meisten Möbel sind sehr wertvoll – schauen Sie sich beispielsweise diese hohe Kommode an. Ich hatte früher ein Geschäft für Innenarchitektur, und es war immer eine meiner Lieblingsideen, an einem Haus wie diesem zu arbeiten. Es bietet unendlich viele Möglichkeiten.«

Er war interessiert. Sie erkannte es an der Art und Weise, wie er sich Zeit nahm, Wandschränke zu öffnen, an Wände zu klopfen und Wasserhähne aufzudrehen.

»Im zweiten Stock sind noch weitere Schlafzimmer, und dann ist da noch Mr. Parrish's Apartment im dritten Stock«, sagte sie. »Das Apartment war für den im Haus wohnenden Klubmanager gedacht. Es ist ziemlich geräumig und bietet einen wunderbaren Blick auf die Stadt und auf das Meer.«

Er schritt das Zimmer ab und antwortete nicht. Dorothy hatte das Gefühl, daß sie zu viel redete und ihn zu sehr drängte und ging deshalb zum Fenster hinüber. Sie sollte ihm Gelegenheit geben, sich das Haus in Ruhe anzusehen und alle Fragen zu stellen, die ihm einfielen. *Beeilen Sie sich doch, beeilen Sie sich doch,* dachte sie. Sie wollte hier heraus. Der Drang, zu Ray und Nancy zurückzukehren, in Erfahrung zu bringen, was geschah, wurde immer stärker und überwältigte sie fast. Angenommen, die Kinder wären irgendwo draußen, diesem Wetter ausgesetzt? Vielleicht sollte sie den Wagen nehmen und hin und her fahren; vielleicht hatten sie sich einfach verlaufen. Vielleicht, wenn sie dabei die Wälder beobachtete, wenn sie nach ihnen rief... Sie schüttelte den Kopf. Es war einfach albern und unvernünftig.

Gestern, als Nancy Missy bei ihr im Büro ließ, hatte sie gesagt: »Wenn Sie mit ihr weggehen, achten Sie bitte darauf, daß sie die Handschuhe anbehält, sie hat immer so kalte Hände.« Nancy hatte gelacht, als sie Dorothy die Handschuhe überreichte, und gesagt: »Wie Sie sehen, passen sie nicht zueinander – und ich bemühe mich auch nicht mehr, sie aufeinander abzustimmen. Das Kind verliert ewig seine Handschuhe.« Sie hatte ihr einen roten Handschuh mit einem Lachgesicht gegeben und einen blau und grün gescheckten.

Dorothy dachte an das fröhliche Lächeln, mit dem

Missy ihre Hände hochgehalten hatte, als sie zu ihrer Fahrt aufbrachen. »Mami hat gesagt, du sollst meine Handschuhe nicht vergessen«, hatte sie vorwurfsvoll erinnert. Später, nachdem sie Mike abgeholt hatten und anhielten, um Eis zu kaufen, hatte sie gefragt: »Darf ich meine Handschuhe ausziehen, wenn ich mein Hörnchen esse?« Glückliches Kind. Dorothy tupfte sich die Tränen ab, die ihr in die Augen schossen.

Sie gab sich große Mühe, ihre Fassung zurückzugewinnen, und wandte sich wieder John Kragopoulos zu, der gerade seine Notizen über die Zimmergröße beendet hatte. »So hohe Zimmerdecken wie diese hier bekommt man nirgendwo mehr außer in diesen wunderbaren alten Häusern«, freute er sich.

Sie konnte nicht länger herumstehen. »Gehen wir jetzt nach oben«, sagte sie abrupt. »Ich glaube, daß Ihnen die Aussicht vom Apartment aus gefallen wird.« Sie ging voraus in den Flur und zur Vordertreppe. »Ach, ist Ihnen aufgefallen, daß es in diesem Haus vier Heizungsbereiche gibt? Das erspart Ihnen eine Menge Heizkosten.«

Sie schritten schnell die beiden Treppen hinauf. »Das zweite Geschoß ist genauso wie das erste«, erklärte sie, als sie es passierten. »Mr. Parrish hat das Apartment mit Unterbrechungen seit sechs oder sieben Jahren gemietet. Seine Miete ist ziemlich minimal, aber Mr. Eldredge meinte, daß die Anwesenheit eines Mieters Einbrecher abschreckt. Da ist es – am anderen Ende des Flurs.«

Sie pochte an die Tür zum Apartment. Aber es rührte sich nichts. »Mr. Parrish«, rief sie. »Mr. Parrish.«

Sie öffnete die Handtasche. »Das ist seltsam. Ich kann mir nicht vorstellen, wo er ohne Wagen sein könnte. Aber ich habe irgendwo einen Schlüssel.« Sie begann, in ihrer Tasche herumzukramen, über alle Maßen verärgert. Am Telefon war Mr. Parrish offensichtlich nicht sehr erfreut darüber, daß sie vorhatte, jemanden herzubringen. Wenn er ausgehen wollte, hätte er es ihr ja sagen können. Hoffentlich war das Apartment aufgeräumt. Es gab einfach nicht so viele Leute, die sich nach einem Dreihundertfünfzigtausend-Dollar-Objekt umsahen. Fast ein Jahr lang hatte sich niemand auch nur im geringsten dafür interessiert.

Dorothy bemerkte nicht, wie der Türgriff von innen niedergedrückt wurde. Als die Tür plötzlich aufgerissen wurde, fuhr sie hoch, hielt den Atem an und starrte in die durchdringenden Augen und das schweißtriefende Gesicht des Mieters von der dritten Etage, Courtney Parrish.

»Welch einen schrecklichen Tag haben Sie sich für Ihre Besichtigung ausgesucht.« Parrishs Stimme klang höflich, als er zur Seite trat, um sie einzulassen. Wenn er die Tür aufhielt und ihnen aus dem Weg ging, so überlegte er, könnte er es vielleicht verhindern, ihnen die Hand zu schütteln. Er spürte, daß seine Hände klatschnaß geschwitzt waren.

Seine Augen schossen von einem zum anderen.

Hatten sie das Mädchen gehört – den einen Schrei? Er war doch ein Idiot ... zu fahrig und unüberlegt. Nach dem Telefonanruf hatte er sich so sehr beeilen müssen. Als er die Kleidungsstücke der Kinder schnappte, hatte er in seiner Aufregung fast das Unterhemd des Mädchens liegenlassen. Dann hatte er die Dose mit dem Kinderpuder umgestoßen und etwas verschüttet. Das hatte er aufwischen müssen.

Er hatte die Kinder an Händen und Füßen gefesselt und ihnen den Mund zugeklebt und sie in dem Geheimzimmer unten hinter dem Kamin versteckt, das er vor Monaten, als er durch das Haus wanderte, zufällig entdeckt hatte. Er wußte, daß solche Geheimzimmer eine Eigentümlichkeit vieler alter Häuser am Kap waren. Die frühen Siedler versteckten sich darin, wenn sie von Indianern angegriffen wurden. Aber dann war er in Panik geraten. Angenommen dieses dumme Maklerweib wußte etwas von diesem Zimmer und kam auf den Gedanken, es zu zeigen. Man gelangte mittels einer Feder in dem eingebauten Bücherschrank unten im Salon dahin.

Angenommen, sie wußte davon; einfach nur angenommen. Gerade als Dorothys Buick Limousine unten vorfuhr und in die Garage rollte, war er von seinem Beobachtungsposten am Fenster aufgesprungen und hinabgestürmt, um die Kinder zu holen. Er hatte sie hinaufgetragen und sie in einen der tiefen Wandschränke im Schlafzimmer gestoßen. Besser ... viel besser. Er könnte sagen, daß er den Wandschrank zur Vorratshaltung benutze und den Schlüssel nicht finden könne. Da er ein neues

Schloß angebracht hatte, konnte dieses dumme Maklerweib unmöglich einen Zweitschlüssel haben. Außerdem war der andere Wandschrank in dem Zimmer praktisch genauso groß. Den konnte sie ja vorzeigen. Das war der Grund, warum er vielleicht einen Fehler machen konnte... weil er alles zu kompliziert machte.

Sie hatten unten so lange herumgetrödelt, daß ihm genügend Zeit geblieben war, das Apartment ein letztes Mal in Augenschein zu nehmen; er war sicher, daß er nichts außer acht gelassen hatte. Die Wanne war noch voll, aber er hatte sich entschlossen, sie so zu lassen. Er wußte, daß seine Stimme am Telefon sehr verärgert geklungen hatte. Sollte Dorothy doch denken, daß das der Grund gewesen war; er hatte eben gerade ein Bad nehmen wollen. Das würde die Verärgerung entschuldigen.

Er stand Qualen aus, so sehr drängte es ihn, zu dem kleinen Mädchen zurückzukehren. Er fühlte eine rasende Begierde in sich aufsteigen. Unmittelbar vor ihnen, da war sie, nur zwei Meter von ihnen entfernt, hinter dieser Tür, halbnackt ihr kleiner Leib. Oh, er konnte es nicht mehr abwarten! Vorsicht! Vorsicht! Er versuchte, auf die Stimme der Vernunft zu hören, die ihn immer wieder zur Vorsicht mahnte, aber es war so schwer...

»John Kragopoulos.« Dieser verdammte Kerl bestand doch darauf, ihm die Hand zu geben. Umständlich versuchte er, die Handfläche an seinem Hosenbein abzutrocknen, ehe er die ausgestreckte Hand ergriff, die er nicht übersehen konnte. »Courtney Parrish«, erwiderte er mürrisch.

Er bemerkte, wie einen kurzen Augenblick lang ein Ausdruck von Abscheu das Gesicht des anderen Mannes überzog, als sich ihre Hände berührten. Wahrscheinlich so ein verdammter Schwuler. Die Hälfte der Restaurants auf dieser Seite am Kap wurden von Schwulen betrieben. Jetzt wollten sie auch dieses Haus noch. Na schön. Wenn dieser Tag vorüber war, brauchte er es nicht mehr.

Plötzlich durchfuhr ihn der Gedanke, daß es niemandem verdächtig erscheinen würde, wenn er nach dem Verkauf des Hauses nicht mehr als Courtney Parrish ans Kap zurückkehrte. Er könnte abnehmen und sein Haar wachsen lassen und sein Aussehen wieder völlig verändern. Denn bei Nancys Prozeß wollte er hier sein, wenn sie die Leichen der Kinder gefunden hatten und sie vor Gericht stellten. Nun, das war überhaupt kein Problem. Das Schicksal spielte ihm in die Hände. So mußte es sein.

Er erbebte, als ihn eine Woge von Heiterkeit und Ausgelassenheit durchflutete. Ja, natürlich. Er könnte sich sogar nach Nancy erkundigen. Es wäre nur nachbarschaftliches Interesse. Mit einem Mal fühlte er sich ganz selbstsicher, und liebenswürdig sagte er: »Ich bin sehr erfreut, Sie kennenzulernen, Mr. Kragopoulos, und bedaure es außerordentlich, daß Sie dieses wunderbare Haus zum ersten Mal bei solch einem Wetter besichtigen.« Wie durch ein Wunder schwand die Feuchtigkeit von seinen Händen, aus den Achselhöhlen und den Leisten.

Die Spannung in dem kleinen Foyer verminderte sich spürbar. Er war sich bewußt, daß sie größtenteils von Dorothy ausging. Warum auch nicht? Er hatte sie unzählige Male in den letzten Jahren gesehen, außerhalb des Eldredge-Hauses und drinnen, wie sie die Kinder schaukelte und sie in ihrem Auto mitnahm. Diesen Typ kannte er: Eine von diesen langweiligen Witwen mittleren Alters, die immer versuchten, sich bei jemandem wichtig zu machen, Parasiten. Der eigene Mann tot. Keine Kinder. Ein Wunder, daß sie nicht eine kranke Mutter hatte. Die meisten von diesem Schlag hatten eine. Das gab ihnen die Möglichkeit, sich Freunden gegenüber als Märtyrer aufzuspielen. Immer so nett zu Mutter. Und warum? Weil sie nicht anders konnten, als zu irgend jemandem nett zu sein. Sie mußten sich wichtig machen. Und wenn sie Kinder hatten, dann gab es nur noch die. Genau wie bei Nancys Mutter.

»Ich habe Radio gehört«, sagte er zu Dorothy, »und ich bin so entsetzt... Sind die Eldredge-Kinder schon gefunden worden?«

»Nein.« Dorothy spürte, wie jede Nervenfaser in ihr zitterte. Von drinnen hörte sie, daß das Radio angestellt war. Sie schnappte das Wort ›Nachrichten‹ auf. »Entschuldigen Sie«, rief sie und rannte aus dem Wohnzimmer zum Radio hinüber. Hastig drehte sie es lauter. »... zunehmender Sturm. Es sind orkanartige Winde, die eine Geschwindigkeit zwischen achtzig und hundert Stundenkilometern erreichen, angesagt. Warnung an alle Autofahrer. Die Suche nach den Eldredge-Kindern ist zur See und auf dem Lande auf unbestimmte Zeit eingestellt worden. Sonder-Streifenwagen sind aber auch weiterhin in Adams Port und Umgebung unterwegs. Captain Coffin von Adams Port bittet dringend, daß jeder, der meint, er hätte etwas mitzuteilen, sich sofort mit der Polizei in Verbindung setzt. Er bittet dringend, alle außergewöhnlichen Vorfälle sofort der Polizei zu melden, zum Beispiel ein unbekanntes Fahrzeug, das vielleicht in der Umgebung des Eldredge-Hauses gesehen wurde, oder eine in dieser Gegend unbekannte Person oder unbekannte Personen. Rufen Sie diese Sondernummer an: KL fünf-drei-acht-hundert. Alle Informationen werden vertraulich behandelt.« Die Stimme des Kommentators fuhr fort: »Trotz der dringenden Bitte um Hinweise auf die vermißten Kinder, haben wir aus zuverlässiger Quelle erfahren, daß Nancy Harmon Eldredge zur Vernehmung in die Polizeidirektion gebracht wird.«

Sie mußte zu Nancy und Ray. Dorothy wandte sich abrupt an John Kragopoulos. »Wie Sie sehen, ist das hier ein reizendes Apartment, gerade richtig für zwei Personen. Die Aussicht aus den vorderen und rückwärtigen Fenstern dieses Zimmers ist wirklich sehr eindrucksvoll.«

»Sind Sie Astronom?« wandte sich John Kragopoulos an Courtney Parrish.

»Eigentlich nicht. Wie kommen Sie darauf?«

»Wegen dieses großartigen Teleskops.«

Viel zu spät kam Parrish zu Bewußtsein, daß das Teleskop immer noch auf das Eldredge-Haus gerichtet war. Als ihm klar wurde, daß John Kragopoulos sich anschickte, hindurchzublicken, gab er dem Gerät einen heftigen Stoß, so daß es nach oben kippte.

»Ich beobachte gern die Sterne«, pflichtete er hastig bei.

John Kragopoulos blinzelte, als er durch das Objektiv blickte. »Ein großartiges Gerät«, rief er aus. »Einfach großartig.« Vorsichtig hantierte er an dem Teleskop, bis es in die gleiche Richtung wies, die es gehabt hatte, als er es zuerst bemerkte. Dann, als er die feindselige Haltung des anderen Mannes spürte, richtete er sich auf und begann sich aufmerksam im Zimmer umzusehen. »Das ist ein gut konzipiertes Apartment«, bemerkte er zu Dorothy.

»Ich habe mich hier äußerst wohl gefühlt«, stimmte Parrish zu. Innerlich kochte er vor Wut über sich selbst. Schon wieder hatte er überhastet reagiert und sich verdächtig gemacht. Er fing wieder an zu schwitzen. Hatte er noch etwas vergessen? Lag irgend etwas von den Kindern herum? Wahnsinnig aufgeregt schoß sein Blick in alle Ecken des Zimmers. Nichts.

Dorothy sagte: »Wir möchten gern auch das Schlafzimmer sehen, wenn Sie gestatten.«

»Selbstverständlich.«

Er hatte die Bettdecke gerade gezupft und die

Dose mit dem Kinderpuder in die Schublade des Nachtschränkchens getan.

»Das Badezimmer ist so groß wie die meisten heutigen Zweitschlafzimmer«, bemerkte Dorothy zu John Kragopoulos. Dann, als sie sich umsah, sagte sie: »Oh, es tut mir leid.« Sie starrte auf die gefüllte Badewanne. »Wir kamen wohl sehr ungelegen. Sie wollten wohl gerade ein Bad nehmen.«

»Ich bin an keine Zeit gebunden.« Trotz dieser Beschwichtigung gelang es ihm, ihr den Eindruck zu vermitteln, daß sie ihn tatsächlich störte.

John Kragopoulos trat hastig ins Schlafzimmer zurück. Er begriff, daß dieser Mann über ihr Kommen offensichtlich aufgebracht war. Es war ziemlich plump, einem das zu verstehen zu geben, indem man in dieser Weise die Wanne präsentierte. Und die Ente, die da auf dem Wasser herumschwamm. Ein Kinderspielzeug. Er schüttelte sich angewidert. Er strich mit der Hand über die Tür des Wandschranks. Das Holz und seine glänzende Oberfläche faszinierte ihn. Das Haus war wirklich ein wundervoller Bau. John Kragopoulos war ein nüchterner Geschäftsmann, aber er glaubte auch an Instinkt. Und sein Instinkt verriet ihm, daß dieses Haus eine gute Kapitalanlage sein würde. Sie wollten dreihundertfünfzigtausend dafür... Er würde zweihundertfünfundneunzig dafür bieten und ihnen bis drei zwanzig entgegenkommen. Er war sicher, daß es dafür zu haben war.

Der Entschluß nahm in seinem Kopf endgültige Form an, und sein Interesse an dem Apartment wuchs, so als ob er schon der neue Eigentümer wäre. »Darf ich diesen Wandschrank öffnen?« fragte er beiläufig. Er drehte schon an dem Griff.

»Es tut mir leid. Ich habe an diesem Schrank das Schloß ausgewechselt und anscheinend den Schlüssel verlegt. Wenn Sie vielleicht den anderen Schrank ansehen wollen… sie sind praktisch gleich.«

Dorothy sah sich das Schloß und den neuen Griff genau an. Es war billige Fabrikware aus der Eisenhandlung. »Hoffentlich haben Sie den Originalgriff aufbewahrt«, sagte sie. »Alle Türgriffe waren Sonderanfertigungen aus echtem Messing.«

»Doch. Ich habe ihn. Er muß nur wieder angebracht werden.« Du lieber Himmel, wollte dieses Weib den Griff unbedingt herumdrehen? Angenommen das neue Schloß verbog sich? Es saß nicht allzu fest in dem alten Holz. Was wäre, wenn es sich öffnete?

Langsam ließ Dorothy den Griff los. Der leichte Anflug von Verärgerung in ihr schwand so schnell, wie er gekommen war. Um Himmels willen, was für einen Unterschied machte das schon? Selbst wenn im ganzen Universum die Messinggriffe ausgewechselt würden? Wen kümmerte das schon?

Parrish mußte die Lippen aufeinanderpressen, um dieses neugierige Weib und ihren Klienten nicht hinauszuweisen. Die Kinder lagen direkt hinter der Tür. Hatte er die Knebel fest genug angezogen? Hörten sie die vertraute Stimme und machten irgendein Geräusch? Er mußte diese Leute jetzt loswerden.

Aber auch Dorothy wollte gehen. Sie nahm im Schlafzimmer einen undefinierbaren, vertrauten Duft wahr – einen Duft, der sie sehr stark an Missy erinnerte. Sie wandte sich an John Kragopoulos. »Vielleicht sollten wir jetzt aufbrechen ... wenn Sie soweit sind.«

Er nickte: »Ich bin durchaus bereit, vielen Dank.« Er machte Anstalten zu gehen, und es war ganz deutlich, daß er es diesmal vermied, Parrish die Hand zu schütteln. Dorothy folgte ihm. »Vielen Dank, Mr. Parrish«, sagte sie hastig. »Ich bleibe mit Ihnen in Verbindung.«

Schweigend gingen sie davon, die Treppen hinunter ins Erdgeschoß. Sie gingen durch die Küche, und als sie die Hintertür öffneten, erkannte sie, daß die Sturmwarnung berechtigt war. Innerhalb der kurzen Zeit, in der sie sich im Haus aufgehalten hatten, war der Wind noch heftiger geworden. O Gott, die Kinder würden erfrieren, wenn sie die ganze Zeit über draußen wären.

»Am besten laufen wir schnell zur Garage hinüber«, sagte sie zu John Kragopoulos, der anscheinend in Gedanken verloren war. Er nickte und faßte sie am Arm. Zusammen rannten sie los. Sie gaben sich keine Mühe, unter dem Mauervorsprung zu bleiben. Bei der zunehmenden Windstärke gab es einfach keinen Schutz gegen Graupel, der jetzt leicht mit Schnee vermischt war.

In der Garage schlängelte sich Dorothy zwischen

dem Kombiwagen und ihrem Wagen hindurch und öffnete die Tür auf der Fahrerseite. Als sie sich langsam auf ihren Sitz gleiten ließ, blickte sie nach unten. Ein hellroter Stoffetzen auf dem Garagenboden fiel ihr ins Auge. Sie stieg wieder aus, bückte sich, hob ihn auf, sank dann in ihren Sitz zurück und preßte den Gegenstand an ihre Wange. Mit erschreckter Stimme fragte Kragopoulos: »Meine liebe Mrs. Prentiss, was ist denn los?«

»Der Handschuh!« schrie Dorothy. »Es ist Missys Handschuh. Sie hat ihn gestern angehabt, als ich mit ihr aus war und ihr ein Eis spendiert habe. Sie muß ihn im Wagen liegengelassen haben. Ich muß ihn herausgestoßen haben, als ich vorhin aus dem Wagen stieg. Sie hat immer ihre Handschuhe verloren. Sie hatte nie zwei Handschuhe an, die zueinander paßten. Wir haben uns darüber immer lustig gemacht. Und heute morgen fand man den anderen Handschuh an der Schaukel.« Dorothy begann zu schluchzen – mit einem trockenen, gepreßten Ton, den sie zu unterdrücken versuchte, indem sie den Handschuh an die Lippen hielt.

»Ich kann nicht viel dazu sagen«, meinte John Kragopoulos ruhig. »Aber ich möchte Sie daran erinnern, daß ein gnädiger und gütiger Gott sehr wohl Ihren Schmerz und die Qual der Eltern sieht. Er wird Sie in Ihrer Not nicht im Stich lassen. In dieser Beziehung bin ich irgendwie ganz zuversichtlich. Jetzt aber, bitte... Wäre es Ihnen nicht lieber, wenn ich mich ans Steuer setzte?«

»Bitte«, erwiderte Dorothy mit erstickter Stimme.

Sie vergrub den Handschuh tief in ihrer Tasche und rutschte auf den anderen Sitz hinüber. Sie wollte nicht, daß Nancy oder Ray ihn sahen; es würde ihnen das Herz brechen. Oh, Missy, Missy! Sie hatte ihn ausgezogen, als sie gestern die Eiswaffel essen wollte. Sie sah es im Geist vor sich, wie sie ihn auf den Sitz fallen ließ. Oh, die armen kleinen Kinder.

John Kragopoulos war erleichtert, als er am Steuer saß. In dem Zimmer mit diesem scheußlichen Menschen hatte ihn eine große Unruhe überfallen. Der Mann hatte etwas Schmieriges und Abstoßendes an sich. Und dieser Geruch von Kinderpuder im Schlafzimmer, und dann dieses unglaubliche Spielzeug in der Wanne. Wie konnte sich ein erwachsener Mensch nur mit so etwas abgeben?

Oben im Haus stellte sich Parrish seitwärts zum Fenster und beobachtete den Wagen, bis er hinter einer Straßenkurve verschwunden war. Dann zog er mit zitternden Fingern den Schlüssel aus seiner Tasche und schloß die Tür des Wandschranks auf.

Der Junge war bei Bewußtsein. Das strohblonde Haar fiel ihm in die Stirn, und mit seinen großen blauen Augen blickte er stumm und voller Entsetzen zu ihm auf, den Mund immer noch fest verklebt und die Hände und Beine straff umwickelt.

Er stieß das Kind roh zur Seite und griff an ihm vorbei nach dem Mädchen. Er hob den schlaffen Körper heraus und legte sie aufs Bett – dann kreischte er auf, vor Wut und Verzweiflung, und starrte auf ihre geschlossenen Augen und ihr verzerrtes, blau angelaufenes Gesicht...

16

Nancys Hände ballten sich zusammen, öffneten sich wieder und zerrten an der Bettdecke. Behutsam nahm Lendon ihre Hand in seine eigenen, starken, wohlgeformten Hände. Vor Angst und innerer Erregung atmete sie nur mühsam und stoßweise.

»Nancy, beruhigen Sie sich. Alle wissen hier, daß Sie Ihren Kindern nichts antun könnten. Das haben Sie doch gemeint, nicht wahr?«

»Ja... Ja... man denkt, ich könnte ihnen etwas antun. Wie könnte ich sie umbringen? Sie sind mein Fleisch und Blut. Ich bin mit ihnen gestorben...«

»In uns allen stirbt etwas, wenn wir Menschen verlieren, die wir lieben, Nancy. Gehen Sie mit mir in Gedanken zurück in die Zeit vor dem ganzen Unglück. Erzählen Sie mir, wie es damals war, in Ohio, als Sie noch klein waren.«

»Als ich noch klein war?« Nancys Stimme verlor sich in ein Flüstern. Die Starre ihres Körpers fiel langsam von ihr ab.

»Ja, erzählen Sie mir von Ihrem Vater. Ich habe ihn nie kennengelernt.«

Jed Coffin bewegte sich unruhig hin und her, und der Stuhl, auf dem er saß, knarrte auf dem Holzfußboden. Lendon warf ihm einen warnenden Blick zu. »Ich habe meine Gründe dafür«, sagte er leise. »Bitte, haben Sie Geduld.«

»Vati?« Ein fröhlicher Ton kam in Nancys Stimme. Sie lachte verhalten. »Es war so lustig. Mutter und ich fuhren immer zum Flughafen, um ihn abzuholen, wenn er von einem Flug zurückkam. In den ganzen Jahren kam er nie von einer Reise zurück, ohne daß er Mutter und mir etwas mitgebracht hätte. Wenn er Urlaub hatte, reisten wir in der ganzen Welt umher. Sie haben mich immer mitgenommen. Ich erinnere mich an eine Reise ... «

Ray vermochte nicht, seine Augen von Nancy zu wenden. Noch nie hatte er sie mit diesem Ton in der Stimme sprechen hören – lebhaft, munter, und mit einem leisen Lachen, das durch ihre Worte klang. War es das gewesen, was er insgeheim immer in ihr zu entdecken gehofft hatte? War da noch mehr als nur Lebensmüdigkeit und Angst vor Entdeckung? Er hoffte es.

Jonathan Knowles hörte Nancy aufmerksam zu. Er war von der Methode, mit der Lendon arbeitete, sehr angetan: ihr Zutrauen zu gewinnen und sie zu beruhigen, ehe er sie nach Einzelheiten über den Tag befragte, an dem die Harmon-Kinder verschwunden waren. Es war qualvoll, das sanfte Ticken der Standuhr zu hören ... eine Mahnung, daß die Zeit verrann. Ihm kam zum Bewußtsein, daß es ihm immer schwerer fiel, an Dorothy vorbeizusehen. Er wußte, daß er bei ihrem kurzen Gespräch, als sie gerade in ihren Wagen steigen wollte, ein wenig schroff gewesen war. In seiner Enttäuschung hatte er so auf ihre vorsätzliche Schwindelei reagiert – auf die Tatsache, daß sie ihm persönlich gegenüber behauptet hatte, sie habe Nancy schon als Kind gekannt.

Warum hatte sie das getan? Vielleicht, weil er

irgendwie angedeutet hatte, daß ihm Nancy bekannt vorkäme? Oder war es einfach ein Versuch gewesen, ihn von der Wahrheit abzulenken, weil sie glaubte, ihm die Wahrheit nicht anvertrauen zu können? Hatte er etwa das vorgekehrt, was Emily immer seine ›Ihr Zeuge, Herr Staatsanwalt‹ Manier genannt hatte?

Auf jeden Fall hatte er das Gefühl, daß er Dorothy eine Abbitte schuldig sei. Sie sah nicht sehr gut aus. Man merkte ihr die Anspannung an. Sie trug immer noch ihren schweren Mantel, ihre Hände hatte sie tief in die Taschen gesteckt. Er nahm sich vor, bei der ersten günstigen Gelegenheit mit ihr zu sprechen. Sie mußte sich beruhigen. Die Kinder waren bestimmt ihr ein und alles.

Die Lampen im Zimmer flackerten plötzlich, gingen aus. »Das mußte so kommen.« Jed Coffin legte sein Mikrofon auf den Tisch und suchte nach Streichhölzern. Hastig zündete Ray die antiken Öllampen auf beiden Seiten des Kaminsimses an. Sie gaben ein gelbes Licht, das sich auflöste und harmonisch mit den leuchtend roten Flammen im Kamin verband und die Couch, auf der Nancy lag, in eine rosafarbene Glut tauchte und tiefe Schatten in die Ecken des dunklen Zimmers warf.

Ray schien es, als seien der gleichförmige Trommelwirbel, den der Graupel gegen das Haus schlug, und das Stöhnen des Windes in den Kiefern stärker geworden. Der Gedanke, daß die Kinder bei diesem Wetter irgendwo draußen waren ... In der vergangenen Nacht war er aufgewacht, als er Missy husten hörte. Doch als er in ihr Zimmer ging, war sie schon wieder tief eingeschlafen, eine Hand unter ihrer Wange. Als er sich über sie beugte, um die Bettdecke hochzuziehen, hatte sie ›Vati‹ gemurmelt und sich bewegt, aber als sie seine Hand auf ihrem Rücken spürte, hatte sie sich gleich wieder beruhigt.

Und Michael. Er und Michael hatten in Wiggins' Market Milch geholt – war das erst gestern morgen gewesen? Sie waren gerade in dem Augenblick angekommen, als der Mieter aus dem ›Ausguck‹, dieser Mr. Parrish, herauskam. Der Mann hatte freundlich genickt, aber als er in seinen alten Ford einstieg, hatte sich Michaels Gesicht vor Abscheu zusammengezogen. »Den mag ich nicht«, hatte er gesagt.

In der Erinnerung daran lächelte Ray fast. Michael war ein kerniger kleiner Bursche, aber er hatte etwas von Nancys Widerwillen gegen Häßliches geerbt, und wie man es auch drehen und wenden mochte, Courtney Parrish war ein plumper, schwerfälliger, wenig attraktiver Mann.

Sogar die Wiggins haben sich abfällig über ihn geäußert. Nachdem er gegangen war, sagte Jack Wiggins, ohne eine Miene zu verziehen: »Dieser Kerl ist wohl das langsamste menschliche Wesen, das mir in meinem Leben begegnet ist. Beim Einkaufen läuft er hier planlos herum, als ob er unendlich viel Zeit hätte.«

Michael hatte nachdenklich dreingeschaut. »Ich habe nie genug Zeit«, hatte er gesagt. »Ich helfe meinem Vati, einen Tisch für mein Zimmer aufzuarbeiten; immer, wenn ich daran weiterarbeiten möchte, muß ich mich für die Schule fertigmachen.«

»Sie haben da einen ziemlich guten Gehilfen, Ray«, hatte Jack Wiggins bemerkt. »Ich bin jederzeit bereit, ihm einen Job zu geben; hört sich so an, als ob er zupacken könnte.«

Mike hatte die Pakete aufgehoben und gesagt: »Ich bin auch stark. Ich kann viel tragen. Ich kann auch meine Schwester ganz lange tragen.«

Ray ballte die Fäuste. Das hier war unwirklich, unmöglich. Die Kinder verschwunden. Nancy unter Drogen. Was sagte sie gerade?

Ihre Stimme klang immer noch lebhaft und aufgeräumt. »Vati nannte Mutter und mich immer seine Mädchen ...«

Sie stockte.

»Was ist, Nancy?« fragte Dr. Miles. »Ihr Vater nannte Sie sein kleines Mädchen? Hat Sie das durcheinander gebracht?«

»Nein... nein... nein..., er nannte uns seine Mädchen. Es war anders... es war anders... überhaupt nicht so...« Ihre Stimme hob sich in heftigem Protest.

Lendon sprach beruhigend auf sie ein. »Schon gut, Nancy. Regen Sie sich nicht auf. Reden wir über das College. Wollten Sie von zu Hause weg zur Schule?«

»Ja... ich wollte wirklich... nur... ich machte mir Sorgen wegen Mutter...«

»Warum machten Sie sich ihretwegen Sorgen?«

»Ich hatte Angst, daß sie einsam sein würde – wegen Vati... und wir hatten das Haus verkauft; sie zog in ein Apartment. Für sie hatte sich so vieles geändert. Und sie hatte wieder angefangen zu arbeiten. Aber sie arbeitete gern... Sie sagte, sie wolle, daß ich gehe... Sie sagte immer, heute ist... heute...«

»Heute ist der erste Tag deines restlichen Lebens«, vollendete Lendon ruhig den Satz. Ja, Priscilla hatte das auch zu ihm gesagt. An dem Tag, als sie ins Büro kam, nachdem sie Nancy ins Flugzeug gesetzt hatte. Sie hatte ihm erzählt, daß sie noch dagestanden und Lebewohl gewunken habe, lange nachdem das Flugzeug zur Startbahn gerollt sei. Dann waren ihr Tränen in die Augen gestiegen, und sie hatte entschuldigend gelächelt. »Da sehen Sie, wie gefühlsduselig ich bin«, hatte sie gesagt und zu lachen versucht, »eine richtiggehende Glucke.«

»Ich finde Sie großartig«, hatte Lendon ihr erwidert.

»Es ist nur, wenn man bedenkt, wie schnell sich im Leben alles verändern kann... so unglaublich schnell. Ganz plötzlich ist ein ganzer Abschnitt, der wichtigste Abschnitt... vorbei. Auf der anderen Seite denke ich jedoch, wenn man etwas ganz Wundervolles erlebt hat... und so glücklich gewesen ist... kann man nicht zurückblicken und traurig sein. Genau das habe ich Nancy heute gesagt... Ich möchte nicht, daß sie sich meinetwegen

Sorgen macht. Ich möchte, daß sie auf dem College eine wundervolle Zeit erlebt. Ich habe ihr gesagt, daß wir beide immer an das Motto denken sollten: ›Heute ist der erste Tag unseres restlichen Lebens‹.«

Lendon erinnerte sich, daß ein Patient in die Praxis gekommen war. Damals hatte er es als ein Glück angesehen; er war in allergrößter Gefahr gewesen, seinen Arm um Priscilla zu legen.

»... aber alles war in Ordnung«, sagte Nancy gerade. Sie zögerte und suchte nach Worten. »Mutters Briefe klangen fröhlich. Sie hing an ihrer Arbeit. Sie schrieb eine Menge über Dr. Miles ... Ich war froh ...«

»Waren Sie gern auf dem College, Nancy?« fragte Lendon. »Hatten Sie viele Freunde?«

»Anfangs. Ich mochte die Mädchen, und ich wurde oft eingeladen.«

»Wie stand es mit der Arbeit in der Schule? Gefielen Ihnen Ihre Fächer?«

»O ja. Sie waren leicht ... außer Bio ... «

Ihre Stimme schlug um – wurde besorgt. »Das war schwerer. Naturwissenschaften habe ich nie gemocht ... aber das College verlangte es ... darum belegte ich es ... «

»Und Sie lernten Carl Harmon kennen.«

»Ja. Er ... wollte mir in Bio helfen. Er ließ mich in sein Büro kommen und ging meine Arbeit mit mir durch. Er sagte, ich hätte zu viele Verabredungen, und daß ich damit Schluß machen müßte, oder ich würde krank davon. Er war so besorgt ... er gab mir dann sogar Vitamine. Er muß wohl recht gehabt haben... denn ich war so müde... so sehr... und fühlte mich allmählich so deprimiert... Ich vermißte meine Mutter...«

»Aber Sie wußten, daß Sie über Weihnachten zu Hause sein würden.«

»Ja... aber es hatte keinen Sinn... Ganz plötzlich... wurde es so schlimm... ich wollte sie nicht beunruhigen... deshalb habe ich nichts davon geschrieben... An einem Wochenende kam sie herüber... weil sie sich um mich Sorgen machte... Das weiß ich... Und dann verunglückte sie... weil sie herüberkam, um mich zu besuchen... Es war meine Schuld... meine Schuld...« Ihre Stimme erhob sich zu einem Schmerzensschrei und erstarb dann in Schluchzen.

Ray fuhr in seinem Stuhl hoch, aber Jonathan zog ihn zurück. Das Licht der Öllampe flackerte auf Nancys Gesicht. Es war von Schmerz verzerrt. »Mutter!« rief sie, »o Mutter... bitte sei doch nicht tot... du mußt leben! O Mutter, bitte, bitte, lebe doch... Ich brauche dich... Mutter, sei doch nicht tot... Mutter...«

Dorothy wandte ihren Kopf zur Seite und biß sich auf die Lippen, um ihre Tränen zurückzuhalten. Kein Wunder, daß Nancy wegen ihrer Bemerkung, daß sie für Missy und Michael eine Ersatzgroßmutter sei, verstimmt gewesen war. Was hatte sie hier zu suchen? Niemand nahm von ihrer Anwesenheit Notiz oder machte sich etwas daraus. Sie wäre nützlicher, wenn sie hinausginge und Kaffee kochte. Vielleicht mochte später auch Nancy einen Schluck. Sie sollte ihren Mantel ausziehen. Aber sie konnte es nicht. Sie fühlte sich so durchfroren; so allein. Einen Augenblick lang starrte sie auf den gehäkelten Teppich und nahm wahr, wie das Muster vor ihren Augen verschwamm. Als sie den Kopf hob, begegnete sie dem unergründlichen Blick Jonathan Knowles und wußte sofort, daß er sie schon eine Zeitlang beobachtet hatte.

»... Carl half Ihnen, als Ihre Mutter starb. Er war gut zu Ihnen?« Warum zog Lendon Miles diese Qual nur in die Länge. Welch ein Sinn lag denn darin, Nancy auch das noch einmal durchleben zu lassen? Dorothy erhob sich langsam.

Nancys Antwort war ganz ruhig. »O ja. Er war so gut zu mir... Er kümmerte sich um alles.«

»Und Sie heirateten ihn.«

»Ja. Er sagte, er würde auf mich aufpassen. Und ich war so müde. Er war so gut zu mir...«

»Nancy, Sie dürfen sich keine Vorwürfe wegen des Unfalls Ihrer Mutter machen. Das war nicht Ihre Schuld.«

»Unfall?« grübelte Nancy. »Unfall? Aber das war kein Unfall. Es war gar kein Unfall...«

»Natürlich war es das.« Lendons Stimme blieb gelassen, aber er spürte, wie sich seine Muskeln am Hals spannten.

»Ich weiß nicht... Ich weiß nicht...«

»Schon gut; wir werden später darüber sprechen. Erzählen Sie uns von Carl.«

»Er war gut zu mir...«

»Das sagen Sie immer wieder, Nancy. In welcher Weise war er gut zu Ihnen?«

»Er kümmerte sich um mich. Ich war krank; er mußte so viel für mich tun ...«

»Was hat er für Sie getan, Nancy?«

»Darüber will ich nicht sprechen.«

»Warum nicht, Nancy?«

»Ich will nicht. Ich will nicht ...«

»Schon gut. Erzählen Sie uns von den Kindern. Von Peter und Lisa.«

»Sie waren so gut ...«

»Sie waren sehr artig, meinen Sie das?«

»Sie waren so gut ... zu gut ...«

»Nancy, Sie sagen immer ›gut‹. Carl war so gut zu Ihnen. Und die Kinder waren gut. Sie müssen sehr glücklich gewesen sein.«

»Glücklich? Ich war so müde ...«

»Warum waren Sie so müde?«

»Carl sagte, ich wäre so krank. Er war so gut zu mir.«

»Nancy, Sie müssen uns das erzählen. In welcher Weise war Carl gut zu Ihnen?«

»Er tat alles, damit ich wieder gesund würde. Er wollte, daß ich wieder gesund würde. Er sagte, ich müßte ein artiges kleines Mädchen sein.«

»In welcher Weise fühlten Sie sich krank, Nancy? Was tat Ihnen weh?«

»So müde ... immer so müde ... Carl half mir ...«

»Half Ihnen, wie?«

»Ich will darüber nicht sprechen.«

»Aber Sie müssen, Nancy. Was hat Carl getan?«

»Ich bin müde … Ich bin jetzt müde …«

»Schon gut, Nancy. Ich möchte, daß Sie sich jetzt ein paar Minuten ausruhen; dann werden wir uns noch ein bißchen unterhalten. Ruhen Sie sich aus … nur ausruhen …«

Lendon stand auf. Captain Coffin faßte ihn sofort am Arm und deutete mit dem Kopf zur Küche hinüber. Kaum hatten sie das Zimmer verlassen, sagte Captain Coffin schroff: »Die ganze Geschichte bringt uns nicht weiter. Das könnte Stunden so weitergehen, ohne daß Sie irgend etwas herausbekommen. Die Frau macht sich Vorwürfe, wegen des Unfalls ihrer Mutter, weil ihre Mutter die Reise gemacht hatte, um sie zu besuchen. So einfach ist das. Wenn Sie aber glauben, daß Sie doch noch irgend etwas über den Mordfall Harmon herausbekommen können, dann los. Oder ich nehme sie mit aufs Revier.«

»Das kann man nicht erzwingen … Sie beginnt doch zu sprechen … Es gibt da viele Dinge, die sie nicht einmal im Unterbewußtsein wahrhaben will.«

Der Captain fuhr dazwischen: »Und ich möchte mich selbst nicht wahrhaben, wenn die Möglichkeit besteht, daß die Kinder noch leben und ich hier kostbare Zeit verschwendet habe.«

»Schon gut. Ich werde jetzt versuchen, etwas über heute morgen herauszubekommen. Aber bitte gestatten Sie mir, daß ich sie zuerst über den Tag befrage, an dem die Harmon-Kinder verschwanden. Wenn es zwischen beiden Fällen irgendeine Verbindung gibt, vielleicht verrät sie sie uns.«

Captain Coffin blickte auf seine Uhr. »Du lieber Himmel, es ist schon fast vier. Die Sicht war heute zwar schon den ganzen Tag über miserabel, aber in einer halben Stunde sehen wir überhaupt nichts mehr. Wo ist das Radio? Ich möchte die Nachrichten hören.«

»In der Küche steht eines, Captain.« Bernie Mills, der wachhabende Polizist im Hause, war ein ernsthafter, dunkelhaariger Mann Anfang Dreißig. Er war seit zwölf Jahren bei der Polizei, und dies hier war der sensationellste Fall, mit dem er bisher zu tun gehabt hatte. Nancy Harmon. Nancy Eldredge war Nancy Harmon! Die Frau von Ray Eldredge. Da sah man's wieder. Man wußte nie, was in den Menschen vor sich ging. Als sie noch Jungen waren, hatte er mit Ray Eldredge im Sommer immer in einer Baseball-Mannschaft gespielt. Dann war Ray auf irgendeine komische Vorbereitungsschule und dann aufs Dartmouth College gegangen. Er hätte nie erwartet, daß Ray sich nach dem Wehrdienst am Kap niederlassen würde. Aber er hatte es doch getan. Als er die Kleine heiratete, die dieses Haus gemietet hatte, sagten alle, daß sie eine hübsche Frau sei. Ein paar Leute meinten auch, daß sie einen irgendwie an jemanden erinnere.

Bernie besann sich, wie er selbst auf das Gerede reagiert hatte. Viele Leute sehen wie irgend jemand aus. Sein eigener Onkel, ein Taugenichts und Säufer, der seiner Tante das Leben zur Hölle machte, war ein Doppelgänger von Barry Goldwater. Er warf einen schnellen Blick zum Fenster hinaus.

Die Fernsehleute standen da draußen immer noch herum, mit ihrem Aufnahmewagen und dem ganzen Gerät. Warteten auf eine Story. Er fragte sich, was sie wohl denken würden, wenn sie wüßten, daß Nancy Eldredge gerade eine Spritze mit einem Wahrheitsserum erhalten hatte. Nun, das war eine Story. Es zog ihn nach Hause, weil er Jean davon erzählen wollte. Er überlegte, was sie wohl gerade machte. Das Baby hatte in der letzten Nacht gezahnt; es hatte sie beide auf den Beinen gehalten.

Einen einzigen schrecklichen Moment lang fragte sich Bernie, wie ihm wohl zumute wäre, wenn der kleine Kerl an einem Tage wie heute verschwunden wäre... irgendwo da draußen... und er wüßte nicht wo. Die Vorstellung war so schrecklich, so atemberaubend, so nervenzerrüttend, daß er sie von sich wies. Jean ließ Bobby niemals aus den Augen. Manchmal ging sie Bernie damit auf die Nerven, wie sie sich mit dem Kleinen anstellte. Jetzt im Augenblick jedoch war der Gedanke, daß sie den Kleinen nie allein ließ, eine Beruhigung für ihn, die seine Besorgnis ein wenig dämpfte. Der kleine Bursche war ein Prachtkerl – dank Jean.

Dorothy kam in die Küche und ließ die Kaffeekanne vollaufen. Bernie sann darüber nach, wieso Dorothy ihn immer ein wenig verunsicherte. Sie hatte – nun ja, man könnte es wohl so nennen – so eine reservierte Art an sich. Sie konnte schon nett und freundlich sein – aber, nun ja, Bernie wußte nicht so richtig. Er kam zu dem Ergebnis, daß Dorothy seiner Ansicht nach einfach ein bißchen zu intellektuell war.

Er drehte das Transistorradio an, und sofort drang die Stimme von Dan Philipps, dem Nachrichtensprecher von WCOD in Hyannis, ins Zimmer. »Im Fall der vermißten Eldredge-Kinder hat es gerade eine neue Wendung gegeben«, sagte Philipps, und in seiner Stimme schwang eine ganz berufsfremde Erregung mit. »Otto Linden, ein Tankwart von der Gulf Tankstelle an der Route 28 in Hyannis, hat soeben angerufen und uns mitgeteilt, daß er bezeugen kann, heute morgen um neun den Benzintank von Rob Legler gefüllt zu haben. Rob Legler ist der verschwundene Zeuge im Mordfall vor sieben Jahren. Mr. Linden sagte weiter, daß Legler offenbar sehr nervös gewesen sei und aus freien Stücken erklärt habe, er sei auf dem Wege nach Adams Port, um jemanden aufzusuchen, der über ein Wiedersehen mit ihm wahrscheinlich nicht sehr glücklich sein würde. Er fuhr einen neuen roten Dodge Dart.«

Coffin fluchte leise. »Und ich vergeude meine Zeit damit, mir hier dieses Gewäsch anzuhören.« Er eilte zum Telefon. Gerade in dem Augenblick, als er den Hörer aufnehmen wollte, klingelte es. Sofort nachdem sich der Anrufer gemeldet hatte, sagte Jed ungeduldig: »Ja, ich habe es gehört. In Ordnung. Straßensperren auf den Brücken zum Festland! Prüfen Sie das anhand der FBI Deserteur-Liste nach – versuchen Sie herauszubekommen, ob die wissen, wo sich Legler in der letzten Zeit aufgehalten hat. Geben Sie eine Meldung über einen roten Dodge hinaus.« Er knallte den Hörer auf die Gabel zurück und wandte sich an Lendon. »Jetzt möchte ich, daß Sie Mrs. Eldredge eine ganz einfache und direkte Frage stellen. Und zwar, ob Rob Legler heute morgen hier war oder nicht... und was er zu ihr gesagt hat.«

Lendon starrte ihn an. »Sie meinen...«

»Ich meine vor allem, daß Rob Legler Nancy Eldredge sofort wieder einen Mordprozeß auf den Hals laden könnte. Der Fall Harmon ist nie abgeschlossen worden. Nehmen wir einmal an, er hat sich sechs Jahre oder so drüben in Kanada versteckt gehalten. Er braucht Geld. Kam beim Harmon-Prozeß nicht heraus, daß Nancy von ihren Eltern eine ganze Menge Geld geerbt hat? So um hundertfünfzigtausend Dollar herum? Nehmen wir jetzt weiter an, Rob Legler weiß von dem Geld und bekommt irgendwie heraus, wo Nancy lebt. Die Mitarbeiter der Bezirksstaatsanwaltschaft in San Francisco wissen, wo sie wohnt. Und angenommen, Legler hat die Nase voll von Kanada, er möchte hierher zurückkehren und braucht dazu Kapital. Wie wäre es, wenn er mal zu Nancy Eldredge ginge und ihr verspräche, seine Aussage zu ändern, wenn er je geschnappt würde und es keinen neuen Prozeß gäbe? Das hieße doch praktisch, er könnte sie zwingen, ihm zeit ihres Lebens einen Blankoscheck auszustellen. Er kommt hierher. Er trifft sie. Die Sache geht schief. Sie geht nicht darauf ein... oder er überlegt es sich anders. Sie weiß, daß er jeden Augenblick gefaßt werden kann oder daß er sich selber stellt und sie dann wieder in San Francisco unter Mordanklage steht, und sie dreht durch...«

»Und bringt die Kinder um, die sie mit Ray Eldredge hat?« Lendons Stimme klang spöttisch. »Haben Sie auch schon darüber nachgedacht, daß sich dieser Student, der Nancy beinahe in die Gaskammer gebracht hat, beide Male am Tatort aufhielt, als die Kinder verschwanden?

Geben Sie mir noch eine Chance«, drängte Lendon. »Gestatten Sie mir, daß ich sie noch über den Tag befrage, an dem die Harmon-Kinder verschwanden. Ich möchte, daß sie zuerst die Ereignisse dieses Tages schildert.«

»Sie haben dreißig Minuten Zeit – keine Minute mehr.«

Dorothy begann gerade, den Kaffee in die Tassen zu gießen, die sie bereits auf ein Tablett gestellt hatte. Rasch schnitt sie den Kuchen auf, den Nancy am Tage zuvor gebacken hatte. »Der Kaffee wird sicherlich allen guttun«, sagte sie.

Sie trug das Tablett ins Vorderzimmer. Ray saß auf dem Sessel, den Lendon an die Couch herangezogen hatte. Er hielt Nancys Hände und massierte sie sanft. Sie war ganz still. Sie atmete gleichmäßig, doch als die anderen ins Zimmer kamen, bewegte sie sich und stöhnte.

Jonathan stand am Kamin und blickte mit unbeweglichem Gesicht ins Feuer. Er hatte seine Pfeife angezündet, und der kräftige Geruch seines guten

Tabaks durchdrang allmählich das Zimmer. Dorothy atmete den Geruch tief ein, und als sie das Tablett mit dem Kaffee auf den runden Kiefernholztisch am Kamin stellte, durchströmten sie wehmütige Erinnerungen. Kenneth hatte Pfeife geraucht, und das hier war seine Tabakmarke gewesen. Sie und Kenneth hatten stürmische Winternachmittage wie den heutigen immer gern gemocht. Sie hatten dann immer ein prasselndes Feuer angezündet, Wein und Käse und Bücher hervorgeholt und glücklich beieinander gesessen. Eine leichte Schwermut erfaßte sie. Schwermut, weil man sein Leben einfach nicht in der Hand hatte. Die meiste Zeit handelte man nicht selbst, sondern reagierte nur.

»Möchten Sie Kaffee und Gebäck?« fragte sie Jonathan.

Er sah sie nachdenklich an. »Ja, bitte.«

Sie wußte, daß er Sahne und Zucker nahm. Ohne zu fragen, machte sie ihm den Kaffee zurecht und reichte ihm die Tasse hinüber. »Sollten Sie nicht doch lieber Ihren Mantel ausziehen?« fragte er sie.

»Später. Ich bin noch so durchfroren.«

Dr. Miles und Captain Coffin waren nach ihr ins Zimmer getreten und gossen sich selbst Kaffee ein. Dorothy schenkte noch eine weitere Tasse ein und trug sie zur Couch hinüber.

»Trinken Sie etwas, Ray.«

Er schaute auf. »Vielen Dank.« Als er die Hand danach ausstreckte, sagte er mit gedämpfter Stimme zu Nancy: »Es wird alles wieder gut werden, mein kleines Mädchen.«

Nancy schreckte heftig zusammen. Sie riß die Augen auf, warf ihre Arme hoch und stieß die Tasse aus Rays Hand. Die Tasse fiel zu Boden und zersprang, und die heiße Flüssigkeit ergoß sich über ihren Morgenrock und die Decke. Ein paar Tropfen spritzten auf Ray und Nancy. Alle zuckten gleichzeitig zusammen, als Nancy mit der verzweifelten Stimme eines gefangenen Tieres aufschrie: »Ich bin nicht dein kleines Mädchen! Nenn mich nicht dein kleines Mädchen!«

17

Courtney Parrish wandte sich von der kleinen reglosen Gestalt auf dem Bett ab und holte tief Luft. Er hatte den Klebestreifen von Missys Mund abgezogen und die Schnüre von ihren Handgelenken und Knöcheln entfernt. In einem kleinen Häufchen lag alles durcheinander auf der Steppdecke. Ihr feines seidiges Haar war jetzt verfilzt. Er hatte sie baden und ihr dann das Haar kämmen wollen, jetzt aber hatte das keinen Sinn. Wenn sie nicht reagierte, empfand er nichts dabei.

Der kleine Junge, Michael, lag immer noch im Wandschrank auf dem Boden. Seine großen blauen Augen waren starr vor Schrecken. Courtney hob ihn hoch und drückte ihn an seine massige Brust.

Er legte Michael aufs Bett, löste die Fesseln an Knöcheln und Handgelenken und riß ihm mit einem schnellen Ruck den Klebestreifen vom Mund. Der Junge schrie auf vor Schmerz, biß sich dann aber auf die Lippen. Er schien besser zu reagieren – äußerst argwöhnisch und furchtsam, aber irgendwie doch mit dem Mut eines Tieres in der Falle.

»Was haben Sie mit meiner Schwester gemacht?« Der herausfordernde Ton erinnerte Courtney daran, daß der Junge die Milch mit dem Betäubungsmittel, die er ihm gegeben hatte, ehe ihm diese Schwachköpfe da hereingeschneit kamen, nicht ganz ausgetrunken hatte.

»Sie schläft.«

»Lassen Sie uns nach Hause gehen. Wir wollen nach Hause. Ich mag Sie nicht. Ich hab' es Vati gesagt, daß ich Sie nicht mag, und Tante Dorothy war hier, und Sie hatten uns versteckt.«

Courtney erhob seine rechte Hand, krümmte sie halb zur Faust und schlug Michael auf die Wange. Michael fuhr vor Schmerz zurück und ließ sich dann unter dem Griff des Mannes hindurch abrollen. Courtney griff nach ihm, verlor das Gleichgewicht und plumpste auf das Bett. Sein Mund berührte Missys wirres Haar, und einen Augenblick lang war er abgelenkt. Er raffte sich wieder auf, wandte sich um, stand auf den Beinen und duckte sich zu einem Sprung auf Michael. Aber Michael ging rückwärts zur Schlafzimmertür. Mit einer schnellen Bewegung öffnete er sie und rannte durch das angrenzende Wohnzimmer.

Courtney stürzte hinter ihm her, denn ihm fiel ein, daß er die Apartmenttür nicht abgeschlossen hatte. Er hatte vermeiden wollen, daß Dorothy beim Hinuntergehen das scharfe Klicken hörte, wenn er den Schlüssel herumdrehte.

Michael riß die Tür auf und rannte zur Treppe. Seine Schuhe klapperten auf dem nackten Boden. Er lief sehr schnell, ein schmaler Schatten, der in die schützende Dunkelheit des zweiten Stockwerks eintauchte. Courtney rannte hinter ihm her. Bei seiner ungestümen Verfolgung verlor er aber das Gleichgewicht und stürzte. Er polterte sechs Stufen hinab, ehe es ihm gelang, seinen Sturz zu bremsen, und sich an dem schweren hölzernen Treppengeländer festzuhalten. Er schüttelte den Kopf, um wieder klar denken zu können, riß sich dann hoch und verspürte im rechten Knöchel einen heftigen Schmerz. Er mußte dafür sorgen, daß die Küchentür verschlossen war.

Man konnte keine Fußtritte mehr hören. Der Junge hatte sich wahrscheinlich im zweiten Stock in einem Schlafzimmer versteckt. Nun, er hatte genügend Zeit, nach ihm zu suchen. Zuerst aber die Küchentür. Die Fenster waren kein Problem. Sie waren alle doppelt verriegelt und sowieso viel zu schwer. Das Doppelschloß vorne an der Haustür lag für das Kind zu hoch. Er würde einfach die Küchentür fest verschließen und dann nach dem Jungen suchen – Zimmer für Zimmer. Er würde nach ihm rufen und ihm Angst einjagen. Seine Augen hatten verängstigt und mißtrauisch geblickt. So sah er Nancy noch ähnlicher. Oh, das war wunderbar und ganz unerwartet. Aber er mußte sich beeilen. Er mußte sicher gehen, daß der Junge nicht aus dem Haus konnte.

»Ich komme gleich zurück, Michael«, rief er. »Ich finde dich schon. Ich finde dich schon, Michael. Du bist ein sehr ungezogener Junge. Und du kriegst deine Strafe, Michael. Hörst du mich, Michael?«

Er glaubte, in dem Schlafzimmer rechts von ihm etwas gehört zu haben und stürzte hinein, schonte aber beim Laufen seinen Knöchel. Doch das Zimmer war leer. Was war, wenn der Junge durch diesen Korridor gelaufen war und die Vordertreppe benutzt hatte? Plötzlich geriet er in Panik und polterte die beiden übrigen Treppen hinab. Von draußen hörte er, wie in der Bucht die Brandung gegen die Felsen donnerte. Er rannte in die Küche und zur Hintertür hinüber. Das war die Tür, die er immer benutzte, um das Haus zu verlassen oder zu betreten. Diese Tür hatte nicht nur ein Doppelschloß, sondern auch einen hoch liegenden Riegel. Er atmete schnell und keuchte vor Wut. Mit seinen dicken, zitternden Fingern schob er den Riegel vor. Dann zog er einen schweren hölzernen Küchenstuhl heran und verkeilte ihn unter der Klinke. Den würde der Junge niemals wegrücken können. Es gab keinen anderen Weg aus dem Haus.

Der schwere Sturm hatte das restliche Tageslicht fast verschluckt. Courtney knipste die Deckenbeleuchtung an, doch einen Moment später flackerte sie auf und verlöschte. Der Sturm hatte wahrscheinlich einige Leitungen heruntergerissen. Das würde die Suche nach dem Jungen erschweren. Die Schlafzimmer oben im Hause waren alle voll möbliert. Auch hatten sie alle tief eingelassene Wandschränke, in denen man sich gut verstecken konnte. Courtney biß sich wütend auf die Lippen. Dann griff er nach der Sturmlampe auf dem Tisch, entzündete ein Streichholz und steckte den Docht an. Das Glas war rot, und das Licht warf einen unheimlichen rötlichen Schein auf den fahlen Dielenboden und die Decke mit den mächtigen Balken. Der Wind riß an den Fensterläden. Courtney rief: »Michael... ist schon gut, Michael. Ich bin nicht mehr böse. Komm heraus, Michael. Ich bringe dich nach Hause zu deiner Mutter!«

18

Die Möglichkeit, Nancy Harmon zu erpressen, war der Glücksfall, auf den Rob Legler seit sechs Jahren gewartet hatte – seit dem Tage, an dem er seinen Einschiffungsbefehl nach Vietnam zerrissen hatte und in ein Flugzeug nach Kanada gestiegen war. In diesen Jahren hatte er als Landarbeiter in der Nähe von Halifax gearbeitet. Es war der einzige Job gewesen, den er bekommen konnte, und er haßte ihn. Aber nicht einen Augenblick hatte er seinen Entschluß bereut, von der Armee abzuhauen. Wer, zum Teufel, wollte schon in diesen heißen Dreckdschungel gehen und sich von einem Haufen stinkender Pinscher totschießen lassen? Er jedenfalls nicht.

Er hatte auf der Farm in Kanada gearbeitet, weil es überhaupt keine Alternative gegeben hatte. Mit sechzig Dollar in der Tasche war er von San Francisco weggegangen. Wenn er wieder nach Hause zurückkehrte, würden sie ihn einlochen. Er verspürte keine Lust, den Rest seines Lebens wegen Fahnenflucht hinter Gittern zu verbringen. Er brauchte ein anständiges Kapital, um irgendwohin, zum Beispiel nach Argentinien, abzuhauen. Er war eben keiner von den Tausenden von Deserteuren, die am Ende heimlich und mit gefälschten Papieren in die Vereinigten Staaten zurückkehren konnten. Dank dieser verfluchten Harmon-Geschichte waren die ihm ständig auf den Fersen.

Wäre damals das Urteil nicht aufgehoben worden... dann wäre der Fall erledigt. Aber dieses Schwein von Bezirksstaatsanwalt hatte gesagt, selbst wenn er zwanzig Jahre brauchte, er würde dafür sorgen, daß Nancy Harmon wegen der Ermordung ihrer Kinder wieder vor Gericht käme. Und Rob war der Zeuge, der das Tatmotiv lieferte.

Rob durfte es nicht noch einmal so weit kommen lassen. Es war so, daß der Staatsanwalt den Geschworenen beim letztenmal versichert hatte, hinter den Morden müsse mehr stecken als Nancy Harmons Wunsch, aus ihrer häuslichen Umgebung auszubrechen. »Wahrscheinlich war es Liebe«, hatte er gesagt. »Wir haben hier eine sehr attraktive junge Frau vor uns, die seit ihrem achtzehnten

Lebensjahr mit einem älteren Mann verheiratet ist. Manch eine junge Frau könnte sie um das Leben, das sie führte, durchaus beneiden. Professor Harmons tiefe Liebe zu seiner Frau und seiner Familie war allen ein Vorbild. Aber ist Nancy Harmon zufrieden? Nein. Als ein Student ins Haus kommt, um eine Reparatur auszuführen, von ihrem Gatten geschickt, damit sie nicht einmal ein paar Stunden in einer ungemütlichen Wohnung verbringen muß, was macht sie da? Sie folgt ihm überall hin. Will ihm unbedingt Kaffee anbieten. Sagt, es sei angenehm, sich mit einem jungen Menschen zu unterhalten... sagt, daß sie weg müsse... reagiert leidenschaftlich auf seine Annäherungsversuche... und dann, als er ihr erklärt, daß es ›nicht sein Bier sei, Kinder aufzuziehen‹, verspricht sie ihm ohne Gemütsbewegung, daß ihre Kinder ersticken werden.

Nun, meine Damen und Herren Geschworenen, ich verachte Rob Legler. Ich glaube, daß er mit dieser törichten jungen Frau gespielt hat. Ich glaube ihm nicht eine Sekunde lang, daß ihre verwerfliche Leidenschaft bei einigen Küssen endete... aber ich glaube ihm aufs Wort, wenn er jene abscheulichen Sätze wiederholt, die Nancy Harmon über ihre Lippen brachte.«

Hol ihn der Teufel. Immer, wenn er an dieses Plädoyer dachte, verspürte Rob eine lähmende Angst in der Magengrube. Dieses Schwein hätte wer weiß was drum gegeben, ihn zum Mordkomplizen zu stempeln. Und das alles nur, weil er gerade an dem

Tag beim alten Harmon im Büro war, als dessen Frau anrief, um ihm mitzuteilen, daß die Heizung kaputt sei. Rob war im allgemeinen nicht gerade versessen darauf, jemandem seine Hilfe anzubieten. Aber er hatte noch nie eine Maschine gesehen oder einen Motor oder eine Apparatur, die er nicht wieder in Ordnung gebracht hätte; und dann hatte er gehört, wie sich ein paar Typen darüber unterhalten hatten, daß die Frau von diesem widerlichen alten Schleicher eine ganz tolle Puppe sei.

Diese erstaunliche Information hatte ihn bewogen, freiwillig seine Dienste anzubieten. Zunächst hatte Harmon sein Angebot abgelehnt, aber als er den zuständigen Kundendienst nicht bekommen konnte, hatte er okay gesagt. Er erklärte, er wollte nicht, daß seine Frau mit den Kindern in ein Motel ziehe. Das hatte sie nämlich vorgeschlagen.

Deshalb war Rob hinübergegangen. Alles, was die Typen über Nancy Harmon gesagt hatten, stimmte genau. Sie sah wirklich verdammt gut aus. Aber es schien auch so, als ob sie das nicht wüßte. Sie wirkte irgendwie gehemmt ... als wenn sie sich ihrer nicht sicher wäre. Er war ungefähr gegen Mittag hinübergegangen. Sie war gerade dabei, den Kleinen etwas zu essen zu geben ... einem Jungen und einem Mädchen. Stille Kinder, alle beide. Sie kümmerte sich gar nicht um ihn, dankte ihm für sein Kommen und gab sich mit den Kleinen ab.

Er war sich darüber im klaren, daß es für ihn nur über die Kinder eine Möglichkeit gab, ihre Aufmerksamkeit zu erregen, und er begann sich mit ihnen zu unterhalten. Es war Rob nie schwergefallen, seinen Charme spielen zu lassen. Und er hatte auch eine Vorliebe für Frauen, die älter waren als er. Es war aber nicht so, daß diese hier viel älter war. Seit er als Sechzehnjähriger die Frau seines Nachbarn vernascht hatte, wußte er, daß Frauen einen für dufte halten und ihr Schuldbewußtsein über Bord werfen, wenn man zu ihren Kindern nett ist. Mensch, Rob könnte ein ganzes Buch darüber schreiben, was so ein Mutterkomplex alles zur Entschuldigung und Rechtfertigung fand.

Schon nach ein paar Minuten war es ihm gelungen, die Kinder und Nancy zum Lachen zu bringen, und dann hatte er den kleinen Jungen eingeladen, mit ihm runterzugehen und ihm bei der Reparatur der Heizungsanlage zu helfen. Genau wie er es erwartet hatte, bat das kleine Mädchen, auch mitgehen zu dürfen, und daraufhin sagte Nancy, sie wolle mitkommen und darauf achten, daß sie ihm nicht im Wege ständen. An der Heizungsanlage war nicht viel kaputt – nur ein Filter verstopft – aber er hatte gesagt, er brauche ein Ersatzteil, er könne es zwar provisorisch reparieren, aber er wolle zurückkommen und die Sache richtig in Ordnung bringen.

Am ersten Tag hatte er sich schnell wieder verdrückt. Hatte keinen Zweck, den alten Harmon verrückt zu machen. Er war sofort zu ihm ins Büro gegangen. Harmon sah ärgerlich und besorgt aus, als er die Tür öffnete, aber als er Rob erblickte, strahlte er über das ganze Gesicht, erleichtert. »So schnell?

Sie müssen ein Zauberkünstler sein. Oder haben Sie es nicht in Gang bekommen?«

Rob sagte: »Ich hab's schon in Gang bekommen. Aber Sie benötigen ein Ersatzteil, Sir, das ich Ihnen gern besorgen würde. Es ist eines von diesen kleinen Dingern, aus denen eine Riesenreparatur gemacht wird, wenn Sie den normalen Kundendienst bestellen. Ich kann das Stück für ein paar Dollar besorgen. Bin gern bereit, das zu übernehmen.«

Natürlich fiel Harmon darauf rein. Freute sich wahrscheinlich, Geld zu sparen. Und Rob kehrte am nächsten Tag zurück und am übernächsten. Harmon machte ihn darauf aufmerksam, daß seine Frau sehr nervös sei und viel ruhen müsse und daß er ihr bitte fernbleiben möge. Aber Rob fand nicht, daß sie nervös war. Ängstlich, vielleicht, und eingeschüchtert. Er hatte sie zum Reden gebracht. Sie erzählte ihm, daß sie nach dem Tode ihrer Mutter einen Nervenzusammenbruch gehabt hätte. »Ich glaube, ich bin immer noch schrecklich niedergeschlagen«, sagte sie. »Aber ich werde ganz bestimmt wieder gesund. Den größten Teil meiner Medizin habe ich sogar abgesetzt. Mein Mann weiß das gar nicht. Er wäre wahrscheinlich böse. Aber ohne Medikamente geht's mir viel besser.«

Rob hatte ihr gesagt, daß sie sehr hübsch sei. Er wollte mal ein bißchen vorfühlen, denn allmählich glaubte er, daß er sie herumkriegen konnte. Es war doch klar, daß sie sich mit dem alten Harmon ganz schön langweilte und allmählich unruhig wurde. Er sagte, vielleicht sollte sie öfter ausgehen. Sie erwiderte: »Mein Mann hat für Geselligkeit nicht viel übrig. Er sagt immer, wenn der Tag vorbei sei, habe er keine Lust mehr, noch mit anderen Menschen zusammenzukommen – jedenfalls nicht, wenn er sich den ganzen Tag mit Studenten herumgeschlagen habe.«

Das war der Augenblick gewesen, in dem er sich darüber klar geworden war, daß er einen Annäherungsversuch wagen wollte.

Für den Morgen, an dem die Harmon-Kinder verschwanden, hatte Rob ein todsicheres Alibi. Er war in einer Klasse mit nur sechs Kommilitonen gewesen. Aber der Staatsanwalt hatte ihm erklärt, daß er ihm eine Anklage wegen Beihilfe anhängen werde, wenn er auch nur die Spur eines Beweises finden könnte, und daß er das mit dem allergrößten Vergnügen tun werde. Rob hatte einen Anwalt verpflichtet. Der Schrecken saß ihm in den Gliedern, und er wollte vermeiden, daß der Staatsanwalt in seiner Vergangenheit herumstocherte und etwas aus der Zeit herauskramte, in der er in Cooperstown in eine Vaterschaftsklage verwickelt gewesen war. Der Anwalt hatte ihm geraten, sich wie der ehrerbietige Student eines berühmten Professors zu verhalten; er wäre darauf bedacht gewesen, ihm einen Gefallen zu erweisen; er hätte versucht, sich von dessen Frau fernzuhalten, sie wäre ihm aber überallhin nachgegangen. Er habe es nicht ernst genommen, als sie davon sprach, daß sie die Kinder ersticken würde. Er hätte tatsächlich angenommen, daß sie nervös und krank sei, genau wie es ihm der Professor zuvor angekündigt hatte.

Aber vor Gericht hatte es nicht so richtig geklappt. »Fühlten Sie sich zu dieser jungen Frau hingezogen?« fragte der Staatsanwalt aalglatt.

Rob schaute zu Nancy hinüber, die neben ihrem Anwalt auf der Anklagebank saß und ihn mit leeren, ausdruckslosen Augen ansah. »Ich habe nicht in diesen Begriffen gedacht, Sir«, entgegnete er. »Für mich war Nancy Harmon die Gattin eines Lehrers, den ich sehr bewunderte. Ich wollte lediglich die Heizungsanlage in Ordnung bringen, so wie ich es ihm angeboten hatte, und dann in mein Zimmer zurückkehren. Ich mußte ein Referat schreiben, und überhaupt, eine überspannte Frau mit zwei Kindern ist einfach ›nicht mein Bier‹.« Es war diese Bemerkung gewesen, diese verdammte letzte Bemerkung, auf die sich der Staatsanwalt gestürzt hatte. Rob war klatschnaß geschwitzt, als das Verhör schließlich zu Ende war.

Ja, er hatte gehört, daß die Frau des Professors eine hübsche Puppe war ... Nein, es war nicht seine Art, aus freien Stücken seine Hilfe anzubieten ... Ja, er sei neugierig gewesen, sie mal zu sehen ... Ja, er hatte einen Annäherungsversuch gemacht ...

»Aber das war alles!« hatte Rob aus dem Zeugenstand gerufen. »Bei zweitausend Studentinnen an der Uni hatte ich es doch nicht nötig, mir Probleme aufzuladen.« Dann hatte er zugegeben, daß er zu Nancy gesagt hatte, er sei ganz verrückt nach ihr und würde sie gern verführen.

Der Staatsanwalt hatte ihn voller Verachtung angeblickt. Dann las er aus der Gerichtsakte vor, wie Rob einmal von einem wütenden Ehemann verprügelt worden war – diese Geschichte in Cooperstown, als er in der Vaterschaftsklage benannt worden war.

Der Staatsanwalt sagte: »Dieser Schürzenjäger war kein freundlicher Helfer. Er ging in jenes Haus, um sich an eine hübsche junge Frau heranzumachen, von der er gehört hatte. Er spielte mit ihr. Sein Erfolg war größer, als er es in seinen kühnsten Träumen erwartet hatte. Meine Damen und Herren Geschworenen, ich möchte nicht behaupten, daß Rob Legler an dem Plan zur Ermordung von Nancy Harmons Kindern beteiligt war.

Zumindest war er es nicht im juristischen Sinne. Aber ich bin fest davon überzeugt, daß er moralisch, vor Gott, schuldig ist. Er gab dieser törichten, undankbaren jungen Frau zu verstehen, daß er an ihr interessiert wäre, wenn sie frei wäre, und sie wählte eine Freiheit, die unvereinbar ist mit den elementaren Empfindungen der Menschheit. Sie ermordete ihre Kinder, um von ihnen frei zu sein.«

Nachdem Nancy Harmon zum Tod in der Gaskammer verurteilt worden war, hatte Professor Harmon Selbstmord verübt. Er fuhr seinen Wagen an denselben Strand, an dem eines der Kinder gefunden worden war, und ließ ihn am Ufer stehen. Er befestigte einen Zettel am Lenkrad, auf dem es hieß, daß alles seine Schuld sei. Er hätte erkennen müssen, wie krank seine Frau sei. Er hätte ihr die

Kinder wegnehmen müssen. Er trage die Schuld am Tod seiner Kinder und an der Tat seiner Frau. ›Ich habe versucht, Gott zu spielen‹, schrieb er. ›Ich habe sie so sehr geliebt, daß ich glaubte, ich könnte sie heilen. Ich dachte, wenn sie Kinder bekäme, würde sie den Schmerz über den Tod ihrer Mutter verwinden. Ich dachte, Liebe und Fürsorge würden sie heilen, aber ich habe mich geirrt; ich habe mich auf etwas eingelassen, was über meine Kräfte ging. Vergib mir, Nancy.‹

Es hatte keinen Beifallssturm gegeben, als das Urteil aufgehoben wurde. Es war aufgehoben worden, weil jemand gehört hatte, wie zwei weibliche Geschworene mitten im Prozeß in einer Bar den Fall erörtert und dabei erklärt hatten, Nancy Harmon sei so schuldig wie die Sünde. Doch bevor der neue Prozeß anberaumt werden konnte, hatte Rob seine Abschlußprüfung gemacht, war eingezogen worden, hatte den Marschbefehl nach Vietnam bekommen und war durchgebrannt. Ohne ihn hatte der Staatsanwalt jedoch keine Beweismittel und mußte Nancy freilassen –, aber er hatte geschworen, daß er sie, wenn er Rob zu fassen bekäme, sofort wieder vor Gericht stellen würde.

In den Jahren in Kanada hatte Rob über diesen Prozeß oft nachgedacht. Es gab da etwas, was ihn an dem ganzen Affentheater störte. Ganz abgesehen von ihm selbst, er konnte es ihnen einfach nicht abkaufen, daß Nancy Harmon eine Mörderin war. Vor Gericht war sie wie eine Tontaube gewesen. Harmon hatte sie bestimmt nicht gerade entlastet, als er im Zeugenstand zusammenbrach, gerade als man von ihm erwartete, daß er sagte, welch großartige Mutter sie gewesen sei.

Unter den Kriegsdienstverweigerern, mit denen er in Kanada zusammenhauste und denen er von dem Fall erzählt hatte, war Rob so etwas wie eine Berühmtheit. Sie hatten ihn über Nancy ausgefragt, und Rob hatte ihnen erzählt, was für ein tolles Weib sie war... und auch angedeutet, daß er etwas mit ihr gehabt hätte. Er hatte ihnen Zeitungsausschnitte vom Prozeß gezeigt und Bilder von Nancy.

Er hatte ihnen erzählt, daß sie eine Menge Moos haben müsse – beim Prozeß sei herausgekommen, daß ihre Eltern ihr über hunderttausend Dollar hinterlassen hätten; daß er sie anpumpen würde, wenn er herausbekäme, wo sie wohne, und daß er sich nach Argentinien absetzen wolle.

Dann war seine Chance gekommen. Einer seiner Kumpel, Jim Ellis, der davon wußte, daß er im Fall Harmon eine Rolle gespielt hatte, war nach Hause gefahren, um seine Mutter zu besuchen, die unheilbar an Krebs erkrankt war.

Die Mutter wohnte in Boston, aber weil der FBI das Haus beobachtete in der Hoffnung, Jim zu schnappen, traf sie sich mit ihm am Cape Cod in einem Ferienhaus, das sie am Maushop See gemietet hatte.

Als Jim nach Kanada zurückkehrte, steckte er voller Neuigkeiten. Er fragte Rob, wieviel er es sich kosten lassen würde, zu erfahren, wo er Nancy Harmon finden könne.

Rob war skeptisch, bis er das Bild sah, das Jim von Nancy heimlich am Strand aufgenommen hatte. Es gab gar keinen Zweifel, daß sie es war. Jim hatte auch ein paar Erkundigungen angestellt. Die Lebensverhältnisse sondiert; und er hatte herausbekommen, daß ihr Mann ziemlich wohlhabend war. In aller Eile hatten sie eine Abmachung getroffen. Rob würde versuchen, Nancy aufzusuchen. Ihr sagen, wenn sie fünfzigtausend Dollar für ihn ausspuckte, würde er sich nach Argentinien absetzen und sie bräuchte sich nie mehr Sorgen zu machen, daß er gegen sie aussagen würde. Rob nahm an, daß sie sofort darauf anbeißen würde, vor allem wo sie jetzt wieder verheiratet war und auch wieder Kinder hatte. Für die Gewißheit, daß man sie nicht eines Tages nach Kalifornien zurückschleppen und vor Gericht stellen würde, war das ein niedriger Preis.

Jim verlangte glatt zwanzig Prozent Beteiligung. Während Rob Nancy aufsuchte, wollte Jim gefälschte kanadische Pässe und Ausweispapiere besorgen und Flüge nach Argentinien buchen. Für Geld war das alles zu haben.

Ihre Unternehmung war sorgfältig geplant. Rob hatte es fertiggebracht, sich von einem jungen Amerikaner, der in Kanada zur Schule ging, einen Wagen zu leihen. Er rasierte sich für die Fahrt seinen Bart ab und ließ sich die Haare schneiden. Jim hatte ihn gewarnt, sobald man wie ein Hippie aussähe, lägen alle verdammten Bullen in diesen stumpfsinnigen Neuengland-Städten auf der

Lauer, um einen mit dem Radarwagen zu stoppen.

Rob entschloß sich, von Halifax aus direkt durchzufahren. Je kürzer die Zeit war, die er sich in den Staaten aufhielt, desto geringer war die Wahrscheinlichkeit, geschnappt zu werden. Er wollte frühmorgens am Kap ankommen. Jim hatte herausbekommen, daß Nancys Mann immer morgens um halb zehn sein Büro öffnete. Er konnte also um zehn herum an ihrem Haus sein. Jim hatte eine Skizze von der Straße angefertigt, in der sie wohnte, und auch die Zufahrt durch den Wald eingezeichnet. Dort konnte er den Wagen verstecken.Als er das Kap erreichte, ging der Sprit zur Neige. Deshalb war er bei Hyannis abgebogen, um zu tanken. Jim hatte ihm erzählt, daß es dort auch außerhalb der Saison eine Menge Touristen gab. Es sei ziemlich unwahrscheinlich, daß er da auffiele. Auf der ganzen Fahrt herunter war er nervös gewesen und hatte versucht, zu einem Entschluß zu gelangen, ob er diesen Handel Nancy und ihrem Mann gemeinsam anbieten sollte. Wahrscheinlich mußte sie es ihm sagen, wenn sie soviel Geld abhob. Rob würde wegen Fahnenflucht und Erpressung verurteilt. Nein, es war besser, mit Nancy allein zu sprechen. Sie dachte bestimmt noch daran, wie sie auf der Anklagebank gesessen hatte.

Der Tankwart an der Tankstelle war sehr beflissen. Prüfte alles nach, reinigte die Fenster, gab Luft auf die Reifen, ohne daß er ihn darum gebeten hatte. Das war der Grund, warum Rob nicht auf der

Hut gewesen war. Als er die Rechnung bezahlte, fragte der Tankwart, ob er zum Fischen hergekommen sei. Da hatte er so dahergequatscht, daß er eigentlich zur Jagd gekommen sei – er sei auf dem Weg nach Adams Port, um eine alte Freundin zu besuchen, die wahrscheinlich nicht sehr entzückt sein würde, ihn zu sehen. Dann aber wünschte er seine Geschwätzigkeit zum Teufel und raste davon, hielt aber noch an einem Restaurant in der Nähe, um etwas zu frühstücken.

Um Viertel vor zehn fuhr er nach Adams Port hinein. Während er langsam durch die Straßen steuerte und die Karte studierte, die Jim ihm gezeichnet hatte, fand er sich allmählich in der Beschreibung zurecht. Trotzdem hätte er beinahe den Feldweg verfehlt, der hinter ihrem Grundstück in den Wald führte. Er merkte es erst, nachdem er wegen dieses alten Fords, der da herausbog, das Gas weggenommen hatte. Er setzte zurück, fuhr in den Feldweg, stellte den Wagen ab und ging langsam auf den Hintereingang von Nancys Haus zu. Das war der Augenblick gewesen, als sie wie eine Irre herausgerannt kam und diese Namen schrie. Peter, Lisa, das waren die toten Kinder. Er folgte ihr durch den Wald zum See und beobachtete, wie sie sich ins Wasser stürzte. Er wollte gerade hinter ihr her, als sie sich schon von allein herausschleppte und am Strand zusammenbrach. Er wußte, daß sie in seine Richtung blickte. Doch er war sich nicht sicher, ob sie ihn sah. Eines wußte er jedoch genau – daß er hier verschwinden mußte. Er hatte keine Ahnung, was sich da abspielte, aber er hatte auch keine Lust, sich da in etwas hineinziehen zu lassen.

Als er dann im Wagen saß, beruhigte er sich allmählich wieder. Vielleicht war sie Alkoholikerin geworden. Wenn sie noch immer nach ihren toten Kindern schrie, bestanden doch Aussichten, daß sie mit beiden Händen zugreifen würde, wenn er ihr die Garantie bot, daß sie sich wegen eines neuen Prozesses keine Sorgen mehr zu machen brauchte. Er entschloß sich, in einem Motel in Adams Port abzusteigen und sie am nächsten Tag noch einmal aufzusuchen.

Im Motel legte sich Rob sofort ins Bett und schlief ein. Am späten Nachmittag wurde er wieder wach und schaltete den Fernsehapparat ein, um die Nachrichten noch mitzubekommen. Er sah gerade noch, wie ein Foto von ihm gezeigt wurde, und hörte eine Stimme, die ihn als den vermißten Zeugen im Mordfall Harmon beschrieb. Wie betäubt vernahm Rob, was der Ansager in der Zusammenfassung der Nachrichten über das Verschwinden der Eldredge-Kinder berichtete. Zum erstenmal in seinem Leben hatte Rob das Gefühl, in einer Falle zu sitzen. Jetzt, wo er sich den Bart abrasiert hatte und das Haar kurz trug, sah er genauso aus wie auf dem Bild.

Wenn Nancy Eldredge tatsächlich auch diese Kinder umgebracht hatte, wer würde ihm dann schon glauben, daß er nichts damit zu tun hätte. Es mußte unmittelbar vor seiner Ankunft passiert sein. Rob dachte an den alten Ford, der rückwärts aus dem Feldweg herausgesetzt hatte, kurz bevor er selbst dort einbog. Zugelassen in Massachusetts, die ersten beiden Ziffern 8-6-… korpulenter Kerl am Steuer.

Aber darüber konnte er nicht sprechen, selbst wenn sie ihn schnappten. Er konnte nicht zugeben, daß er heute morgen am Eldredge-Haus gewesen war. Wer würde ihm glauben, wenn er die Wahrheit sagte? Der Selbsterhaltungstrieb gebot Rob Legler, vom Kap zu verschwinden, und es war ein klarer Fall, daß er nicht in einem hellroten Dodge, nach dem jeder Polyp Ausschau hielt, davonfahren konnte.

Er packte seine Tasche und schlich aus dem Hintereingang des Motels. In der Parkbox neben dem Dodge stand ein Volkswagen. Durch das Fenster hatte er das Paar gesehen, das ihn da abgestellt hatte. Sie waren gekommen, kurz bevor er die Nachrichten angestellt hatte. Wenn er die Situation richtig einschätzte, würde er ein paar Stunden vor ihnen Ruhe haben. Und außer ihm war sonst niemand draußen, der es gewagt hätte, dem Graupel und dem Wind zu trotzen.

Rob öffnete die Motorhaube des Käfers, schloß ein paar Drähte kurz und fuhr davon. Er würde die Route 6 A nehmen, die zur Brücke führte. Mit ein bißchen Glück würde er in einer halben Stunde das Kap hinter sich haben.

Sechs Minuten später durchfuhr er ein Rotlicht. Dreißig Sekunden danach warf er einen kurzen Blick in den Rückspiegel und sah, daß er ein rotes

Blinklicht reflektierte. Er wurde von einem Polizeifahrzeug verfolgt. Einen Augenblick lang dachte er daran, sich zu ergeben; dann gewann der übermächtige Drang, sich vor den ganzen Scherereien aus dem Staube zu machen, die Oberhand.

Als er um eine Kurve bog, öffnete Rob blitzschnell die Tür, klemmte das Gaspedal fest mit seinem Koffer und sprang heraus. Er verschwand schon in dem Waldgebiet hinter den stattlichen Gebäuden aus der Kolonialzeit, als das Polizeifahrzeug, nunmehr mit heulender Sirene, hinter dem wild schlingernden Volkswagen dic abschüssige Straße hinabjagte.

19

Als Michael sich anschickte, die Treppe hinunterzulaufen, war er überzeugt, Mr. Parrish würde ihn fassen. Aber dann hörte er ein schreckliches Krachen, und das bedeutete, daß Mr. Parrish die Treppe hinuntergefallen war. Michael wußte, daß er keinen Lärm machen durfte, wenn er Mr. Parrish entkommen wollte. Er erinnerte sich daran, wie Mami zu Hause den Teppich von der Treppe heruntergenommen hatte. »So, bis die neuen Laufer da liegen, habe ich für euch Kinder ein neues Spiel«, hatte sie gesagt. »Es heißt ›leise gehen‹.« Michael und Missy hatten sich einen Spaß daraus gemacht, auf Zehenspitzen an der Seite des Geländers die Stufen hinunterzugehen. Sie wurden darin so gut, daß sie oft leise hinunterschlichen und sich gegenseitig erschreckten. Jetzt ganz leise gehen, ganz genauso. Lautlos schlüpfte Michael bis ins Erdgeschoß hinab. Er hörte, wie Mr. Parrish seinen Namen rief und sagte, daß er ihn finden werde.

Er wußte, er mußte aus diesem Haus herauskommen. Er mußte die Serpentinenstraße hinablaufen bis zu der langen Straße, die an Wiggins' Market vorbeiführte. Michael war sich noch nicht schlüssig, ob er Wiggins' Market betreten oder daran vorbeilaufen sollte, über die Route 6 A die Straße hinauf zu seinem Elternhaus. Er mußte Vati holen und ihn hierher bringen, wegen Missy.

Gestern in Wiggins' Market hatte er zu Vati gesagt, daß er Mr. Parrish nicht leiden könne. Jetzt hatte er Angst vor ihm. Michael fühlte, wie ihn die Angst zu ersticken drohte, als er durch das dunkle Haus rannte. Mr. Parrish war ein böser Mensch. Deshalb hatte er sie gefesselt und in dem Wandschrank versteckt. Darum war Missy auch so verstört, daß sie nicht wach werden konnte. Im Wandschrank hatte Michael versucht, Missy anzufassen. Er wußte, daß sie große Angst hatte. Aber er konnte seine Hände nicht freibekommen. Drinnen im Schrank konnte er Tante Dorothys Stimme hören. Aber sie hatte nicht nach ihnen gefragt. Sie war ganz nahe und merkte nicht, daß sie da waren. Er war sehr böse, daß Tante Dorothy nicht wußte, daß sie ihre Hilfe brauchten. Sie hätte es merken müssen.

Es wurde ganz dunkel. Es war schwer, etwas zu erkennen. Am Fuß der Treppe schaute Michael umher, verwirrt, dann schoß er zur Rückseite des Hauses hinüber. Er befand sich in der Küche. Die Tür nach draußen war da drüben. Er hastete hinüber und streckte die Hand nach dem Griff aus. Er wollte schon den Schlüssel herumdrehen, da hörte er, wie die Fußtritte näherkamen. Mr. Parrish. Seine Knie zitterten. Wenn die Tür klemmte, würde Mr. Parrish ihn packen. Blitzschnell und lautlos huschte er zur anderen Küchentür hinaus, durch das Foyer in den kleinen hinteren Salon. Er hörte, wie Mr. Parrish die Küchentür verriegelte. Er hörte, wie er den Stuhl zur Tür herüberzog. In der Küche wurde das Licht angeknipst, und Michael verkroch sich hinter die schwere, dick gepolsterte Couch. Ganz still hockte er sich nieder. Er paßte kaum in die kleine Lücke zwischen der Couch und der Wand. Staub aus der Couch kitzelte ihn in der Nase. Er mußte niesen. Plötzlich ging in der Küche und im Foyer das Licht aus, und das Haus lag in tiefstem Dunkel. Er hörte, wie Mr. Parrish umherging und ein Streichholz anzündete.

Einen Augenblick später war die Küche in einen rötlichen Schein getaucht, und er hörte Mr. Parrish rufen: »Ist schon gut, Michael. Ich bin nicht mehr böse. Komm heraus, Michael. Ich bringe dich nach Hause zu deiner Mutter.«

20

Als er sich von Dorothy verabschiedete, hatte John Kragopoulos die Absicht gehabt, sofort nach New York zurückzufahren. Aber eine unbestimmte Niedergeschlagenheit und dazu Kopfschmerzen direkt über der Nasenwurzel ließen ihm die fünfstündige Fahrt plötzlich so erscheinen, als könnte er sie nicht bewältigen. Das lag natürlich an diesem fürchterlichen Wetter, und unvermeidlich hatte sich Dorothys großer Kummer auch auf ihn übertragen. Sie hatte ihm das Bild gezeigt, das sie in der Brieftasche bei sich trug, und der Gedanke, daß diese beiden hübschen Kinder einem Verbrechen zum Opfer gefallen sein könnten, hinterließ in seiner Magengrube ein Gefühl von Übelkeit.

Aber welch ein unglaublicher Gedanke, grübelte er. Es gab immer noch die Möglichkeit, daß sich die Kinder einfach verirrt hatten. Wie konnte jemand einem Kind etwas antun? John dachte an seine eigenen achtundzwanzig Jahre alten Zwillingssöhne – einer Pilot bei der Air Force, der andere Architekt. Prächtige junge Männer, alle beide. Eine Quelle des Stolzes für den Vater. Wenn er und ihre Mutter schon lange verschieden waren, würden sie noch leben. Sie waren Teil seiner Unsterblichkeit. Sich vorzustellen, daß er sie verloren hätte, als sie noch klein waren...

Er fuhr auf der Route 6 A in Richtung Festland. Vorn rechts, von der Straße ein wenig abgelegen, gab es ein reizendes Restaurant. Die leuchtenden

Schriftzeichen THE STAGEWAY waren ein willkommener Gruß in der Düsternis des Nachmittags. Unwillkürlich bog er von der Straße ab auf den Parkplatz. Er merkte auf einmal, daß es schon fast drei Uhr war und daß er den ganzen Tag über genau eine Tasse Kaffee getrunken und eine Scheibe Toast gegessen hatte. Durch das schlechte Wetter hatte sich die Autofahrt von New York herauf so lang hingezogen, daß er gezwungen gewesen war, das Mittagessen auszulassen.

Er redete sich ein, daß es doch sehr vernünftig wäre, eine anständige Mahlzeit zu sich zu nehmen, ehe er die Rückfahrt wagte. Und es sei doch echter Geschäftssinn, wenn er mit dem Personal eines großen Restaurants, das in einer Umgebung lag, die er ins Auge gefaßt hatte, eine Unterhaltung anknüpfte. Vielleicht könnte er ein paar brauchbare Informationen über die geschäftlichen Aussichten in dieser Gegend einholen.

Er ging direkt auf die Bar zu und zollte der rustikalen Einrichtung insgeheim seinen Beifall. Es waren keine Gäste an der Bar, aber vor fünf Uhr war das in einer Stadt wie dieser nicht ungewöhnlich. Er bestellte sich einen Chivas Regal und Eiswürfel; dann, als ihm der Barkellner den Whisky brachte, fragte er, ob es möglich wäre, etwas zu essen zu bekommen.

»Kein Problem.« Der Barkellner war ungefähr vierzig, hatte dunkles Haar und extrem buschige Koteletten. Beides gefiel John, die verbindliche Antwort und die Art und Weise, in der er die Bar tadellos sauber hielt. Der Kellner legte ihm eine Speisekarte vor. »Wenn Sie Appetit auf Steak haben, das Spezial-Lendenstück ist Klasse«, empfahl er. »Eigentlich ist die Küche zwischen halb drei und fünf geschlossen, aber wenn es Ihnen nichts ausmacht, gleich hier zu essen ...«

»Das klingt ausgezeichnet.« Rasch bestellte John das Steak, nicht durchgebraten, und grünen Salat. Der Chivas wärmte ihn auf, und seine Niedergeschlagenheit fiel allmählich von ihm ab. »Sie machen hier aber einen recht guten Drink«, sagte er.

Der Barkellner lächelte. »Es gehört ja auch eine ganz besondere Begabung dazu, einen Whisky auf Eis zu mixen«, sagte er.

»Ich bin aus der Branche. Sie verstehen schon, was ich damit sagen wollte.« John entschloß sich, aufrichtig zu sein. »Ich spiele mit dem Gedanken, dieses Anwesen zu kaufen, das hier ›Der Ausguck‹ genannt wird, und ein Restaurant darin einzurichten. Was meinen Sie dazu, so auf Anhieb?«

Der andere Mann nickte mit Nachdruck. »Könnte gut gehen. Ich meine, so als richtiges Klasserestaurant. Hier läuft es prima, aber wir haben ein mittelprächtiges Publikum. Familien mit Kindern. Ältere Damen mit Pension. Touristen, die unterwegs sind zum Strand und zu den Antiquitätenläden. Wir liegen hier an der Hauptverkehrsstraße. Aber ein Haus wie ›Der Ausguck‹, mit weitem Blick über die Bucht ... mit angenehmer Atmosphäre, einem guten Tropfen, einer guten Küche ... Sie könnten

Höchstpreise verlangen, und es wäre immer noch gerammelt voll.«

»Das Gefühl habe ich auch.«

»Allerdings, wenn ich an Ihrer Stelle wäre, würde ich das alte Scheusal rausschmeißen, das da im oberen Stock wohnt.«

»Ich habe mich schon über ihn gewundert. Scheint ein bißchen sonderbar zu sein.«

»Nun, angeblich ist er jedes Jahr um diese Zeit herum zum Angeln hier oben. Ich weiß das deshalb, weil es Ray Eldredge zufällig mal erwähnt hat. Netter Bursche, der Ray Eldredge. Das ist der, dessen Kinder verschwunden sind.«

»Ich hab' davon gehört.«

»Verdammte Gemeinheit. Nette kleine Kinder. Ray und Mrs. Eldredge kommen ab und zu mal mit ihnen her. Sieht sehr gut aus, Rays Frau. Aber was ich gerade sagen wollte, ich bin kein Einheimischer. Vor zehn Jahren habe ich in New York als Barkellner Schluß gemacht, nachdem ich zum drittenmal zusammengeschlagen worden war, als ich spätabends nach Hause ging. Aber ich war schon immer ein begeisterter Angler. So kam es, daß ich hier landete. Und eines Tages, erst vor ein paar Wochen, kommt dieser Dickwanst hier rein und bestellt etwas zu trinken. Ich weiß ja, wer er ist, hab' ihn schon in dieser Gegend gesehen. Ist der Mieter vom ›Ausguck‹. Nun, ich tue immer mein Bestes, daß sich jeder hier wohlfühlt, seinen Ärger und seine schlechte Laune los wird. Nur um eine Unterhaltung in Gang zu bringen, frage ich ihn also, ob er im September hier war, als die Blauen gingen. Wissen Sie, was dieser Blödian sagt?«

John wartete.

»Nichts. Niete. Nullkommanull. Hatte überhaupt keine Ahnung.« Der Barkellner stand da, die Hände in die Seiten gestemmt. »Können Sie sich vorstellen, daß jemand sieben Jahre lang zum Angeln ans Kap kommt und nicht versteht, was ich meine?«

Das Steak war fertig. Dankbar begann John zu essen. Es schmeckte köstlich. Als sich der Geschmack von dem erstklassigen Fleisch mit der warmen Glut des Alkohols vereinigte, fühlte er sich zusehends wohler, und er begann, über den ›Ausguck‹ nachzudenken.

Was ihm der Barkellner gesagt hatte, hatte ihn in seinem Entschluß, für das Anwesen ein Angebot zu machen, noch bestärkt.

Es hatte ihm Spaß gemacht, durch das Haus zu gehen. Das Unbehagen, das er dann empfand, setzte erst im Obergeschoß ein. Das war es. In dem Apartment des Mieters, des Mr. Parrish, hatte er sich so unbehaglich gefühlt.

In Gedanken versunken aß John das Steak zu Ende, und ein wenig zerstreut bezahlte er die Rechnung, vergaß aber nicht, dem Barkellner ein großzügiges Trinkgeld zu geben. Dann schlug er den Kragen hoch, verließ das Restaurant und ging zu seinem Wagen hinüber. Sollte er jetzt nach rechts fahren und auf das Festland zusteuern? Ein paar Minuten saß er im Wagen, ohne sich entschließen zu können. Was war mit ihm los? Er benahm sich wie ein Narr. Was für eine verrückte Regung brachte ihn bloß dazu, zum ›Ausguck‹ zurückkehren zu wollen?

Courtney Parrish war nervös gewesen. John hatte zu viele Jahre in einer Branche gearbeitet, in der es darauf ankam, Menschen richtig einzuschätzen, als daß er angespannte Nervosität, dort wo sie ihm begegnete, nicht sofort erkannt hätte. Der Mann war sehr beunruhigt gewesen ... er hatte geradezu verzweifelt darauf gewartet, daß sie gingen. Warum? Er hatte einen schweren, säuerlichen Schweißgeruch an sich gehabt ... Angstgeruch ... aber wovor Angst? Und dann das Teleskop. Als John sich darüber beugte, war Parrish sofort herbeigestürzt, um die Richtung, in die es zeigte, zu ändern. Nachdem er es ungefähr so eingestellt hatte, wie es zuvor gewesen war, so erinnerte sich John, konnte er deutlich die Polizeifahrzeuge um das Eldredge-Haus erkennen. Solch ein unglaublich starkes Teleskop. Es war direkt auf die Fenster der Stadtwohnungen gerichtet, jeder der hindurchblickte, konnte zum Schlüssellochgucker werden ... zum Voyeur.

War es möglich, daß Courtney Parrish durch sein Teleskop geblickt hatte, als die Kinder hinter ihrem Haus verschwanden ... daß er vielleicht etwas gesehen hatte? Aber wenn das der Fall gewesen wäre, hätte er doch selbstverständlich die Polizei angerufen.

Der Wagen war kalt geworden. John drehte den Zündschlüssel herum und wartete darauf, daß der Motor warm lief. Dann schaltete er die Heizung ein. Er griff nach einer Zigarre und zündete sie mit dem kleinen goldenen Dunhill-Feuerzeug an, das ihm seine Frau zum Hochzeitstag überreicht hatte, ein sehr kostbares Geschenk, an dem er sehr hing. Er zog an der Zigarre, bis die Spitze aufglühte.

Er war ein Narr. Ein mißtrauischer Narr. Was machte man da? Die Polizei anrufen und sagen, daß jemand nervös war und daß sie sich mal darum kümmern sollten? Und wenn sie das täten? Courtney Parrish würde wahrscheinlich sagen: »Ich wollte gerade ein Bad nehmen, und ich habe es nicht gern, wenn man mir nur so kurz vorher Bescheid gibt, daß das Haus besichtigt wird.« Völlig einleuchtend. Leute, die allein lebten, neigten dazu, feste Lebensgewohnheiten anzunehmen.

Allein. Das war das Stichwort. Das war es, was John keine Ruhe ließ. Er war verwundert gewesen, daß er sonst niemanden in dem Apartment angetroffen hatte. Irgend etwas hatte ihm die Gewißheit gegeben, daß Courtney Parrish nicht allein war.

Es war das Kinderspielzeug in der Badewanne. Das war es. Diese unmögliche Gummiente. Und dieser widerliche Geruch von Kinderpuder... Ein Verdacht, so absurd, daß man ihn unmöglich in Worte fassen konnte, nahm vor seinem geistigen Auge Gestalt an.

Er wußte, was er zu tun hatte. Sorgsam nahm er sein goldenes Feuerzeug aus der Tasche und versteckte es im Handschuhfach seines Wagens.

Er würde ohne Anmeldung zum ›Ausguck‹ zurückfahren. Wenn Courtney Parrish die Tür öffnete, würde er um Erlaubnis bitten, nach seinem wertvollen Feuerzeug suchen zu dürfen, das ihm während der Besichtigung irgendwo im Hause heruntergefallen sein mußte. Es war ein einleuchtender Wunsch. Das würde ihm Gelegenheit geben, sich aufmerksam umzusehen und entweder das zu entkräften, was wahrscheinlich nur ein haltloser Verdacht war, oder aber der Polizei etwas mitzuteilen, das mehr als nur eine bloße Vermutung war.

Nachdem er sich jetzt entschlossen hatte, trat John auf das Gaspedal und steuerte den Wagen nach links auf die Fernstraße 6 A, zurück in Richtung auf das Stadtzentrum von Port Adams und dann die kurvenreiche, hügelige Straße hinauf, die zum ›Ausguck‹ führte. Während er durch den gleichmäßig niederprasselnden Graupel fuhr, tauchte vor seinem Auge immer wieder das Bild einer verblaßten, rissigen Gummiente auf.

21

Sie wollte sich nicht erinnern ... es bereitete ihr nur Qualen, sich wieder zu erinnern. Vor langer, langer Zeit, als sie noch ganz klein war, hatte Nancy einmal die Hand nach oben ausgestreckt und am Griff eines Topfes gezogen, der auf dem Herd stand. Sie erinnerte sich immer noch, wie ein großer Guß hellroter Tomatensuppe über sie geschwappt war. Sie hatte wochenlang im Krankenhaus gelegen, und noch immer waren blasse Narben auf ihrer Brust.

...Carl hatte sie nach diesen Narben gefragt... sie gestreichelt... »Armes kleines Mädchen, armes kleines Mädchen...« Er hatte es gern, wenn sie ihm immer wieder von dem Unfall erzählte. »Hat es sehr weh getan?« fragte er dann.

So war das, wenn man sich erinnerte... Schmerzen... nur Schmerzen... Denk nicht mehr daran... vergiß es... vergiß es... Du darfst nicht mehr daran denken wollen...

Aber die Fragen, beharrlich, weit weg... Fragen über Carl... über Mutter... Lisa... Peter... Ihre Stimme. Sie sprach. Antwortete.

»Nein, bitte, ich will darüber nicht sprechen.«

»Aber Sie müssen. Sie müssen uns helfen.«

Diese hartnäckige Stimme. Warum? Warum?

»Hatten Sie Angst vor Carl, Nancy?«

Sie mußte antworten, damit die endlich mit den Fragen aufhörten.

Sie hörte ihre Stimme, weit weg, wie sie zu antworten versuchte. Es war, als wenn sie sich selbst in einem Theaterstück beobachtete... Die Szenen nahmen Gestalt an.

Mutter... das Dinner... das letztemal, als sie Mutter sah... Mutter machte ein so besorgtes Gesicht, schaute sie an, dann Carl. »Woher hast du das Kleid, Nancy?« Sie merkte, daß es Mutter nicht gefiel.

Das weiße Wollkleid. »Carl hat mir beim Aussuchen geholfen. Gefällt es dir?«

»Ist es nicht ein wenig ... jugendlich?«

Mutter ging hinaus, um ein Telefongespräch zu führen. Vielleicht mit Dr. Miles? Nancy hoffte es. Sie wollte, daß Mutter glücklich war ... Vielleicht sollte sie mit Mutter nach Hause zurückkehren ... Vielleicht würde sie sich dann nicht mehr so müde fühlen. Hatte sie das zu Carl gesagt?

Carl verließ den Tisch. »Entschuldige mich, Schatz.« ... Mutter vor ihm zurück ...

»Nancy, du und ich, wir müssen morgen miteinander sprechen ... wenn wir allein sind. Ich hole dich zum Frühstück ab.«

Carl kam zurück ...

Und Mutter ... küßte sie auf die Wange ...

»Gute Nacht, mein Liebes. Bis acht Uhr.«

Mutter, wie sie in den Leihwagen stieg, zum Abschied winkte, die Straße hinunterfuhr ...

Carl fuhr sie zur Schule zurück.

»Ich fürchte, deine Mutter ist mit mir noch nicht einverstanden, Schatz.«

Der Anruf ... »Es ist ein Unfall passiert ... Steuermechanismus ...«

Carl ... »Ich werde mich um dich kümmern, mein kleines Mädchen ...«

Die Beerdigung ...

Die Hochzeit. Die Braut sollte in Weiß gehen. Sie würde das weiße Wollkleid tragen. Es würde gut genug sein, um nur eben mal ins Rathaus zu gehen.

Aber sie konnte es nicht anziehen ... Schmiere auf der Schulter ... »Carl, wo könnte ich denn bloß das Schmierfett auf mein Kleid bekommen haben?

Ich habe es doch nur zum Dinner mit Mutter angehabt.«

»Ich bringe es für dich in die Reinigung.« Seine Hand, vertraut, klopfte ihr auf die Schulter...

»Nein... nein... nein...«

Die Stimme. »Was bedeutet das, Nancy?«

»Ich weiß nicht... Ich bin nicht sicher... Ich habe Angst...«

»Angst vor Carl?«

»Nein... er ist gut zu mir... Ich bin so müde... immer so müde... Nimm die Medizin ein... Du brauchst sie... Die Kinder... Peter und Lisa... alles in Ordnung eine Zeitlang... Carl war gut... Bitte, Carl, schließ die Tür... Bitte, Carl, ich mag das nicht... Faß mich nicht so an... Laß mich in Ruhe...«

»Wieso sollte er Sie in Ruhe lassen, Nancy?«

»Nein... Ich will nicht darüber sprechen...«

»War Carl gut zu den Kindern?«

»Er wollte, daß sie gehorchten... Er wollte, daß sie artig waren... Er machte Peter angst... und Lisa... ›Also, mein kleines Mädchen hat ein kleines Mädchen‹...«

»Hat Carl das wirklich gesagt?«

»Ja. Er faßt mich nicht mehr so an... Ich bin froh darüber... Aber ich darf nach dem Essen keine Medizin einnehmen... Ich werde zu müde... Etwas stimmt da nicht... Ich muß fort... Die Kinder... Fort...«

»Von Carl?«

»Ich bin nicht krank... Carl ist krank...«

»Wieso ist er krank, Nancy?«

»Ich weiß nicht ...«

»Nancy, erzählen Sie uns von dem Tag, an dem Peter und Lisa verschwanden. Woran erinnern Sie sich da noch?«

»Carl ist böse.«

»Warum ist er böse?«

»Die Medizin ... gestern abend ... Er sah, wie ich sie ausgoß ... holte noch mehr ... mußte sie einnehmen ... So müde ... so müde ... Lisa weint ... Carl ... bei ihr ... Ich muß aufstehen ... muß zu ihr gehen ... weint so sehr ... Carl schlägt sie ... sagt, sie hätte ins Bett gemacht ... Ich muß sie wegbringen ... am Morgen ... Mein Geburtstag ... Ich werde Carl sagen ...«

»Ihm was sagen?«

»Er weiß es ... er merkt es langsam ...«

»Merkt was, Nancy?«

»Ich gehe fort ... nehme die Kinder ... Muß fortgehen ...«

»Haben Sie Carl nicht geliebt, Nancy?«

»Ich müßte es. Er sagte: ›Herzliche Glückwünsche zum Geburtstag‹ ... Lisa so still. Ich habe ihr versprochen, wir würden für mich einen Geburtstagskuchen backen ... Sie und Peter und ich ... wir würden ausgehen und Kerzen und Schokolade besorgen. Schlechtes Wetter ... fängt an zu regnen ... vielleicht wird Lisa krank ...«

»Fuhr Carl zur Schule an diesem Tag?«

»Ja ... Er rief an ... Ich sagte, wir führen ins Einkaufszentrum ... daß ich danach zum Arzt wollte, damit er sich Lisa ansieht... Ich war beunruhigt. Ich sagte, um elf würde ich zum Markt fahren... nach der Kindersendung im Fernsehen...«

»Was hat Carl erwidert, als Sie ihm sagten, daß Sie sich wegen Lisa Sorgen machten?«

»Er sagte, daß das Wetter so schlecht sei... wenn sich Lisa erkältete, er wünsche nicht, daß sie nach draußen ginge. Er sagte, ich sollte sie beim Einkaufen im Wagen lassen... Sie wollten beim Kuchenbacken helfen... Sie waren ganz aufgeregt über meinen Geburtstag. Es gab nie etwas Lustiges für sie... Ich hätte nicht zulassen dürfen, daß Carl so streng war... meine Schuld... Ich werde mit dem Arzt sprechen... muß den Doktor fragen... wegen Lisa... meinetwegen... Warum bin ich immer so müde?... Warum nehme ich so viel Medizin? ... Rob brachte die Kinder zum Lachen... Sie waren ganz anders, wenn er da war... Kinder sollten lachen...«

»Haben Sie Rob geliebt, Nancy?«

»Nein... Ich war in einem Käfig... mußte da heraus... wollte mit jemandem sprechen... Dann sagte Rob, was ich ihm sagte... War aber gar nicht so...« Sie sprach immer lauter.

Lendons Stimme nahm einen besänftigenden Ton an. »Dann haben Sie um elf die Kinder mit zum Einkaufen genommen.«

»Ja. Es regnete... Ich sagte den Kindern, daß sie im Wagen bleiben sollten... Sie sagten, daß sie das tun wollten... So artige kleine Kinder... Sie saßen auf dem Rücksitz, als ich wegging ... Sah sie niemals wieder ... niemals ... niemals ...«

»Nancy, waren da viele Autos auf dem Parkplatz?«

»Nein ... Niemand im Geschäft, den ich kannte ... so stürmisch ... kalt ... nicht viele Leute ...«

»Wie lange waren Sie in dem Geschäft?«

»Nicht lange ... zehn Minuten ... Konnte keine Geburtstagskerzen finden ... Zehn Minuten ... Laufe zum Auto zurück ... Die Kinder verschwunden.« Ungläubigkeit in der Stimme.

»Was taten Sie dann, Nancy?«

»Weiß nicht, was ich tun soll ... vielleicht sind sie fortgegangen, ein Geschenk kaufen für mich ... Peter hat Geld ... Sie würden nicht weggehen außer deswegen ... Sie sind so artig ... Sind vielleicht deshalb weggegangen ... Vielleicht in einem anderen Geschäft ... Vielleicht im Billigladen ... Suche im Süßwarengeschäft ... Suche im Geschenkartikelladen ... in der Eisenwarenhandlung ... suche wieder im Wagen ... Suche, suche nach den Kindern ...«

»Haben Sie gefragt, ob jemand die Kinder gesehen hätte?«

»Nein ... Carl darf das nicht erfahren. Er wird böse sein ... Will nicht, daß er die Kinder schlägt ...«

»Dann haben Sie alle Geschäfte im Einkaufszentrum abgesucht.«

»Vielleicht kamen sie, um mich zu suchen ... haben sich verlaufen ... Suche auf dem Parkplatz ... Vielleicht konnten sie das Auto nicht wiederfinden … Fange an zu rufen … ganz erschrocken … Jemand sagte, wir wollen die Polizei anrufen und Ihren Mann … Ich sagte: Bitte, nichts meinem Mann sagen … Frau sagte darüber beim Prozeß aus … Ich wollte nur nicht, daß Carl böse war … «

»Warum sagten Sie das nicht bei Ihrem Prozeß?«

»Durfte nicht … Anwalt sagte, sagen Sie nicht, daß Carl böse war … Sagen Sie nicht, daß Sie sich am Telefon gezankt haben … Lisa hat nicht ins Bett gemacht … Bett trocken … «

»Was meinen Sie damit?«

»Bett trocken … Warum hat Carl ihr weh getan? Warum? Ist egal … Alles egal … Die Kinder weg … Michael … Missy auch weg … Suche sie … muß sie suchen … «

»Erzählen Sie uns, wie Sie Michael und Missy suchten, heute morgen.«

»Ich muß am See suchen … Vielleicht sind sie zum See gelaufen … Vielleicht sind sie ins Wasser gefallen … Schnell, schnell … Da ist etwas im See … Da ist etwas unter der Oberfläche … «

»Was war da unter der Oberfläche, Nancy?«

»Rot, etwas Rotes … Vielleicht Missys Handschuh … Ich muß ihn holen … Wasser ist so kalt … Ich kann es nicht erreichen … Es ist kein Handschuh … Es ist kalt, kalt … «

»Was haben Sie gemacht?«

»Die Kinder sind nicht hier … hinaus … aus dem Wasser … So kalt … Der Strand … Ich fiel hin am Strand … Er war da im Wald … beobachtete mich … Ich sah ihn da … beobachtete mich … «

Jed Coffin erhob sich. Ray sprang nach vorn, tief erschüttert. Lendon hob warnend die Hand. »Wer war dort, Nancy?« fragte er. »Sagen Sie uns, wer dort war.«

»Ein Mann... Ich kenne ihn... Es war... es war... Rob Legler... Rob Legler war dort... Er hatte sich versteckt... sah mich an.«

Ihre Stimme hob sich, fiel zusammen; ihre Augenlider flatterten, öffneten sich und schlossen sich wieder langsam. Ray wurde blaß. Dorothy holte tief Luft. Das Bindeglied zwischen beiden Fällen war gefunden.

»Das Amytal hat seine Wirkung nahezu verloren. Sie wird schon bald zu sich kommen.«

Lendon erhob sich und zog eine Grimasse, als er die Verkrampfung in seinen Knien und Oberschenkeln verspürte.

»Doktor, kann ich draußen mit Ihnen und Jonathan ein Wort sprechen?« Jeds Stimme klang unverbindlich.

»Bleiben Sie bei ihr, Ray«, mahnte Lendon. »Sie kann jetzt jeden Augenblick zu sich kommen.«

Im Speisezimmer blickte Jed Lendon und Jonathan prüfend an. »Doktor, wie lange soll das noch so weitergehen?« Jeds Gesicht war undurchdringlich.

»Ich bin der Meinung, daß wir jetzt aufhören sollten, Nancy noch weiter auszufragen.«

»Was haben wir denn nun aus alledem herausbekommen außer der Tatsache, daß sie vor ihrem Mann Angst hatte, daß sie ihn offensichtlich nicht liebte und daß möglicherweise heute morgen Rob Legler am See war?«

Lendon starrte ihn an: »Du lieber Gott, haben Sie denn nicht gehört, was diese Frau gerade gesagt hat? Begreifen Sie denn nicht, was Sie soeben gehört haben?«

»Ich weiß lediglich, daß ich absolut nichts gehört habe, was mir hilft, meine Pflicht zu erfüllen und die Eldredge-Kinder zu finden. Ich habe nur gehört, daß Nancy Eldredge sich selbst die Schuld am Tod ihrer Mutter gibt, was ganz natürlich ist, wenn eine Mutter ihr Kind auf dem College besucht und dabei tödlich verunglückt. Ihre Reaktionen ihrem ersten Mann gegenüber klingen ziemlich hysterisch. Sie bemüht sich, ihm die Schuld dafür zu geben, daß sie selbst versuchte, aus ihrer Ehe auszubrechen.«

»Was für einen Eindruck haben Sie von Carl Harmon bekommen?« fragte Lendon sachlich.

»Einer von diesen egoistischen Kerlen, die eine jüngere Frau heiraten und immer die Oberhand haben wollen. Zum Teufel. Er ist nicht anders als mindestens die Hälfte der Männer hier am Kap. Ich möchte Ihnen Beispiele nennen, wo die Kerle ihre Frauen nicht einmal über zehn Cent verfügen lassen, außer um Lebensmittel zu kaufen. Ich kenne einen, dessen Frau nicht einmal den gemeinsamen Wagen fahren darf. Ein anderer verbietet seiner Frau, abends allein auszugehen. Das ist doch in der ganzen Welt so üblich. Vielleicht hat dieses Pack von Women's Lib deshalb immer etwas zu meckern.«

»Captain, wissen Sie, was Pädophilie ist?« fragte Lendon ruhig.

Jonathan nickte: »Genau daran habe ich auch schon gedacht.«

Lendon ließ Jed keine Zeit zu einer Antwort: »Laienhaft ausgedrückt, es ist eine sexuelle Abnormität, die alle Formen sexueller Betätigung mit einem Kind, das noch nicht das Pubertätsalter erreicht hat, einschließt.«

»Wie paßt das hier hinein?«

»Es paßt noch nicht... nicht ganz. Nancy war achtzehn, als sie heiratete. Aber äußerlich hat sie vielleicht noch sehr kindlich ausgesehen. Captain, gibt es für Sie die Möglichkeit, die Vergangenheit von Carl Harmon überprüfen zu lassen?«

Jed Coffin blickte ihn ungläubig an. Als er antwortete, bebte seine Stimme vor unterdrücktem Zorn. Er zeigte auf den Graupel, der ein unaufhörliches hartes Stakkato gegen das Fenster trommelte. »Doktor«, sagte er, »sehen Sie und hören Sie das da? Irgendwo da draußen sind zwei Kinder, die entweder in der Eiseskälte herumlaufen oder sich in der Hand von weiß Gott welchem Irren befinden, und vielleicht sind sie auch tot. Aber es ist meine Aufgabe, sie zu finden, und zwar sie jetzt zu finden. Wir haben jetzt eine heiße Spur in dieser ganzen Sache. Die besteht darin, daß sowohl Nancy Eldredge als auch ein Tankwart diesen Rob Legler, einen ziemlich widerwärtigen Typ, in unmittelbarer Nähe des Tatorts erkannt haben. Das ist eine Information, mit der ich tatsächlich etwas anfangen kann.« Verächtlich stieß er jetzt seine Worte hervor. »Und Sie erwarten von mir, daß ich meine Zeit damit vergeude, Ermittlungen über einen Toten anzustellen, um irgendeine schiefe Theorie zu beweisen?«

Das Telefon läutete. Bernie Mills, der sich unauffällig im Zimmer aufgehalten hatte, beeilte sich, den Hörer abzunehmen. Jetzt sprachen sie darüber, daß sie Ermittlungen über Nancys ersten Mann einleiten wollten. Warte nur, wenn er das Jean erzählte. Er nahm schnell den Hörer auf. Es war das Polizeirevier. »Holen Sie den Captain«, fauchte Sergeant Poler an seinem Schreibtisch.

Lendon und Jonathan warteten. Captain Coffin hörte aufmerksam zu, dann stellte er schnelle, kurze Fragen: »Wann war das? Wo?«

Die Männer blickten sich an, ohne ein Wort zu sagen. Lendon merkte, daß er betete – ein stummes, inniges Gebet, daß die Meldung keine schlimme Nachricht über die Kinder sein möge.

Jed knallte den Hörer auf die Gabel zurück und drehte sich zu ihnen um. »Heute morgen gegen halb elf ist Rob Legler hier in der Stadt im Adams Port Motel abgestiegen. Ein Wagen, den er vermutlich gestohlen hat, wurde gerade auf der Route 6 A zu Bruch gefahren, aber er ist entkommen. Er versucht wahrscheinlich, sich zum Festland durchzuschlagen. Wir haben eine Großfahndung nach ihm eingeleitet, und ich fahre jetzt hinüber, um das Kommando zu übernehmen. Ich lasse Polizist Mills hier. Wir werden diesen Halunken Legler kriegen, und wenn wir ihn haben, dann werden wir, glaube ich, auch eine Antwort darauf bekommen, was mit den Kindern passiert ist.«

Nachdem sich die Tür hinter ihm geschlossen hatte, wandte sich Jonathan an Lendon: »Was halten Sie bis jetzt davon?«

Lendon wartete eine ganze Minute, ehe er antwortete. *Ich habe von alledem noch nicht genügend Abstand,* dachte er ... *Ich sehe Priscilla am Telefon ... Wie sie mich anruft. Carl Harmon verließ nach ihr den Tisch. Wohin ging er? Konnte er mithören, was Priscilla mir sagte? Nancy sagte, auf ihrem Kleid sei Schmiere gewesen. Hatte sie nicht eigentlich gesagt, daß sie glaubte, Carls Hand müsse verschmiert gewesen sein und daß ihr Kleid verschmutzt wurde, als er ihr seine Hand auf die Schulter legte? Hatte sie nicht zu sagen versucht, daß sie glaubte, Carl habe etwas mit Priscillas Wagen gemacht?* Vor Lendon zeichnete sich langsam der Umriß eines Verbrechens ab. Aber welchen Nutzen konnte dieses Wissen schon haben, wenn Carl Harmon in seinem Grabe lag?

Jonathan sagte: »Wenn Ihre Gedanken sich in die gleiche Richtung bewegen wie meine, dann wird es uns nicht viel helfen, wenn wir bis zum Verschwinden der Harmon-Kinder zurückgehen. Sie denken an den Vater.«

»Ja«, sagte Lendon.

»Und weil der tot ist, halten wir uns an Rob Legler, den Mann, den Carl Harmon ins Haus geschickt hat, den Zeugen, dessen Aussage zu Nancys Verurteilung führte. Wie genau ist Nancys Schilderung des heutigen Morgens unter Amytal?«

Lendon schüttelte den Kopf. »Das kann ich nicht mit Sicherheit sagen. Es ist bekannt, daß einige Patienten sogar unter Drogen widerstehen und verdrängen. Aber ich bin überzeugt, daß sie Rob Legler am Maushop See gesehen hat – oder glaubt, ihn gesehen zu haben.«

Jonathan sagte: »Und heute morgen um halb elf stieg er in einem Motel ab, *allein*.«

Lendon nickte.

Ohne noch ein Wort zu sagen, wandten sich die beiden Männer zum Fenster und blickten hinaus in Richtung auf den See.

22

Die Fernsehnachrichten um fünf Uhr berichteten nur kurz über die Krise im Nahen Osten, die steigende Inflation, die Streikdrohung der Automobilarbeiter und die düsteren Aussichten der ›New England Patriots‹. Der größte Teil der halbstündigen Sendung war dem Verschwinden der Eldredge-Kinder gewidmet und alten Filmstreifen über den sensationellen Mordfall Harmon.

Die Bilder, die im Lokalanzeiger von Cape Cod erschienen waren, wurden noch einmal gezeigt, und vor allem wurde ein Bild besonders herausgestellt, auf dem Rob Legler zusammen mit Professor

Harmon das Gerichtsgebäude in San Francisco verließ, unmittelbar nachdem Nancy Harmon wegen vorsätzlichen Mordes an ihren Kindern verurteilt worden war.

Die Stimme des Kommentators klang besonders eindringlich, als dieses Bild gezeigt wurde. »Es ist absolut sicher, daß Rob Legler heute morgen in unmittelbarer Nähe des Hauses der Familie Eldredge erkannt wurde. Wenn Sie glauben, diesen Mann gesehen zu haben, rufen Sie bitte sofort diese Sondernummer an: KL fünf, drei, achthundert. Das Leben der Eldredge-Kinder steht auf dem Spiel. Wenn Sie glauben, irgendwelche Informationen zu besitzen, die zu der Person oder den Personen führen können, die für das Verschwinden der Kinder verantwortlich sind, bitten wir Sie dringend, diese Nummer anzurufen: KL fünf, drei, achthundert. Ich wiederhole: KL fünf, drei, achthundert.«

Als der Strom ausfiel, hatten die Wiggins ihr Geschäft geschlossen und waren noch rechtzeitig zu Hause angelangt, um auf ihrem batteriebetriebenen Fernsehapparat die Nachrichten mitzubekommen.

»Der Kerl kommt mir irgendwie bekannt vor«, sagte Mrs. Wiggins.

»Das sagst du immer«, knurrte ihr Mann.

»Nein... eigentlich nicht. Er hat so etwas an sich... die Art wie er sich nach vorn beugt... Keine Augenweide.«

Jack Wiggins starrte seine Frau an. »Ich dachte gerade, daß er genau der Typ ist, der einem jungen Mädchen den Kopf verdrehen könnte.«

»Der? Ach, du meinst den jungen. Ich spreche von dem anderen Kerl – dem Professor.«

Jack blickte seine Frau herablassend an. »Genau aus diesem Grunde sage ich immer, Frauen sind keine guten Zeugen und sollten niemals Geschworene sein. Niemand spricht von diesem Professor Harmon. Der hat Selbstmord verübt. Die sprechen von diesem Schurken Legler.«

Mrs. Wiggins biß sich auf die Lippen. »Ich verstehe schon. Ja, ja. Ich glaube, du hast recht. Es ist nur... na gut...«

Ihr Mann stand schwerfällig auf: »Wann ist das Abendessen fertig?«

»Oh, gleich. Es ist nicht leicht, sich um das Essen zu kümmern, wenn man an den kleinen Michael und an Missy denkt... Weiß der Himmel, wo... Man denkt, man möchte ihnen einfach helfen. Es ist mir ganz gleich, was die über Nancy Eldredge sagen. Sie kam nicht allzu oft ins Geschäft, aber wenn sie kam, habe ich immer gern zugesehen, wie sie mit den Kindern umging. Weißt du, das hier läßt unseren täglichen kleinen Ärger so unwichtig erscheinen.«

»Was für täglichen kleinen Ärger haben wir denn?« Sein Ton wurde beißend und argwöhnisch.

»Nun...« Mrs. Wiggins preßte die Lippen zusammen. Sie hatten im letzten Sommer sehr viel Ärger mit Ladendieben gehabt. Jack regte sich schon auf, wenn er nur daran dachte. Das war der Grund, weshalb sie es den ganzen Tag über einfach nicht für sinnvoll gehalten hatte, ihm zu erzählen, daß sie absolut sicher war, daß Mr. Parrish heute morgen eine große Dose Kinderpuder vom Regal gestohlen hatte.

23

Auch in einer bescheidenen Wohnung in einer Straße hinter der St. Francis Xavier Kirche in Hyannis Port waren die Fünfuhrnachrichten eingeschaltet, Patrick Keeneys Familie begann gerade mit dem Abendessen. Alle Augen klebten an dem kleinen tragbaren Gerät in dem überfüllten kleinen Speisezimmer.

Ellen Keeney schüttelte den Kopf, als das Bild von Michael und Missy auf dem Bildschirm erschien. Unwillkürlich sah sie einen Moment lang zu ihren kleinen Kindern hinüber – Neil und Jimmy, Deirdre und Kit... eins... zwei... drei... vier. Immer wenn sie mit ihnen zum Strand ging, war das so. Sie hörte nie auf, sie zu zählen. *Lieber Gott, laß nicht zu, daß ihnen etwas passiert, niemals, bitte.* Das war ihr Gebet.

Ellen ging täglich in die St. Francis Kirche zur Kommunion, und besuchte meistens dieselbe Messe wie Mrs. Rose Kennedy. Sie erinnerte sich an die Tage, nachdem der Präsident und dann Bobby ermordet worden waren, als Mrs. Kennedy immer in die Kirche kam, ihr Gesicht vom Schmerz gezeichnet, aber beherrscht und gefaßt. Während der

Messe sah Ellen nie zu ihr hin. Arme Frau, sie hatte einen Anspruch darauf, irgendwo für sich allein zu sein. Oft lächelte Mrs. Kennedy und nickte und sagte manchmal »Guten Morgen«, wenn sie nach der Messe zufällig im gleichen Augenblick hinausgingen. *Wie hält sie das aus?* fragte sich Ellen. *Wie kann sie das aushalten?* Jetzt dachte sie genau das gleiche. *Wie kann Nancy Eldredge das aushalten? ... besonders wenn man bedenkt, daß ihr das schon einmal passiert ist.*

Der Kommentator sprach gerade über den Artikel im Lokalanzeiger – daß sich die Polizei bemühte, den Verfasser aufzuspüren. Ellen hatte seine Worte kaum aufgenommen, als sie schon zu der Überzeugung gelangte, daß Nancy keine Schuld am Tode ihrer Kinder trug. Es war einfach nicht möglich. Keine Mutter mordete ihr eigen Fleisch und Blut. Sie merkte, daß Pat sie ansah und lächelte kurz zu ihm hinüber – ein Lächeln, das besagte: *Wir sind vom Glück gesegnet, mein Liebling, wir sind vom Glück gesegnet.*

»Er ist furchtbar dick geworden«, sagte Neil.

Überrascht starrte Ellen ihr ältestes Kind an. Als er sieben Jahre alt war, hatte Neil ihr Sorgen gemacht. Er war so unternehmungslustig, so unberechenbar. Er hatte das dunkelblonde Haar von Pat und graue Augen. Er war klein für sein Alter, und sie wußte, daß er darüber ein wenig traurig war, aber von Zeit zu Zeit tröstete sie ihn: »Vati ist groß, und dein Onkel Tom ist groß, und eines Tages bist du auch groß.« Aber Neil sah immer noch jünger aus als alle anderen in seiner Klasse.

»Wer ist dick geworden, Schatz?« fragte sie geistesabwesend und wandte ihm wieder den Rücken zu, um auf den Bildschirm zu sehen.

»Dieser Mann da, ganz vorn der. Das ist der Mann, der mir den Dollar gab, damit ich nach seiner Post fragte, im Postamt, vor einem Monat. Weißt du noch, ich habe dir doch den Zettel gezeigt, den er geschrieben hat, weil du mir nicht glauben wolltest.«

Ellen und Pat starrten wie gebannt auf den Fernsehschirm, wo gerade zu sehen war, wie Rob Legler hinter dem Professor Carl Harmon den Gerichtssaal verließ.

»Neil, du irrst dich. Der Mann ist schon lange tot.«

Neil war gekränkt. »Siehst du. Du glaubst mir nie etwas. Aber als du mich immer wieder fragtest, hast du mir das auch nicht geglaubt. Er ist jetzt viel dicker und hat keine Haare mehr; aber als er sich aus dem Kombiwagen lehnte, ließ er den Kopf genauso nach vorn hangen wie dieser Mann.«

Der Sprecher sagte gerade: »... jede Information, ganz gleich wie unwichtig sie Ihnen auch erscheinen mag.«

Pat blickte finster vor sich hin.

»Warum guckst du so böse, Vati?« fragte die fünf Jahre alte Deirdre ängstlich.

Sein Gesicht hellte sich auf. Neil hatte gesagt: ›Wie dieser Mann.‹ »Ich glaube, weil mir manchmal klar wird, wie schwer es ist, eine Bande wie euch aufzuziehen«, erwiderte er, während er ihr mit der Hand durch das kurze lockige Haar fuhr. Er war dankbar dafür, daß sie hier bei ihm war, in Reichweite. »Stell den Fernseher ab, Neil«, befahl er seinem Sohn. »Nun, Kinder, bevor wir das Tischgebet sprechen, wollen wir beten, daß Gott die Eldredge-Kinder gesund nach Hause zurückkehren läßt.«

Während des folgenden Gebetes war Ellen mit ihren Gedanken ganz woanders. Die hatten dringend um jede Information gebeten, gleichgültig, wie unbedeutsam sie erscheinen mochte, und Neil hatte einen Dollar Trinkgeld bekommen, um im Hauptpostamt einen Brief abzuholen. Sie erinnerte sich ganz genau an den Tag: Mittwoch vor vier Wochen. Sie erinnerte sich an das Datum, weil an dem Abend in der Schule eine Elternversammlung stattfand und sie sich sehr ärgerte, weil Neil so spät zum Abendessen kam. Ganz plötzlich fiel ihr etwas ein.

»Neil, hast du zufällig noch den Zettel, den der Mann dir zur Vorlage beim Postamt gegeben hat?« fragte sie. »Ich glaube, ich habe gesehen, daß du ihn mit dem Dollar in deine Spardose gesteckt hast.«

»Ja, den habe ich noch.«

»Kannst du ihn bitte holen?« bat sie ihn. »Ich möchte mal den Namen darauf sehen.«

Pat sah sie prüfend an. Als Neil das Zimmer verlassen hatte, sprach er über die Köpfe der Kinder hinweg. »Erzählt mir nur nicht, daß ihr spart...«

Plötzlich hatte sie das Gefühl, sich lächerlich zu machen. »Ach, komm, iß auf, Schatz. Ich glaube, ich bin einfach etwas nervös. Es sind Leute wie ich, die der Polizei immer die Zeit stehlen. Komm Kit, reich mir deinen Teller herüber. Ich schneide dir das Stück Pastete, so wie du es gern hast.«

24

Alles lief völlig verkehrt. Nichts klappte, wie er sich das vorgestellt hatte. Erst kam dieses verrückte Weibsstück – und dann das kleine Mädchen: warten müssen, bis sie aufwachte, wenn sie überhaupt aufwachte, weil er nur spüren konnte, wie sie sich drehte und wand und sich von ihm loszureißen versuchte. Jetzt war ihm auch noch der Junge entwischt und hatte sich versteckt. Er mußte ihn finden.

Courtney hatte ein Gefühl, als ob ihm alles aus den Händen glitt. Das Gefühl der Vorfreude und Erwartung war längst in Enttäuschung und Ärger umgeschlagen. Er schwitzte zwar nicht mehr, aber der Schweiß hing immer noch schwer in seiner Kleidung, so daß sie ihm ganz unangenehm am Körper klebte. Der Gedanke an die großen blauen Augen des Jungen, in denen er Nancy wiedererkannte, löste in ihm keine Begierde mehr aus.

Der Junge stellte eine Gefahr dar. Wenn der entkam, war es aus mit ihm. Besser beiden den Hals umdrehen und sie ins Jenseits befördern, wie damals. Auf der Stelle konnte er sich alle Gefahren vom Halse schaffen – die Luft abdrücken, Lippen und Nasenlöcher und Augen zuhalten – und dann, in ein paar Stunden, bei Hochflut, ihre Leichen in die aufgewühlte Brandung schleudern. Keiner wüßte etwas davon. Er wäre wieder in Sicherheit, es gäbe keine Gefahr mehr für ihn, und er könnte sich an Nancys Qualen weiden.

Und morgen abend, wenn die ganze Gefahr vorüber war, würde er zum Festland fahren. Er würde in der Dämmerung aufbrechen, und vielleicht ging da irgendein kleines Mädchen allein spazieren, und er würde ihm erzählen, daß er der neue Lehrer sei … Das klappte immer.

Als er diesen Entschluß gefaßt hatte, fühlte er sich wohler. Jetzt mußte er nur noch diese Gefahr abwenden. Das war alles, was er jetzt noch wollte. Dieses Kind, widerspenstig wie Nancy … machte einem Ärger … war undankbar … wollte einfach davonlaufen … er würde es finden. Er würde es fesseln und dann die Plastikfolie holen. Er hatte darauf geachtet, daß er eine Sorte nahm, die Nancy bei Lowery gekauft haben konnte. Zuerst würde er sich den Jungen vornehmen, weil der Junge so lästig war. Und dann … das kleine Mädchen … auch sofort. Es war zu gefährlich, sie noch zu schonen.

Wenn er sich in Gefahr fühlte, erhöhte sich immer seine Wahrnehmungsfähigkeit. Wie beim letztenmal. Er hatte eigentlich nicht gewußt, was er tun wollte, als er heimlich durch das Hochschulgelände zum Einkaufszentrum gefahren war. Er hatte lediglich gewußt, daß Nancy auf keinen Fall mit Lisa zum Arzt gehen durfte. Er war schon vor ihrer Ankunft dagewesen, hatte auf der kleinen Zufahrtstraße zwischen dem Einkaufszentrum und dem Hochschulgelände geparkt. Er hatte beobachtet, wie sie auf den Parkplatz fuhr, mit den Kindern sprach und in den Laden ging. Keine Wagen in der Nähe. Im gleichen Augenblick hatte er gewußt, was er zu tun hatte.

Die Kinder waren so gehorsam gewesen. Sie hatten ganz überrascht und verängstigt ausgesehen, als er die Wagentür öffnete. Aber als er sagte: »Schnell jetzt – wir spielen Mutti zum Geburtstag einen kleinen Streich«, waren sie in den Kofferraum geklettert, und im Nu war alles vorbei. Die Plastiktüten über ihre Köpfe gezogen und festgedreht, mit den Händen so lange festgehalten, bis sie sich nicht mehr rührten, den Kofferraum geschlossen und zurück zur Hochschule. Nicht einmal achtzehn Minuten vergangen, alles in allem; die Studenten eifrig bei ihren Experimenten, keiner hatte ihn vermißt. Ein ganzer Saal voller Zeugen, die, falls erforderlich, seine Anwesenheit bestätigen konnten. An jenem Abend war er mit dem Wagen einfach an den Strand gefahren und hatte die Leichen in den Ozean gekippt. Günstige Gelegenheit ergriffen, Gefahr abgewendet, damals, vor sieben Jahren – und jetzt, wieder Gefahr abwenden. »Michael, komm heraus, Michael. Ich bring' dich nach Hause zu deiner Mutter.«

Er stand noch in der Küche. Er hielt die Sturmlampe hoch und schaute umher. Es gab keine Stelle, wo man sich verstecken konnte. Die Schränke waren alle ganz hoch. Doch es würde unendlich schwer sein, den Jungen bei dieser Dunkelheit in diesem labyrinthartigen Haus zu finden, wenn er nur diese Lampe zum Suchen hatte. Es würde Stunden dauern, und wo sollte er anfangen?

»Michael, willst du nicht nach Hause gehen zu deiner Mutter?« rief er wieder. »Sie ist nicht in den Himmel gekommen... sie ist wieder ganz gesund... sie möchte, daß du zu ihr kommst.«

Sollte er mit dem zweiten Stock beginnen und zuerst in den Schlafzimmern suchen? überlegte er.

Aber der Junge hat bestimmt versucht, durch diese Tür nach draußen zu gelangen. Das war ein schlauer Bursche. Der war bestimmt nicht im oberen Stockwerk geblieben. Ob er etwa nach vorn zur Haustür gelaufen war? Besser dort nachsehen.

Er betrat schon das kleine Foyer, da fiel ihm der rückwärtige Salon ein. Wenn der Junge in der Küche gewesen war und ihn kommen gehört hatte, dann hatte er sich wahrscheinlich dort versteckt.

Er ging auf die Zimmertür zu. Hatte er da Atmen gehört, oder war das nur der Wind, der um das Haus ächzte? Er ging ein paar Schritte weiter, in das Zimmer hinein, und hielt die Petroleumlampe hoch über seinen Kopf. Seine Blicke schossen umher, versuchten die Dunkelheit zu durchdringen. Er wollte sich schon abwenden. Da schwenkte er plötzlich seine Lampe nach rechts.

Er blickte gebannt auf das, was er sah, dann brach er in ein hohes, hysterisches Wiehern aus. Wie ein riesiges hockendes Kaninchen zeichnete sich auf dem fahlen Eichenboden der Schatten einer kleinen Gestalt ab, die sich hinter der Couch zusammengeduckt hatte. »Jetzt habe ich dich, Michael«, schrie er, immer noch kichernd, »und jetzt entkommst du mir nicht.«

25

Der Strom fiel gerade in dem Augenblick aus, als John Kragopoulos von der Route 6 A in die Straße einbog, die zum ›Ausguck‹ führte. Unwillkürlich trat er auf den Knopf unter seinem Fuß und schaltete das Fernlicht ein. Die Sicht war noch immer schlecht, und er fuhr vorsichtig, denn er spürte den Matsch unter den Reifen, und der Wagen hatte die Neigung, in den Kurven zu schleudern.

Er überlegte, wie er es bloß rechtfertigen konnte, ein so großes, labyrinthartiges Haus nach einem kleinen Feuerzeug absuchen zu wollen. Mr. Parrish konnte ihm mit gutem Grund vorschlagen, er möge doch am nächsten Morgen zurückkehren. Oder er konnte ihm anbieten, selbst danach zu suchen und es Dorothy zu geben, wenn er es fand.

John nahm sich vor, mit seiner Stablampe zur Tür zu gehen. Er würde sagen, er könne sich ganz genau daran erinnern, etwas fallen gehört zu haben, als er sich über das Teleskop beugte. Er hätte eigentlich sofort nachsehen wollen, ob ihm etwas aus der

Tasche gefallen sei. Das klang einleuchtend. Jedenfalls war es das Apartment im dritten Stock, das er sich ansehen wollte.

Der leichte Anstieg zum ›Ausguck‹ war heimtückisch. In der letzten Kehre der Straße kam der Wagen vorne gefährlich ins Rutschen. John umklammerte das Steuer, dann hafteten die Reifen wieder und hielten die Spur. Nur ein paar Zentimeter, und es hätte ihn die steile Böschung hinabgeschleudert. Er wäre dann bestimmt gegen die mächtige Eiche geprallt, die kaum zwei Meter entfernt stand. Ein paar Minuten später steuerte er den Wagen in die rückwärtige Auffahrt zum ›Ausguck‹. Er verwarf die Möglichkeit, den Wagen in der relativ geschützten Garage abzustellen, so wie Dorothy es getan hatte. Er wollte ungezwungen und aufgeräumt wirken. Wenn überhaupt, dann sollte in seinem Verhalten höchstens eine leichte Verärgerung spürbar sein, so als ob ihm selbst alles sehr lästig und unangenehm wäre. Er würde sagen, daß er seinen Verlust beim Essen bemerkt habe, und da er noch in der Stadt gewesen sei, habe er sich entschlossen, lieber sofort zurückzufahren als später zu telefonieren.

Als er aus dem Wagen stieg, fiel ihm die unheilvolle Dunkelheit des großen Hauses auf. Selbst das Obergeschoß lag völlig im Dunkeln. Der Mann mußte doch Sturmlampen haben. Stromausfälle bei schweren Stürmen konnten am Kap doch nichts Ungewöhnliches sein. Aber angenommen, Parrish war eingeschlafen und hatte nichts davon bemerkt, daß der Strom ausgefallen war? Angenommen – bloß angenommen – eine Frau wäre bei ihm zu Besuch gewesen, die nicht gesehen werden wollte. Es war das erstemal, daß er an diese Möglichkeit dachte.

Plötzlich kam er sich sehr albern vor und rang mit sich, ob er sich nicht wieder in den Wagen setzen sollte. Der Wind peitschte ihm den Graupel ins Gesicht und in den Kragen und in die Ärmel seines Mantels; das wohlige Behagen, das die Mahlzeit in ihm ausgelöst hatte, war verflogen. Er wurde sich dessen bewußt, wie müde und durchgefroren er war, und dachte daran, daß er noch eine lange und beschwerliche Autofahrt vor sich hatte. Mit seiner fantastischen Geschichte würde er dastehen wie ein Ochs vor dem Tor. Warum hatte er nicht an die Möglichkeit gedacht, daß Parrish jemanden zu Besuch haben könnte, dem es vielleicht peinlich war, gesehen zu werden. John gelangte zu der Auffassung, daß er ein Narr sei, ein mißtrauischer Idiot. Möglicherweise hatten er und Dorothy ihn nur bei einem Schäferstündchen gestört, weiter nichts. Er würde sich davonmachen, bevor er jemandem noch lästig fiele.

Er wollte sich schon ans Steuer setzen, als er hinter dem Küchenfenster, hinten links, einen Lichtschein erblickte. Das Licht bewegte sich schnell, und ein paar Sekunden später sah er, wie es sich in den Fenstern links und rechts neben der Küchentür widerspiegelte. Jemand ging mit der Lampe in der Küche herum.

Vorsichtig schloß John die Wagentür, damit sie

nicht laut zuknallte, sondern nur mit einem sanften Klicken einrastete. Er nahm die Taschenlampe fest in die Hand, schlich sich über die Auffahrt hinweg langsam an das Küchenfenster heran und spähte hinein. Das Licht schien jetzt aus dem Foyer zu kommen. Vor seinem geistigen Auge überblickte er noch einmal die Anlage des Hauses. Durch dieses Foyer gelangte man zur Hintertreppe, das bedeutete, daß sich der kleine Salon auf der anderen Seite befand. Im Schutze der verwitterten Schindeln hastete er schnell an der Rückseite des Hauses entlang, an der Küchentür vorbei bis zu den Fenstern, die zum kleinen Salon gehören mußten. Der Schein der Lampe war gedämpft, aber noch während er abwartete, wurde er stärker. Er fuhr zurück, als er die Lampe erblickte, emporgehalten von einem ausgestreckten Arm. Jetzt konnte er Courtney Parrish erkennen. Der Mann suchte etwas... aber was? Er rief nach jemandem. John strengte sich an, etwas zu hören. Der Wind erstickte den Ton, aber er konnte den Namen Michael verstehen. Parrish rief: »Michael!«

John spürte, wie ihm ein eisiger Schrecken den Rücken hinunterfuhr. Er hatte recht gehabt. Der Mann war wahnsinnig, und irgendwo in diesem Hause befanden sich die Kinder. Die Lampe, die er im Bogen schwang, wirkte wie ein Scheinwerfer, der die plumpe Beleibtheit von Parrishs mächtiger Gestalt anstrahlte. John fühlte sich hoffnungslos unterlegen. Er wußte, daß er diesem Mann physisch nicht gewachsen war.

Seine einzige Waffe war die Taschenlampe. Sollte er Hilfe holen? War es möglich, daß Michael Parrish davongelaufen war? Aber wenn Parrish ihn fand ... schon ein paar Minuten konnten viel ausmachen.

Dann, voller Entsetzen, sah John, wie Parrish die Lampe nach rechts hinüberschwenkte, hinter die Couch griff und eine kleine Gestalt hervorzog, die verzweifelt wegzulaufen versuchte. Parrish stellte die Lampe hin und umfaßte, wie John erkennen konnte, mit beiden Händen den Hals des Kindes.

John handelte so instinktiv wie damals im Nahkampf während des Zweiten Weltkrieges. Er hob den Arm hoch und zerschlug mit seiner Taschenlampe die Fensterscheibe. Während Courtney Parrish herumfuhr, griff John mit der Hand nach innen und schaffte es mit Gewalt, den Fensterriegel zu öffnen. Mit übermenschlicher Kraft stieß er das Fenster auf und schwang sich über die Fensterbank in das Zimmer. Als er mit den Füßen auf dem Boden aufkam, fiel ihm die Taschenlampe aus der Hand, und Parrish grapschte danach. Mit der linken Hand hielt er jetzt die Sturmlampe und mit rechten hob er die Taschenlampe auf, riß sie hoch und hielt sie wie eine Waffe über seinem Kopf.

Es gab keine Möglichkeit, dem unvermeidlichen Schlag auszuweichen. Aber um Zeit zu gewinnen, duckte sich John und schlängelte sich im Zickzack bis zur Wand zurück. Während er noch »Lauf weg, Michael... Ruf Hilfe!« schrie, gelang es ihm, Parrish die Petroleumlampe aus der Hand zu treten.

Einen Augenblick später krachte die Taschenlampe auf seinen Schädel herunter.

26

Es war ein Fehler gewesen, den Wagen im Stich zu lassen. Es war nichts als ein Akt sinnloser Panik gewesen. Rob war davon überzeugt, daß jeder seines Glückes Schmied sei. Heute aber hatte er wirklich jeden denkbaren Bock geschossen. Als er Nancy am See sah, hätte er so schnell wie der Teufel von dem Kap verschwinden sollen. Statt dessen hatte er geglaubt, daß sie auf einem Trip wäre oder einen in der Lampe hätte, und daß er sich nur einen Tag zu gedulden brauchte und dann zu ihr und ihrem Mann gehen konnte, um abzusahnen. Jetzt war er dumm genug gewesen, sich in unmittelbarer Nähe des Hauses blicken zu lassen – und ihre Kinder waren verschwunden.

Rob hatte nie so richtig geglaubt, daß Nancy mit dem Verschwinden der anderen Kinder irgend etwas zu tun hatte; aber jetzt, wer konnte es wissen? Vielleicht drehte sie wirklich durch, wie Professor Harmon behauptet hatte.

Nachdem er aus dem Wagen gesprungen war, hatte Rob Kurs in Richtung Süden genommen, auf die Schnellstraße zu, die mitten durch das Kap führte. Doch als ein Polizeiwagen an ihm vorbeifegte, hatte er kehrt gemacht. Selbst wenn es ihm gelänge, als Anhalter mitgenommen zu werden, bestand die Wahrscheinlichkeit, daß sie an der Brücke eine Straßensperre aufgebaut hatten. Es wäre wohl besser, die Richtung zur Bucht einzuschlagen. Da mußte es doch eine Menge verschlossener Sommerhäuschen geben. Er würde eines von ihnen aufbrechen und sich eine Zeitlang verkriechen. Die meisten hatten bestimmt noch einige Vorräte in der Küche, und er wurde allmählich hungrig. Dann, in ein paar Tagen, wenn sich der Aufruhr etwas gelegt hatte, würde er nach einem Lastwagen suchen, sich hinten drin verstecken und sehen, daß er von dieser verdammten Halbinsel kam.

Er fröstelte, als er die engen verdunkelten Straßen hinabeilte. Dieses Hundewetter hatte wenigstens ein Gutes, es bestand überhaupt keine Gefahr, auf Spaziergänger zu stoßen. Auch gab es kaum Autos auf der Straße.

Aber als er um eine Straßenkurve bog, hatte er kaum noch Zeit, zurück in die dichten Hecken zu springen, um nicht von den Scheinwerfern eines herankommenden Autos erfaßt zu werden. Sein Atem rasselte. Er wartete, bis das Fahrzeug mit kreischenden Reifen an ihm vorbeigerast war. Noch ein Wagen mit Polypen. Die Gegend wimmelte von ihnen. Er mußte von der Straße runter. Es konnten doch höchstens noch ein paar Häuserreihen bis zum Strand sein. Rob bewegte sich rasch an der Hecke entlang und steuerte dann auf die Baumgruppen zu, die die Rückseite der Häuser vor ihm säumten. Die Möglichkeit, geschnappt zu werden, war dort geringer, selbst wenn es länger dauerte, sich durch die Hinterhöfe zu schlagen.

Angenommen, Nancy hätte ihn am See gesehen? Sie hatte ja in seine Richtung geblickt... vielleicht aber auch nicht. Er würde natürlich nicht zugeben, daß er dagewesen war. Sie war wohl kaum in einer Verfassung, daß sie ernsthaft behaupten konnte, ihn gesehen zu haben. Sonst aber hatte ihn keiner gesehen. Da war er sich ganz sicher. Ausgenommen... der Fahrer des Kombiwagens. Vielleicht ein Kerl aus dem Ort... Nummernschilder von Massachusetts... 8-6-4-2... wieso erinnerte er sich daran? Verkehrt herum gelesen... ach natürlich...

2-4-6-8. Das war ihm aufgefallen. Wenn er wirklich geschnappt wurde, konnte er den Bullen von dem Kombiwagen erzählen. Er hatte gesehen, wie der Kombi rückwärts aus dem Feldweg gekommen war, der von dem Grundstück der Eldredges zur Straße führt, und das mußte ungefähr um die Zeit gewesen sein, in der die Kinder verschwanden.

Andererseits aber, angenommen, dieser Kombiwagen war nur ein gewöhnlicher Lieferwagen, über den man schon Bescheid wußte? Den Fahrer hatte Rob überhaupt nicht gesehen, er hatte eigentlich gar nicht auf ihn geachtet... nur flüchtig erkannt, daß es ein großer, dicker Kerl war. Wenn die ihn wirklich schnappten, und er von dem Kombiwagen erzählte, würde er sich nur selbst darauf festnageln, daß er selber am Eldredge-Haus gewesen war.

Nein, gar nichts würde er zugeben, wenn die ihn kriegten. Er würde sagen, er hätte die Absicht gehabt, Nancy zu besuchen. Aber dann hätte er sein Bild im Zusammenhang mit dem Fall Harmon gesehen und es für ratsam gehalten, sich davonzumachen. Nach dieser Überlegung fühlte sich Rob ein wenig besser. Wenn er jetzt bloß bis zum Strand käme und in eines der Ferienhäuser...

Er hastete weiter, sorgsam darauf bedacht, sich ganz im Schatten der kahlen Bäume zu halten; er stolperte, fluchte leise und fand das Gleichgewicht wieder. Dieser Graupel machte diese ganze verdammte Gegend so glatt wie eine Eisbahn. Aber es konnte nicht mehr sehr weit sein. Er mußte jetzt irgendwo hineinkommen, sonst würde er bestimmt noch jemandem in die Arme laufen. Er stützte sich an den eisverkrusteten Bäumen ab und versuchte, schneller zu gehen.

27

Thurston Givens saß ruhig in seiner verglasten Veranda auf der Rückseite des Hauses. Die Dunkelheit brach herein, und er beobachtete den Sturm. Er war achtzig Jahre alt, die Nordoststürme hatten ihn immer fasziniert, und er wußte, daß ihm wahrscheinlich nicht mehr allzu viele Jahre gegeben waren, in denen er sie beobachten konnte. Das Radio lief ganz leise, und er hatte soeben die letzte

Meldung über die Eldredge-Kinder gehört. Immer noch keine Spur von ihnen.

Jetzt saß Thurston da und blickte unverwandt nach hinten hinaus und grübelte, warum jungen Menschen solch ein Unglück widerfahren mußte. Sein einziges Kind war während der Epidemie 1917 im Alter von fünf Jahren an Grippe gestorben.

Als ehemaliger Grundstücksmakler war Thurston ein guter Bekannter von Ray Eldredge. Er war auch ein Freund von Rays Vater und Großvater gewesen. Ray war ein feiner Kerl, ein Mann, wie ihn das Kap brauchte. Er war einer, der wußte, was er wollte, und war ein guter Makler – nicht einer von denen, die nur schnell zu Geld kommen wollten und denen die Öffentlichkeit schnuppe war. Eine verdammte Gemeinheit, wenn seinen kleinen Kindern etwas passiert sein sollte. Nancy war in Thurstons Augen bestimmt nicht der Typ, den man mit einem Mord in Verbindung bringen könnte. Hier mußte schon eine bessere und überzeugendere Antwort gefunden werden.

Er träumte ein wenig vor sich hin. Da erregte eine Bewegung am Waldrand seine Aufmerksamkeit. Er beugte sich nach vorn. Seine Augen verengten sich und spähten angestrengt hinaus. Da draußen war jemand, einer, der sich da entlangschlich. Ohne Zweifel jemand, der nicht gesehen werden wollte. Jemand, der nichts Böses im Sinn hatte, würde sich bei diesem Wetter nicht drüben im Wald aufhalten, und es hatte eine Menge Raubüberfälle am Kap gegeben, vor allem in dieser Gegend.

Thurston streckte die Hand nach dem Telefon aus. Er wählte die Nummer des Polizeireviers. Captain Coffin war ein alter Bekannter, aber natürlich – der Captain war wahrscheinlich nicht da. Er war bestimmt in der Sache Eldredge unterwegs.

Am anderen Ende wurde der Hörer aufgenommen und eine Stimme sagte: »Polizeidirektion Adams Port, Sergeant Poler.«

Thurston unterbrach ihn ungeduldig. »Hier spricht Thurston Givens«, sagte er kurz angebunden. »Ich möchte Ihnen mitteilen, daß sich in dem Wald hinter meinem Haus jemand herumtreibt, der schleicht sich zur Bucht hinunter.«

28

Nancy saß aufrecht auf der Couch und blickte starr vor sich hin. Ray hatte das Feuer wieder angezündet, und die Flammen begannen an den dicken Zweigen und den abgebrochenen Aststücken zu lecken. Gestern. Es war doch erst gestern, oder nicht? Sie und Michael hatten vor dem Haus den Rasen geharkt.

»Das ist das letztemal, daß wir vor dem Winter diese Arbeit machen müssen, Mike«, hatte sie gesagt. »Ich glaube, jetzt sind alle Blätter unten.«

Er hatte ernsthaft genickt. Dann, ohne daß sie ihn dazu aufgefordert hatte, hatte er die größten Astbrocken und die dicksten Zweige aus dem Blätterhaufen herausgesucht. »Die sind gut fürs Feuer«, hatte er erklärt. Er hatte die eiserne Harke fallen lassen, und sie war so gefallen, daß die Metallzinken nach oben ragten. Aber als Missy über die Auffahrt gelaufen kam, hatte er die Harke schnell umgedreht. Mit einem entschuldigenden Lächeln hatte er bemerkt: »Vati sagt immer, es sei gefährlich, die Harke so liegen zu lassen.«

Missy gegenüber war er immer so behutsam und umsichtig. Er war so lieb. Er war so wie Ray. In einer ganz unfaßbaren Weise lag ein gewisser Trost darin, daß Mike bei Missy war. Wenn er die Möglichkeit dazu hatte, würde er auf sie achten. Er war ein so umsichtiger kleiner Junge. Wenn sie jetzt irgendwo draußen wären, würde er darauf achten, daß an ihrer Jacke der Reißverschluß geschlossen war. Er würde versuchen, sie zu schützen. Er würde ...

»O Gott.«

Erst als Ray erschreckt aufblickte, merkte sie, daß sie laut gesprochen hatte. Er saß in seinem großen Sessel. Sein Gesicht sah so überanstrengt aus. Er schien zu wissen, daß sie es nicht gern hatte, wenn er sie jetzt anfaßte – daß sie sich der Situation gemäß verhalten und ihre Lage bedenken mußte. Sie durfte nicht davon ausgehen, daß die Kinder tot waren. Es war nicht möglich. Sie mußten gefunden werden, ehe irgend etwas geschah.

Auch Dorothy beobachtete sie. Dorothy, die plötzlich so gealtert aussah und so verloren. Sie hatte Dorothys Zuneigung und Liebe hingenommen, ohne sie zu erwidern. Sie hatte sich Dorothy vom Leibe gehalten und ihr deutlich zu verstehen gegeben, daß sie sich nicht in ihren geschlossenen Familienkreis hineindrängeln sollte. Sie wollte nicht, daß die Kinder eine Ersatzgroßmutter hatten. Sie wollte nicht, daß irgend jemand an Mutters Stelle trat.

Ich bin egoistisch gewesen, dachte Nancy. *Ich habe nicht ihre Not gesehen.* Wie seltsam, daß ihr das jetzt so klar war. Wie seltsam, jetzt daran zu denken, wo sie hier herumsaßen, so hilflos und ohnmächtig. Dann aber, was war es denn nur, was sie ein wenig beruhigte? Wieso fühlte sie einen kleinen Funken Hoffnung? Aus welcher Quelle schöpfte sie Trost?

»Rob Legler«, sagte sie. »Ich habe euch erzählt, daß ich heute morgen Rob Legler am See gesehen habe.«

»Ja«, sagte Ray.

»Ist es möglich, daß ich geträumt habe? Glaubt der Doktor, daß ich ihn gesehen habe – daß ich die Wahrheit gesagt habe?«

Ray überlegte einen Augenblick, entschloß sich dann aber, offen zu sein. In Nancy war eine Stärke, eine Direktheit, die nicht bereit war, Ausflüchte hinzunehmen.

»Ich glaube, der Doktor ist der Meinung, daß du eine genaue Darstellung des Geschehens gegeben hast. Und außerdem, Nancy, solltest du noch wissen, daß Rob Legler mit Sicherheit hier in der Nähe gesehen worden ist, gestern abend schon und heute morgen.«

»Rob Legler würde den Kindern nichts antun.« Ihre Stimme klang sehr sachlich und bestimmt. Das also war die Ursache ihrer Erleichterung. »Wenn er sie mitgenommen hat, wenn er das getan hat, er würde ihnen nichts antun. Da bin ich ganz sicher.«

Lendon kam ins Zimmer zurück. Jonathan dicht hinter ihm. Jonathan merkte, daß er unwillkürlich zu Dorothy hinüberblickte. Sie hatte die Hände tief in ihren Taschen vergraben, und er vermutete, daß sie zu Fäusten geballt waren. Er hatte sie immer als eine bemerkenswert tüchtige und unabhängige Person angesehen – Eigenschaften, die er bewunderte, die aber, wie er fand, eine Frau nicht unbedingt begehrenswerter machten.

Wenn Jonathan sich selbst gegenüber ehrlich war, dann erkannte er deutlich, daß das Bewußtsein, daß Emily ihn brauchte, stets ein wesentliches Element seiner Beziehung zu ihr gewesen war. Sie hatte nie vermocht, einen Verschluß von einem Glas zu schrauben oder ihre Wagenschlüssel zu finden oder ihr Scheckkonto auszugleichen. Er hatte sich immer in seiner Rolle als nachsichtiger und handwerklich geschickter Ehemann gesonnt, der ständig etwas befestigte, etwas unternahm oder meisterte. Erst in den vergangenen zwei Jahren war ihm allmählich bewußt geworden, daß er die eiserne Willenskraft im Innersten ihrer Frauennatur nie erfaßt hatte: die Art und Weise, wie sie das Verdikt des Arztes hingenommen hatte – nur ein kurzer teilnahmsvoller Blick für ihn. Nicht ein einziges Mal hatte sie zugegeben, daß sie Schmerzen litt. Jetzt, wo er Dorothy vor sich sah, wo ihr stummer Schmerz so deutlich fühlbar war, drängte es ihn sehr, sie irgendwie zu trösten.

Eine Frage von Ray hielt ihn davon ab: »Was war das für ein Anruf?«

»Captain Coffin ist hinausgegangen«, erwiderte Jonathan ausweichend.

»Es ist alles in Ordnung. Nancy weiß, daß Rob Legler hier in der Nähe gesehen wurde.«

»Seinetwegen ist der Captain weggefahren. Legler wurde verfolgt, und er verließ drei Kilometer weiter unten an der 6 A einen Wagen, den er gestohlen hat. Aber Sie brauchen sich keine Sorgen zu machen. Bei diesem Wetter kommt er zu Fuß nicht weit.«

»Wie fühlen Sie sich, Nancy?« Lendon betrachtete sie aufmerksam. Sie war gefaßter, als er erwartet hatte.

»Ich fühle mich gut. Ich habe viel über Carl geredet, nicht wahr?«

»Ja.«

»Es gab da etwas, woran ich mich zu erinnern suchte; etwas Wichtiges, das ich Ihnen sagen wollte.«

Lendon behielt den nüchtern sachlichen Ton bei. »Sie sagten ein paarmal ›Ich glaube nicht... Ich glaube nicht...‹ Wissen Sie, warum Sie das immer wieder sagten?«

Nancy schüttelte den Kopf. »Nein.« Sie stand auf und ging voller Unruhe zum Fenster hinüber. »Es ist so dunkel, es wird sehr schwer sein, jetzt noch irgend etwas oder irgend jemanden zu finden.«

Es war angenehm, sich zu bewegen. Sie wollte einen klaren Kopf bekommen, um nachdenken zu können. Sie schaute an sich herab und bemerkte zum erstenmal, daß sie noch immer den weichen wollenen Morgenrock trug. »Ich will mich umziehen«, sagte sie, »möchte mich anziehen.«

»Möchten Sie ...?« Dorothy biß sich auf die Lippen. Sie hatte Nancy gerade fragen wollen, ob sie möchte, daß sie mit ihr nach oben ginge.

»Ich komme schon zurecht«, sagte Nancy freundlich. Sie würden Rob Legler bald finden. Sie war sich dessen ganz sicher. Wenn es soweit war, wollte sie angezogen sein. Sie wollte zu ihm gehen, ganz gleich, wohin man ihn brachte. Sie wollte zu ihm sagen: ›Rob, ich weiß, daß Sie den Kindern nichts antun würden. Wollen Sie Geld? Was brauchen Sie? Sagen Sie mir, wo die Kinder sind, dann gebe ich Ihnen alles, was Sie haben wollen.‹

Oben im Schlafzimmer zog sie den Morgenrock aus. Gewohnheitsgemäß ging sie zum Wandschrank hinüber und hängte ihn hinein. Einen Moment lang fühlte sie sich benommen und lehnte sich mit der Stirn gegen die kühle Wand. Die Schlafzimmertür öffnete sich, und sie hörte, wie Ray rief: »Nancy!« Seine Stimme klang bestürzt, als er zu ihr hinüberhastete, sie zu sich umdrehte und in die Arme schloß. Sie spürte, wie sein Sporthemd warm auf ihrer Haut kratzte und seine Umarmung immer fester wurde.

»Mit mir ist alles in Ordnung«, sagte sie. »Bestimmt ...«

»Nancy!« Er hob ihr Kinn empor und preßte seinen Mund auf ihre Lippen. Als sich ihre Lippen voneinander lösten, schmiegte sie sich eng an ihn.

Es war von Anfang an so gewesen. Von jenem ersten Abend an, als er zum Dinner gekommen war und sie anschließend zum See hinabspaziert waren. Es war kühl gewesen, und sie hatte gefröstelt. Sein Mantel war offen gewesen, und er hatte gelacht und sie an sich gezogen und den Mantel so herumgeschlagen, daß er sie beide einhüllte. Als er sie damals zum erstenmal küßte, war es so ganz selbstverständlich gewesen. Sie hatte sich ganz zu ihm hingezogen gefühlt, von Anfang an. Nicht wie bei Carl... der arme Carl... sie hatte ihn nur hingenommen; sie hatte sich schuldig gefühlt, weil sie ihn nicht begehrte, und nachdem Lisa geboren war, hatte er nie wieder... nicht wie ein Ehemann... Hatte er gespürt, daß sie sich ekelte? Diese Frage hatte sie sich oft gestellt. Auch das gehörte zu ihrer Schuld.

»Ich liebe dich.« Sie wußte nicht, daß sie das gesagt hatte – Worte, die so oft ausgesprochen wurden, die sie sogar noch im Schlaf zu Ray murmelte.

»Ich liebe dich auch. O Nancy. Es muß für dich sehr schlimm gewesen sein. Ich habe immer geglaubt, ich hätte begriffen, aber ich habe nicht...«

»Ray, werden wir die Kinder wiederbekommen?« Ihre Stimme bebte, und er spürte, wie ihr ganzer Körper zu zittern begann.

Sein Arm drückte sie fester an sich. »Ich weiß es nicht, Liebling. Ich weiß es nicht. Aber denke immer an das eine: Ganz gleich, was auch geschieht, du hast mich, und ich habe dich. Nichts kann das ändern. Gerade haben sie den Captain abgeholt. Sie haben Rob Legler auf die Polizeistation gebracht. Dr. Miles ist mit ihnen gegangen, und Jonathan und ich wollen auch hinüber.«

»Ich möchte zu ihm. Vielleicht sagt er mir ... «

»Nein. Jonathan hat eine Idee, und ich meine, es könnte klappen. Wir müssen das herausbekommen. Vielleicht hat Rob einen Komplizen, der die Kinder bei sich hat. Wenn er dich sieht, könnte er es möglicherweise ablehnen, überhaupt etwas zu sagen, vor allem dann, wenn er beim letztenmal daran beteiligt war.«

»Ray ... « Nancy hörte die Verzweiflung in ihrer Stimme.

»Liebling. Du mußt noch ausharren. Nur noch kurze Zeit. Stell dich unter die heiße Dusche und zieh dich an. Dorothy wird bei dir bleiben. Sie macht dir gerade ein Sandwich zurecht. Ich komme so bald wie möglich zurück.« Einen Augenblick lang vergrub er seine Lippen in ihr Haar, dann war er fort.

Wie mechanisch ging Nancy aus dem Schlafzimmer ins Badezimmer hinüber. Sie drehte das Wasser in der Duschkabine an und sah dann in den Spiegel über dem Waschbecken. Das Gesicht, das ihr entgegenblickte, war blaß und verkrampft, mit schweren und umschatteten Augen. Genauso hatte sie in all den Jahren mit Carl ausgesehen, wie auf den Bildern zu diesem Artikel.

Sie wandte sich schnell ab, drehte ihr Haar in einen Knoten und trat unter die Dusche. Der warme feine Strahl prickelte auf ihrem Körper und löste die Verkrampfung ihrer Muskeln. Es tat ihr gut. Dankbar hob sie ihr Gesicht in die Wasserstrahlen. Unter der Dusche fühlte man sich so sauber.

Sie hatte nie, nie wieder ein Wannenbad genommen – nie wieder seit den Jahren mit Carl. Sie hatte nicht mehr an diese Bäder gedacht. Doch als ihr jetzt das Wasser ins Gesicht spritzte, zuckte plötzlich eine Erinnerung in ihr auf. Die Badewanne … Carls Begierde, sie zu baden … sie zu betasten … zu untersuchen. Einmal, als sie versucht hatte, ihn wegzustoßen, war er ausgerutscht und mit dem Gesicht ins Wasser getaucht. Er war so erschrocken gewesen, daß er einen Augenblick lang nicht in der Lage gewesen war, sich hochzuziehen. Als er dann mit dem Kopf aus dem Wasser kam, hatte er angefangen zu spucken und zu zittern und zu husten. Er war so wütend gewesen … aber vor allem erschrocken. Es hatte ihm einen Schrecken eingejagt, daß sein Gesicht ganz unter Wasser gewesen war.

Das war es. Das war es, woran sie sich zu erinnern versucht hatte: diese geheime Angst vor Wasser …

O Gott. Nancy schwankte und lehnte sich an die Wand der Duschkabine. Sie spürte, wie sich ein Brechreiz auf ihren Magen und ihre Kehle legte, sie stolperte aus der Kabine und, ohne sich noch länger beherrschen zu können, begann sie zu würgen.

Minuten vergingen. Sie hielt sich an beiden Seiten des Waschbeckens fest, unfähig, die heftigen Wellen der Übelkeit aufzuhalten. Als der Brechanfall dann schließlich nachließ, wurde ihr Körper noch lange von Kälteschauern geschüttelt.

29

»Ray, erwarten Sie nicht zu viel«, warnte Jonathan.

Ray gab keine Antwort. Durch die Schlieren der Fensterscheiben sah er schon die Polizeistation. Im Schein der Gaslampen wirkte sie wie aus einem anderen Jahrhundert. Ray parkte schnell den Wagen, riß die Tür auf und hastete über den Asphalt ins Polizeirevier. Er hörte, wie Jonathan hinter ihm her schnaufte und mit ihm Schritt zu halten versuchte.

Der wachhabende Beamte blickte überrascht auf. »Habe nicht erwartet, Sie heute abend hier zu sehen, Mr. Eldredge. Das mit den Kindern tut mir sehr leid ...«

Ray nickte ungeduldig. »Wo wird Rob Legler vernommen?«

Der Sergeant war sehr bestürzt. »Sie können da jetzt nicht eingreifen, Mr. Eldredge.«

»Den Teufel kann ich«, sagte Ray betont ruhig. »Gehen Sie hinein und sagen Sie dem Captain, daß ich sofort mit ihm sprechen muß.«

Dem Sergeant erstarb der Protest auf den Lippen. Er wandte sich an einen Polizisten, der den Korridor herunterkam. »Sagen Sie dem Captain, daß Ray Eldredge ihn sprechen möchte«, befahl er kurz.

Ray drehte sich zu Jonathan um. Mit einem matten Lächeln sagte er: »Plötzlich erscheint einem das alles wie ganz überspanntes, absurdes Theater.«

»Ist es aber nicht«, erwiderte Jonathan ruhig.

Ray blickte sich kurz in dem Zimmer um und sah erst jetzt, daß in der Nähe der Tür zwei Leute auf einer kleinen Bank saßen. Sie waren wohl ungefähr so alt wie er und Nancy – ein nettes Paar. Ein wenig zerstreut fragte er sich, was die hier wohl zu suchen hätten. Der Mann sah etwas verlegen aus, die Frau entschlossen. Was konnte einen an einem Abend wie heute dazu bringen, das Haus zu verlassen? War es möglich, daß sie Streit gehabt hatten und daß sie ihn beschuldigen wollte? Der Gedanke war ungeheuer komisch. Irgendwo außerhalb dieses Zimmers, außerhalb dieses ganzen unfaßbaren Tages saßen die Leute zu Hause mit ihren Familien; kochten bei Kerzenlicht ihr Abendessen, sagten den Kindern, daß sie vor der Dunkelheit keine Angst zu haben brauchten, liebten sich, hatten Streit miteinander...

Er bemerkte, daß die Frau ihn unverwandt anstarrte. Sie wollte schon aufstehen, aber ihr Mann zog sie wieder herunter. Ray drehte ihr schnell den Rücken zu. Mitleid war das allerletzte auf dieser Welt, was er jetzt brauchte.

Eilige Schritte näherten sich auf dem Korridor. Captain Coffin stürzte ins Zimmer. »Was ist los, Ray? Haben Sie irgendwas gehört?«

Jonathan antwortete: »Sie haben Rob Legler hier?«

»Ja. Wir vernehmen ihn gerade. Dr. Miles ist bei

mir. Legler verlangt einen Rechtsanwalt. Will keine Fragen beantworten.«

»Das habe ich mir schon gedacht. Deshalb sind wir hier.« Mit leiser Stimme umriß Jonathan seinen Plan.

Captain Coffin schüttelte den Kopf. »Das klappt nicht. Der Bursche ist kaltblütig. Es gibt für uns keine Möglichkeit, ihn darauf festzulegen, daß er heute morgen am Eldredge-Haus gewesen ist.«

»Wir sollten es aber versuchen. Verstehen Sie nicht, wie wichtig die Zeit für uns ist? Wenn es einen Komplizen gibt, der die Kinder jetzt bei sich hat, ist es möglich, daß dieser Mensch durchdreht. Weiß der Himmel, was der dann macht.«

»Schön ... kommen Sie hier durch. Sprechen Sie mit ihm. Erwarten Sie aber gar nichts.« Mit einer Kopfbewegung zeigte der Captain auf ein Zimmer, das sich auf halbem Wege den Korridor hinab befand. Als Ray und Jonathan ihm gerade folgen wollten, stand die Frau von der Bank auf.

»Captain Coffin.« Sie stockte. »Könnte ich Sie kurz sprechen?«

Der Captain blickte sie abschätzend an. »Ist es wichtig?«

»Nun, vielleicht nicht. Es ist nur so, daß ich dachte, ich hätte keine Ruhe, wenn ich nicht... Es ist etwas, das mein kleiner Sohn ...«

Der Captain verlor deutlich das Interesse an ihr.

»Bitte nehmen Sie Platz, gnädige Frau. Ich komme so bald wie möglich zu Ihnen zurück.«

Ellen Keeney sank auf die Bank zurück. Sie sah,

wie die drei Männer davongingen. Der Sergeant am Schreibtisch spürte ihre Enttäuschung. »Sind Sie sicher, daß ich Ihnen nicht helfen kann, gnädige Frau?« fragte er.

Aber Ellen hatte kein Zutrauen zu dem Beamten. Als sie und Pat hereingekommen waren, hatten sie zuerst versucht, ihm zu erzählen, daß sie glaubten, ihr kleiner Sohn könnte etwas über den Fall Eldredge wissen. Der Sergeant hatte ein gequältes Gesicht aufgesetzt. »Meine Dame, wissen Sie, wie viele Anrufe wir heute abend haben? Seit die Telefon- und Fernschreibedienste Wind davon bekommen haben, wurde hier ununterbrochen angerufen. Irgendein Knilch aus Tuxon rief an, um uns mitzuteilen, daß er glaube, die Kinder heute morgen von seiner Wohnung aus auf einem Spielplatz auf der anderen Straßenseite gesehen zu haben. Gar keine Möglichkeit, daß sie dahin gekommen sein konnten, nicht mal mit einem Überschallflugzeug. Nehmen Sie also bitte Platz. Der Captain wird mit Ihnen sprechen, sobald er kann.«

Pat sagte: »Ellen, ich glaube, wir sollten nach Hause gehen. Wir sind hier nur im Wege.«

Ellen schüttelte den Kopf. Sie öffnete ihr Geldtäschchen und nahm den Zettel heraus, den der Fremde Neil gegeben hatte, als er ihn weggeschickt hatte, die Post zu holen. Sie hatte den Zettel zusammengeheftet mit ihren eigenen Notizen über alles, was Neil ihr erzählt hatte. Sie kannte den genauen Zeitpunkt, zu dem er wegen des Briefes in die Post gegangen war. Sie hatte sorgfältig seine

Beschreibung des Mannes aufgezeichnet: genau seine Worte, als er sagte, der Mann sehe so aus wie das Bild im Fernsehen von Nancy Harmons erstem Mann; was für einen Wagen der Mann gefahren hatte – ›einen richtigen alten Kombiwagen, genau wie der von Großvater‹ – das hörte sich so nach Ford an. Zuletzt hatte Neil gesagt, daß der Mann eine Angelerlaubnis für Port Adams an der Windschutzscheibe hatte. Ellen war entschlossen, hier sitzen zu bleiben, bis sich für sie eine Gelegenheit ergab, ihre Geschichte loszuwerden. Pat sah ganz müde aus. Sie ergriff seine Hand und tätschelte sie. »Hab Geduld mit mir, Schatz«, flüsterte sie. »Ich glaube nicht, daß das irgend etwas bedeutet, doch irgend etwas hält mich hier fest. Der Captain hat doch gesagt, daß er bald mit mir sprechen würde.«

Die Tür zur Polizeistation ging auf. Ein Paar in mittleren Jahren trat herein. Der Mann sah richtig aufgebracht aus; die Frau war sichtlich nervös. Der wachhabende Beamte begrüßte sie. »Hallo, Mr. Wiggins ... Mrs. Wiggins. Etwas nicht in Ordnung?«

»Sie werden es nicht glauben«, fauchte Wiggins. »An so einem Abend wie heute möchte meine Frau melden, daß heute morgen im Geschäft jemand eine Dose Kinderpuder geklaut hat.«

»Kinderpuder?« Die Stimme des Sergeants hob sich vor Überraschung.

Mrs. Wiggins regte sich noch mehr auf. »Es ist mir egal, wie verrückt sich das anhört. Ich möchte Captain Coffin sprechen.«

»Er kommt gleich heraus. Diese Leute warten auch auf ihn. Bitte setzen Sie sich doch.« Er zeigte auf eine Bank, die im rechten Winkel zu der anderen stand, auf der die Keeneys warteten.

Sie gingen hinüber, und als sie sich hinsetzten, murmelte der Mann verärgert: »Ich weiß immer noch nicht, was wir hier wollen.«

Voller Anteilnahme wandte sich Ellen diesem Paar zu. Sie dachte, ein Gespräch mit ihnen könnte der anderen Frau jetzt helfen, ihre Nervosität abzulegen. »Wir wissen eigentlich auch nicht, weshalb wir hier sind«, sagte sie. »Aber ist das denn nicht eine schreckliche Geschichte mit diesen verschwundenen Kindern...«

In dem Büro, das etwa fünfzehn Meter weiter den Flur hinunter lag, starrte Rob Legler mit zusammengekniffenen, feindseligen Augen Ray Eldredge an. Der Bursche hatte Format, stellte er fest. Diesmal hatte Nancy bestimmt mehr Glück gehabt. Dieser Carl Harmon war doch ein widerlicher Typ gewesen. Die Angst preßte Rob den Magen zusammen. Die Eldredge-Kinder waren immer noch nicht gefunden. Wenn ihnen etwas passiert war, würden sie wahrscheinlich versuchen, ihm etwas anzuhängen. Aber keiner hatte ihn in der Nähe des Eldredge-Hauses gesehen... niemand außer diesem Fettwanst, der da in dem alten Kombiwagen gesessen hatte. Angenommen, dieser Kerl war ein Lieferant oder so was und rief die Polypen an? Und was sollte er machen, wenn er ihn identifizierte als jemanden, der heute morgen in der Nähe des Eldredge-Hauses gewesen war? Was für eine Erklärung hatte er dann? Was hatte er da gewollt? Kein Mensch würde ihm abnehmen, daß er sich heimlich ins Land geschlichen hatte, nur um Nancy ›Guten Tag‹ zu sagen.

Im Geiste suchte Rob nach einer plausiblen Erklärung. Aber es gab keine, die Hand und Fuß hatte. Er würde einfach den Mund halten, bis er einen Anwalt bekam – und vielleicht sogar noch länger. Der ältere Kerl sprach mit ihm.

»Sie befinden sich in einer schwierigen Lage«, sagte Jonathan gerade. »Sie sind ein Deserteur, der verhaftet worden ist. Darf ich Sie daran erinnern, welche Strafe der Gesetzgeber für Deserteure vorgesehen hat? Ihre Situation ist aber weitaus schwieriger als die eines Mannes, der bloß das Land verlassen hat, um seiner Einberufung zu entgehen. Sie waren Angehöriger der Streitkräfte. Ganz unabhängig davon, was den Eldredge-Kindern zugestoßen ist oder wie schuldig oder unschuldig Sie an ihrem Verschwinden sind, Sie stehen unmittelbar vor der Aussicht, den größten Teil der nächsten zehn oder zwanzig Jahre im Gefängnis zu verbringen.«

»Das werden wir noch sehen«, murmelte Rob. Aber er wußte, daß Jonathan recht hatte. Himmel!

»Aber selbst eine Anklage wegen Fahnenflucht ist nicht annähernd so schwerwiegend wie eine Anklage wegen Mordes ...«

»Ich habe nie jemanden ermordet«, fauchte Rob und sprang vom Stuhl auf.

»Setzen Sie sich«, befahl Captain Coffin.

Ray erhob sich und beugte sich über den Tisch, bis seine Augen auf gleicher Höhe mit denen von Rob waren. »Ich bin bereit, Ihnen ein Angebot zu machen«, sagte er mit Nachdruck. »Ich bin überzeugt, daß Sie ein Schweinehund sind. Ich wäre in der Lage, Sie für zwei Cents eigenhändig umzubringen. Ihre Aussage hat meine Frau vor sieben Jahre beinahe in die Gaskammer gebracht, und jetzt im Augenblick wissen Sie vielleicht etwas, das meinen Kindern das Leben retten könnte, falls es dazu nicht schon zu spät ist. Jetzt hören Sie, Sie Schweinehund, hören Sie gut zu. Meine Frau glaubt nicht, daß Sie in der Lage wären oder es fertigbrächten, unseren Kindern etwas anzutun. Zufällig nehme ich ihr das ab. Aber sie hat Sie heute morgen da oben gesehen. Das heißt also, Sie müssen etwas darüber wissen, was sich da abgespielt hat. Ihr Versuch, uns hier hinzuhalten und zu behaupten, Sie wären nie in der Nähe unseres Hauses gewesen, hilft Ihnen da nicht. Wir werden beweisen, daß Sie dagewesen sind. Aber wenn Sie uns jetzt die Wahrheit sagen und wir die Kinder zurückbekommen, werden wir von einer Strafverfolgung wegen Kindesentführung absehen. Und Mr. Knowles, der zufällig einer der Spitzenanwälte in diesem Lande ist, wird Ihr Rechtsanwalt sein, damit Sie bei Ihrer Anklage wegen Fahnenflucht mit der geringstmöglichen Strafe davonkommen. Er hat Beziehungen – sogar eine ganze Menge... Also, was ist nun, Scheißkerl? Nehmen Sie das Angebot an?«

Auf Rays Stirn traten die Adern hervor. Er bewegte sich vorwärts, bis seine Augen nur noch Zentimeter von denen Robs entfernt waren. »Denn wenn Sie es nicht tun... und wenn Sie etwas wissen... und ich kriege heraus, daß Sie in der Lage gewesen wären, uns zu helfen, unsere Kinder wiederzubekommen, und Sie haben es nicht getan... dann wird es mir egal sein, in welches Gefängnis Sie kommen... Ich werde Sie erwischen und Sie umbringen. Denken Sie immer daran, Sie stinkender Bastard.«

»Ray.« Jonathan zog ihn mit Gewalt zurück.

Rob blickte von einem Gesicht ins andere: Der Captain... der Doktor... Ray Eldredge... dieser Knowles, der Rechtsanwalt. Wenn er zugab, am Eldredge-Haus gewesen zu sein... aber was für einen Zweck hatte es, zu leugnen? Es gab einen Zeugen. Sein Instinkt befahl ihm, das Angebot, das ihm gerade gemacht worden war, anzunehmen. Rob wußte genau, wann er keine Trümpfe mehr in der Hand hielt. Wenn er das Angebot annahm, hatte er wenigstens ein Druckmittel für die Geschichte mit der Fahnenflucht in der Hand.

Er zuckte mit den Schultern und blickte Jonathan an. »Sie werden mich verteidigen?«

»Ja.«

»Ich möchte nicht der Prügelknabe für eine Scheißkindesentführung sein.«

»Keiner versucht, Ihnen eine anzuhängen«, sagte Jonathan. »Wir wollen die Wahrheit hören – die einfache Wahrheit, so, wie Sie sie kennen. Aber das

Angebot gilt nicht, wenn wir sie nicht sofort hören.«

Rob lehnte sich zurück. Er vermied es, Ray anzublicken. »Okay«, sagte er. »So hat es also angefangen. Mein Kumpel oben in Kanada ... «

Sie hörten gespannt zu, als er berichtete. Nur gelegentlich stellten der Captain oder Jonathan eine Frage. Sorgfältig wählte Rob seine Worte, als er aussagte, daß er gekommen sei, um Nancy um Geld anzugehen. »Verstehen Sie. Ich hatte nie geglaubt, daß sie den Harmon-Kindern auch nur ein Haar gekrümmt hätte. Sie war nicht der Typ dafür. Aber man hatte mir da drüben in Kalifornien zu verstehen gegeben, daß man mir die Schuld anhängen wollte und daß es besser wäre, wenn ich nur auf Fragen antwortete, und meine eigene Meinung aus der Sache heraushielte. Sie tat mir irgendwie leid, sie war ein verschrecktes kleines Ding in einem großen abgekarteten Spiel, soweit ich das beurteilen kann.«

»Ein abgekartetes Spiel, für das Sie unmittelbar verantwortlich waren«, sagte Ray.

»Halten Sie den Mund, Ray«, fuhr Captain Coffin dazwischen. »Kommen Sie zu dem heutigen Morgen«, befahl er Rob. »Wann sind Sie am Eldredge-Haus angekommen?«

»Es war so ungefähr ein paar Minuten vor zehn«, antwortete Rob. »Ich war wirklich ganz langsam gefahren, weil ich nach dem Feldweg suchte, den mir mein Freund in einer Skizze aufgezeichnet hatte ... und dann bemerkte ich, daß ich ihn verfehlt hatte.«

»Woran merkten Sie eigentlich, daß Sie ihn verfehlt hatten?«

»Nun, wegen dieses anderen Wagens... ich mußte seinetwegen Gas wegnehmen... Dann merkte ich, daß der andere Wagen aus dem Feldweg herausgekommen war, deshalb setzte ich zurück.«

»Der andere Wagen?« wiederholte Ray. Er sprang auf. »Was für ein anderer Wagen?«

Die Tür zum Vernehmungszimmer wurde aufgerissen. Der Sergeant stürzte herein. »Captain, ich glaube, es ist wirklich wichtig, daß Sie mit den Wiggins und den beiden anderen Leuten sprechen. Ich glaube, sie haben Ihnen etwas sehr Wichtiges zu sagen.«

30

Endlich war Nancy imstande, sich zu erheben, sich das Gesicht zu waschen und den Mund zu spülen. Sie durfte den anderen nicht zeigen, daß ihr übel geworden war. Sie durfte nicht darüber sprechen. Sie würden sie für verrückt halten. Sie würden es nicht glauben oder verstehen. Aber wenn das Unglaubliche möglich wäre... Die Kinder. O Gott, nicht wieder, nicht so etwas; bitte, nicht wieder.

Sie rannte ins Schlafzimmer, raffte Unterwäsche aus der Schublade und eine lange Hose und einen dicken Pullover aus dem Wandschrank. Sie mußte zur Polizeistation. Sie mußte mit Rob sprechen, ihm sagen, was sie vermutete, ihn bitten, ihr die Wahrheit zu sagen. Was machte es denn aus, wenn alle sie für verrückt hielten?

In Windeseile zog sie sich an, schlüpfte mit den Füßen in ein Paar leichte Schuhe und eilte die Treppe hinab. Im Wohnzimmer wartete Dorothy auf sie. Auf dem Tisch standen Butterbrote und eine Kanne Tee.

»Nancy, setzten Sie sich... Versuchen Sie doch, etwas zu sich zu nehmen...«

Nancy unterbrach sie. »Ich muß mit Rob Legler sprechen. Es gibt etwas, was ich von ihm wissen muß.«

Sie biß die Zähne zusammen, als sie an ihrer Stimme merkte, wie ein Weinkrampf in ihr hochstieg. Sie durfte sich nicht gehen lassen. Sie wandte sich an Bernie Mills, der in der Tür zur Küche stand.

»Bitte rufen Sie das Revier an«, bat sie ihn. »Sagen Sie Captain Coffin, daß ich darauf bestehe, hinüberzukommen... daß es etwas mit den Kindern zu tun hat.«

»Nancy!« Dorothy hielt sie am Arm fest. »Was sagen Sie da?«

»Daß ich mit Rob Legler sprechen muß. Dorothy, rufen Sie das Revier an. Nein, ich rufe selbst an.«

Nancy lief zum Telefon hinüber. Sie streckte schon die Hand danach aus. Da läutete es. Bernie Mills wollte schnell nach dem Hörer greifen, aber sie hatte ihn schon aufgenommen.

»Hallo?« Sie sprach schnell und ungeduldig.

Dann horchte sie. Es war ein ganz leises Flüstern. Sie mußte sich anstrengen, um die Worte zu verstehen. »Mami, Mami, bitte komm uns holen. Hilf uns, Mami. Missy ist krank. Komm und hol uns ... «

»Michael ... Michael!« schrie sie. »Michael, wo bist du? Sag mir doch, wo ihr seid!«

»Wir sind im ... « Seine Stimme wurde leiser, und die Leitung war tot.

Wie wahnsinnig rüttelte sie an dem Apparat. »Fräulein«, schrie sie gellend auf, »bitte unterbrechen Sie uns nicht! Fräulein ... « Aber es war zu spät. Einen Augenblick später tönte ihr das monotone, eintönige Amtszeichen in den Ohren.

»Nancy, was ist los? Wer war das?« Dorothy stand neben ihr.

»Es war Michael. Michael hat angerufen. Er sagte, Missy sei krank.« Nancy sah den Zweifel in Dorothys Gesicht. »Um Gottes willen, verstehen Sie nicht? Das war Michael!«

Wie rasend rüttelte sie an dem Telefon, dann wählte sie das Amt. Als sich die Telefonistin meldete und mechanisch fragte, was sie für sie tun könne, wurde sie von Nancy unterbrochen: »Können Sie mir etwas über den Anruf sagen, der gerade hierher kam? Wer hat das Gespräch vermittelt? Wo kam es her?«

»Es tut mir leid, gnädige Frau. Wir haben keine Möglichkeit, das festzustellen. Wir haben heute überhaupt ziemliche Schwierigkeiten. Die meisten Telefongeräte in der Stadt sind durch den Sturm ausgefallen. Um was geht es denn?«

»Ich muß wissen, woher dieser Anruf kam. Ich muß es wissen.«

»Es gibt keine Möglichkeit, den Anrufer zu ermitteln, wenn die Verbindung abgebrochen ist, gnädige Frau.«

Wie betäubt legte Nancy den Hörer auf.

»Vielleicht hat jemand die Verbindung unterbrochen«, sagte sie. »Derjenige, der die Kinder hat.«

»Nancy, sind Sie sicher?«

»Mrs. Eldredge, Sie sind etwas abgespannt und durcheinander.« Bernie Mills versuchte, seiner Stimme einen beruhigenden Tonfall zu geben.

Nancy beachtete ihn nicht. »Dorothy, Michael sagte ›Wir sind im ...‹ Er weiß, wo er ist. Er kann nicht weit weg sein. Begreifen Sie das nicht? Und er sagte, Missy sei krank.«

Von weit her hörte sie etwas anderes. Lisa ist krank ... Sie fühlt sich nicht wohl. Vor langer Zeit hatte sie das zu Carl gesagt.

»Welche Nummer hat die Polizeistation?« fragte Nancy Bernie Mills. Sie kämpfte gegen den Schwächeanfall, der sich wie eine Nebelwolke in ihrem Kopf zusammenballte. Es wäre so leicht, sich hinzulegen ... sich davonzustehlen. Jetzt im Augenblick war jemand bei Michael und Missy ... jemand, der ihnen etwas antat ... ihnen vielleicht etwas antat, was schon einmal geschehen war. Nein ... nein ... sie mußte sie finden ... Sie durfte nicht schwach werden ... Sie mußte sie finden.

Sie umfaßte die Tischkante, um sich abzustützen. Mit beherrschter Stimme sagte sie: »Sie denken vielleicht, daß ich hysterisch bin, aber ich sage Ihnen, daß das die Stimme meines Sohnes war. Welche Nummer hat die Polizeistation?«

»Wählen Sie KL fünf, drei, achthundert«, sagte Bernie widerstrebend. Sie *ist wirklich übergeschnappt*, dachte er ... Und der Captain würde ihm den Kopf abreißen, weil er nicht ans Telefon gegangen war. Sie bildete sich ein, daß es der Junge war ... aber es konnte irgend jemand gewesen sein, vielleicht sogar ein Spinner.

Die gewählte Nummer läutete einmal. Eine schneidige Stimme sagte: »Polizeidirektion Adams Port. Sergeant ... am Apparat.« Nancy sagte gerade: »Captain Coffin«, da merkte sie, daß sie ins Leere sprach. Ungeduldig rüttelte sie am Telefonapparat. »Sie ist tot«, sagte sie. »Die Leitung ist tot.«

Bernie Mills nahm den Apparat zu sich herüber. »Sie ist tatsächlich tot. Das überrascht mich nicht. Wahrscheinlich haben inzwischen mehr als dic Hälfte der Haushalte keine Telefonverbindung mehr. Das ist vielleicht ein Sturm.«

»Bringen Sie mich zur Polizeistation. Nein, fahren Sie allein für den Fall, daß die Störung behoben wird und Michael wieder anrufen kann ... Bitte, fahren Sie zur Polizeistation, oder ist noch jemand draußen?«

»Ich glaube nicht. Der Fernsehwagen ist auch zur Polizeiwache gefahren.«

»Dann fahren Sie. Wir bleiben hier. Sagen Sie ihnen, daß Michael angerufen hat. Sagen Sie ihnen, sie sollen Rob Legler herbringen. Wir müssen hier warten.«

»Ich kann Sie nicht allein lassen.«

»Nancy, wie sicher sind Sie, daß es Michael war?«

»Ich bin absolut sicher. Dorothy, bitte glauben Sie mir. Ich bin ganz sicher. Es war Michael, ganz bestimmt.« Sie wandte sich an Bernie Mills: »Wie lange braucht man mit dem Wagen bis zur Station? ... Fünf Minuten. Sie werden insgesamt nur zehn Minuten weg sein. – Aber sehen Sie zu, daß man Rob Legler hierher bringt. Bitte.«

Bernie Mills dachte angestrengt nach. Der Captain hatte ihm befohlen, hierzublieben. Aber wo jetzt das Telefon gestört war, würde es auch keine Anrufe geben. Und der Captain würde es wahrscheinlich nicht gern sehen, wenn er Nancy mitbrachte. Aber wenn er wegging und gleich wiederkam, wäre er insgesamt höchstens zehn Minuten fort, und wenn das wirklich der Junge am Telefon gewesen war und er meldete das nicht...

Er überlegte einen Moment lang, ob er Dorothy bitten sollte, zur Wache zu fahren, dann verwarf er diesen Gedanken. Die Straßen waren zu vereist. Sie wirkte so aufgeregt, daß sie ihren Wagen mit allergrößter Wahrscheinlichkeit zu Bruch fuhr.

»Ich fahre«, sagte er. »Bleiben Sie aber hier.«

Er nahm sich nicht einmal die Zeit, seinen Mantel zu holen, sondern lief so aus dem Hinterausgang zum Streifenwagen.

Nancy sagte: »Dorothy, Michael wußte, wo er war. Er sagte: ›Wir sind im...‹, was sagt Ihnen das? Wenn Sie auf einer Land- oder Fernstraße sind, sagen Sie ›wir sind auf der Fernstraße 6 A‹

oder ›wir sind am Strand‹ oder ›wir sind *auf* dem Schiff‹; aber wenn man in einem Haus oder einem Geschäft ist, das man kennt, sagt man ›wir sind *in* Dorothys Haus‹ oder ›wir sind bei Vati *im* Büro‹. Verstehen Sie, was ich sagen will? Oh, Dorothy, es muß irgendeine Möglichkeit geben, das herauszubekommen. Im Geiste gehe ich immer wieder alles durch. Es muß doch etwas geben … eine Möglichkeit, das herauszubekommen.

Und er sagte, Missy sei krank. Beinahe wollte ich sie heute morgen schon nicht nach draußen gehen lassen. Ich habe darüber nachgedacht. Ich habe überlegt, ob es zu kalt oder zu stürmisch wäre. Aber es widerstrebt mir, daran zu denken, daß sie krank sein könnten, oder sie wie Kleinkinder zu behandeln, nur weil sie krank sein könnten, und jetzt ist mir auch klar, warum. Es war wegen Carl und der Art und Weise, wie er sie untersuchte … und auch mich. Er war krank. Jetzt ist mir das klar. Und das ist der Grund, weshalb ich Missy nach draußen gehen ließ. Es war feucht und zu kalt für sie. Aber ich dachte, nur eine halbe Stunde. Und es war deswegen. Und ich habe ihre roten Fausthandschuhe geholt, die mit den Lachgesichtern drauf, und ich habe ihr gesagt, sie müsse gut aufpassen, daß sie sie immer anbehielt, weil es so kalt war. Ich weiß noch, wie ich gedacht habe, daß sie zur Abwechslung mal ein Paar anhätte, das zusammenpaßte. Aber schon an der Schaukel hat sie einen verloren. O Gott, Dorothy, wenn ich sie doch bloß nicht nach draußen gelassen hätte. Wenn ich sie doch bloß im Haus behalten hätte, sie fing schon an zu kränkeln ... Aber ich wollte nicht daran denken ... Dorothy.«

Nancy fuhr herum, als Dorothy einen erstickten Schrei ausstieß. In Dorothys Gesicht arbeitete und zuckte es krampfhaft. »Was haben Sie gesagt?« wollte sie wissen. »Was haben Sie gesagt ... über die Handschuhe?«

»Ich verstehe nicht. Meinen Sie – daß sie einen verloren hat – oder daß sie zueinander paßten? Dorothy, was meinen Sie damit? ... Was wissen Sie?«

Dorothy schluchzte laut auf und bedeckte ihr Gesicht mit den Händen. »Ich weiß, wo sie sind. O Gott! Ich weiß ... und ich war so dumm. O Nancy, was hab' ich da getan? Oh, was hab' ich da getan?« Sie faßte in ihre Tasche und zog den Handschuh heraus. »Er lag da ... heute nachmittag auf dem Boden der Garage ... und ich dachte, ich hätte ihn mit dem Fuß hinausgestoßen. Und dieser schreckliche Mann ... Ich wußte, daß mit ihm etwas nicht stimmte; wie er so säuerlich roch ... so böse ... und der Kinderpuder. Oh, mein Gott!«

Nancy riß den Handschuh an sich. »Dorothy, bitte helfen Sie mir. Wo haben Sie diesen Handschuh gefunden?«

Dorothy sank kraftlos in sich zusammen. »Beim ›Ausguck‹, als ich heute jemanden durch das Haus führte.«

»›Ausguck‹ ... wo dieser Parrish wohnt. Ich kann mich nicht erinnern, daß ich ihn jemals gesehen hätte, außer von weitem. O nein!« In diesem Augenblick absoluter Klarheit sah Nancy die Wahrheit und erkannte gleichzeitig, daß es vielleicht schon zu spät sein könnte. »Dorothy, ich fahre zum ›Ausguck‹. *Jetzt ...* die Kinder sind da. Vielleicht. Vielleicht komme ich noch rechtzeitig. Holen Sie Ray und die Polizei. Sagen Sie ihnen, daß sie sofort kommen sollen. Kann ich ins Haus hinein?«

Dorothy zitterte nicht mehr. Ihre Stimme wurde genauso ruhig wie Nancys. Später – später, bis an ihr Lebensende – konnte sie sich in Selbstvorwürfen ergehen... aber nicht in diesem Augenblick. »Die Küchentür hat einen Riegel. Wenn er ihn vorgeschoben hat, kann man nicht hinein. Aber den Haupteingang auf der Seite zur Bucht – den benutzt er nie. Ich habe ihm dafür nie einen Schlüssel gegeben. Mit diesem hier kann man beide Schlösser öffnen.« Sie wühlte in ihrer Tasche und holte einen Schlüsselbund heraus. »Dieser hier.«

Sie erhob keine Einwände gegen Nancys Entschluß, allein zu fahren. Gemeinsam rannten die beiden Frauen zum Hinterausgang hinaus zu ihren Autos. Dorothy ließ Nancy die Vorfahrt. Sie hielt den Atem an, als Nancys Wagen schleuderte, rutschte – und sich dann wieder fing.

Es war fast unmöglich, etwas zu sehen. Der Graupel hatte auf der Windschutzscheibe eine dicke Eisschicht gebildet. Nancy drehte das Seitenfenster herunter und steckte den Kopf hinaus, um etwas zu sehen. Sie kniff die Augen gegen den prasselnden Graupel zusammen und raste mit ihrem Wagen die Straße hinab, über die Fernstraße 6 A hinweg und in die Straße hinein, die die Zufahrt zum ›Ausguck‹ verkürzte.

Als sie ansetzte, die gewundene Straße hinaufzufahren, kam der Wagen ins Schleudern. Sie drückte das Gaspedal bis auf den Boden durch. Die Vorderräder rutschten seitwärts, drehten den Wagen auf der vereisten Straße. Nancy trat heftig auf die Bremse, der Wagen drehte sich um seine Achse. Zu spät. Sie versuchte ihn abzufangen. Vorn tauchte drohend ein Baum auf. Sie riß das Steuer herum. Der Vorderteil des Wagens zog nach rechts herüber und prallte mit einem knirschenden Krachen gegen den Baum. Nancy wurde nach vorn geworfen und dann zurückgerissen. Die Räder drehten sich noch, als sie auf der Fahrerseite die Tür aufstieß und in den niederprasselnden Graupel hinauskletterte. Sie hatte keinen Mantel angezogen, doch sie spürte kaum, daß ihr der Graupel durch den Pullover und die Hose drang, als sie den gefährlichen Hang hinaufrannte.

An der Auffahrt zum Haus rutschte sie aus und fiel hin. Ohne den heftigen Schmerz in ihrem Knie zu beachten, lief sie auf das Haus zu. *Laß mich nicht zu spät kommen. Bitte, laß mich nicht zu spät kommen.* Als ob sich vor ihrem Blick plötzlich die Wolken zerteilten, sah sie plötzlich vor sich, wie sie damals auf die Steinplatten hinabstarrte, auf denen Lisa und Peter lagen … mit weißen Gesichtern, vom Wasser aufgetrieben mit Fetzen von Plastiktüten, die noch an ihnen klebten. *Bitte,* flehte sie. *Bitte!*

Sie erreichte das Haus und lief um das Gebäude

herum zum Haupteingang. Der Schlüssel in ihrer Hand war feucht und kalt. Sie hielt ihn ganz fest in der Hand. Bis auf das obere Stockwerk war es ganz dunkel im Haus. Sie sah, daß oben durch den Vorhang an einem Fenster Licht nach draußen fiel. Als sie um das Haus rannte, hörte sie das hart krachende Tosen der Brandung, wenn sich die Wellen auf dem Felsenufer brachen. Auf dieser Seite gab es keinen Strand – nur Felsmassen.

Sie war sich gar nicht bewußt gewesen, daß das Gebäude so hoch war. Von den rückwärtigen Fenstern aus konnte man wahrscheinlich die ganze Stadt überblicken.

Sie atmete in tiefen keuchenden Zügen. Nancy spürte, wie heftig ihr Herz pochte. Nach dem hastigen Lauf in dem kalten Wind vermochte sie kaum Atem zu holen. Ihre erstarrten Finger fummelten mit dem Schlüssel herum. *Mach, daß der Schlüssel sich im Schloß dreht; bitte mach, daß er aufschließt.*

Sie spürte Widerstand, als der Schlüssel in das verrostete Schloß griff, sich erst verhakte, und sich schließlich langsam drehte; Nancy stieß die Tür auf.

Das Haus war dunkel – ganz schrecklich dunkel. Sie konnte nichts erkennen. Ein modriger Geruch lag in der Luft, und es war hier so still. Das Licht war aus dem Obergeschoß gekommen. Das war dort, wo das Apartment lag. Sie mußte die Treppe finden. Sie widerstand der Versuchung, Michaels Namen hinauszuschreien.

Dorothy hatte irgend etwas von zwei Treppen

im Foyer hinter dem großen Vorderzimmer gesagt. Das hier war das Vorderzimmer. Unsicher bewegte sich Nancy vorwärts. In der absoluten Dunkelheit streckte sie ihre Arme nach vorn aus. Sie durfte keinen Lärm machen; durfte ihn nicht vorzeitig warnen. Sie stolperte über etwas, fiel nach vorn und fand das Gleichgewicht wieder, als sie sich an irgend etwas festhielt. Es war die Lehne einer Couch oder eines Sessels. Sie tastete sich daran vorbei. Wenn sie doch nur Streichhölzer hätte. Sie lauschte angestrengt... Hatte sie da etwas gehört... einen Schrei... oder war das nur der Wind, der im Kamin heulte?

Sie mußte die Treppe hinauf... mußte sie finden. Aber wenn sie gar nicht dort wären?... Was war, wenn sie zu spät käme?... Wenn es so war wie beim letzten Mal? – mit ihren kleinen Gesichtern, so still, so entstellt... Sie hatten ihr so vertraut. Lisa hatte sich an jenem Morgen an sie gehängt. »Vati hat mir weh getan«, war alles, was sie immer wieder sagte. Nancy war überzeugt gewesen, daß Carl sie geschlagen hatte, weil sie das Bett naß gemacht hatte... hatte sich verwünscht, daß sie zu müde gewesen war, nicht aufgewacht war. Sie hatte nicht gewagt, Carl Vorhaltungen zu machen... aber als sie das Bett beziehen wollte, war es gar nicht naß; Lisa hatte also gar nicht das Bett naß gemacht. Das hätte sie ihnen im Prozeß sagen sollen, aber sie brachte es nicht über sich. Sie war unfähig, einen Gedanken zu fassen, und sie war zu müde... und es war auch alles nicht mehr wichtig.

Die Treppe ... Das war ein Treppenpfosten unter ihrem Arm ... Der Treppenaufgang ... drei Treppen ... Geh am Rande ... Sei ganz ruhig. Nancy faßte nach unten und riß sich die Schuhe von den Füßen. Sie waren so naß, daß sie quietschten ... Jetzt ganz ruhig sein ... *Muß nach oben gehen ... Darf nicht wieder zu spät kommen ... Zu spät beim letzten Mal ... Hätte die Kinder nicht im Auto lassen dürfen ... Hätte es wissen müssen ...*

Die Treppe knarrte unter ihrem Fuß. *Darf ihn nicht erschrecken ... Beim letztenmal geriet er in Panik ... Vielleicht hat ihn Michaels Anruf in Panik versetzt ... Beim letztenmal sagten sie, daß die Kinder erst ins Wasser geworfen wurden, als sie schon tot waren ... Aber Michael lebte noch, noch vor wenigen Minuten ... Vor zwanzig Minuten ... und er glaubte, daß Missy krank war ... Vielleicht war sie wirklich krank ... Muß zu ihr ...* Die erste Treppe ... *Schlafzimmer auf dieser Etage ... aber kein Licht, kein Laut ...* Noch zwei Treppen ... Im zweiten Stock auch nichts, kein Laut zu hören.

Am Fuß der letzten Treppe blieb Nancy stehen, um ihren rasselnden Atem unter Kontrolle zu bekommen. Die Tür am Ende der Treppe stand offen. An der Wand erblickte sie einen Schatten, von einem dünnen flackernden Licht geworfen. Dann hörte sie es wieder ... eine Stimme – Michaels Stimme ... »Das dürfen Sie nicht tun! Das dürfen Sie nicht!«

Sie rannte die Treppe hinauf, ohne nachzudenken, wie von Furien gejagt. Michael! Missy? Sie überstürzte sich, dachte nicht mehr daran, daß sie leise auftreten mußte, aber ihre dicken Socken dämpften ihren Schritt. Ihre Hand, die ans Treppengeländer faßte, machte kein Geräusch. Auf dem Treppenabsatz zögerte sie. Das Licht kam hinten vom Korridor her. Lautlos, ohne stehenzubleiben, hastete sie durch das düstere und verlassene Zimmer, wahrscheinlich das Wohnzimmer, auf das Kerzenlicht im Schlafzimmer zu, auf die riesige Gestalt zu, die mit dem Rücken zu ihr stand, die mit einer Hand eine kleine, sich windende Gestalt auf dem Bett festhielt und leise kichernd mit der anderen Hand eine glänzende Plastiktüte über einen blonden Kopf zog.

Nancy sah ein paar entsetzte, aufgerissene blaue Augen, Michaels blondes Haar, das ihm auf der Stirn klebte, sie sah, wie die Plastikfolie auf seinen Augenlidern und Nasenlöchern haftete. Sie schrie: »Laß ihn los, Carl!...« Erst als ihr der Name schon über die Lippen gekommen war, wurde ihr bewußt, daß sie ›Carl‹ gesagt hatte.

Der Mann fuhr herum. Sie sah, daß irgendwo in dieser riesigen Fleischmasse Augen lauerten, die glühend hin und her schossen. Nancy sah haftende Plastikfolie, Missys kleine Gestalt mit zerzaustem Haar auf dem Bett, daneben einen kleinen hellroten Haufen – ihre Windjacke.

Sie bemerkte, wie der Ausdruck von Verblüffung in Bösartigkeit umschlug. »Du.« An diese Stimme erinnerte sie sich. Die Stimme, die sie über sieben Jahre hinweg auszulöschen versucht hatte. Er kam drohend auf sie zu. Sie mußte um ihn herum kommen. Michael konnte nicht atmen.

Er machte einen Satz nach vorn. Sie wich zurück, fühlte seinen schweren Griff um ihr Handgelenk. Sie fielen zusammen hin, polternd, schwer. Sie spürte, wie sich sein Ellbogen in ihre Seite bohrte. Es war ein wahnsinniger Schmerz, aber einen Augenblick lang lockerte sich sein Griff. Sein Gesicht war dicht neben ihrem. Dick und fahl, die Züge verschwommen und vergröbert, und dann der säuerliche, modrige Geruch… noch genauso wie früher.

Wie von Sinnen holte sie mit aller Kraft aus und traf die dicke, schwammige Wange. Er heulte vor Wut auf und schlug um sich, aber er ließ sie los, und sie zog sich hoch. Sie spürte, wie seine Hand an ihr zerrte. Sie warf sich auf das Bett. Mit den Fingernägeln ritzte sie die straffe Plastikfolie auf; Michaels Augen traten darunter schon aus den Höhlen, und seine Wangen liefen blau an. Sie hörte noch seinen keuchenden Atem, als sie sich herumwand, um Carls erneutem Angriff zu begegnen. Seine Arme zogen sie fest an sich. Sie spürte die krankhafte Wärme seines unbedeckten Körpers.

O Gott. Sie stieß sein Gesicht mit den Händen zurück und spürte, wie er sie nach hinten bog. Während sie sich loszureißen versuchte, spürte sie Missys Fuß unter sich, er berührte sie, bewegte sich. Er bewegte sich. Missy lebte noch. Sie wußte es, sie konnte es spüren.

Sie begann zu schreien – einen anhaltenden,

durchdringenden Schrei um Hilfe, und dann verschloß ihr Carls Hand den Mund und die Nase. Vergebens versuchte sie, in die dicke Handfläche zu beißen, die ihr die Luft absperrte und ihr das Gefühl gab, als ob sich große schwarze Vorhänge über ihre Augen legten.

Sie versank schon in eine keuchende Bewußtlosigkeit, als die Hände ihren Druck abrupt lockerten. Sie würgte – langgezogene Gurgellaute. Von irgendwoher rief jemand ihren Namen. Ray! Es war Ray! Sie versuchte, laut zu rufen, aber sie brachte keinen Laut hervor. Sie kämpfte sich hoch, bis sie sich auf einen Ellbogen stützen konnte, sie schüttelte den Kopf. »Mami, Mami, er will Missy nehmen!« Michaels Stimme klang beschwörend, er zerrte mit der Hand an ihr.

Es gelang ihr, sich zu setzen. Dann stürzte Carl auf sie zu. Sein Arm langte an ihr vorbei und griff nach der kleinen Gestalt, die sich krümmte und schrie.

»Laß sie liegen, Carl. Rühr sie nicht an.« Sie vermochte nur noch zu krächzen. Er schaute sie mit wilden, wahnsinnigen Augen an und drehte sich um. Er preßte Missy an sich und lief in seiner unbeholfenen torkelnden Art davon. Sie hörte, wie er in der Dunkelheit des angrenzenden Zimmers gegen Möbel stieß, und sie taumelte hinter ihm her und kämpfte gegen das Schwindelgefühl an. Jetzt waren Fußtritte auf der Treppe zu hören – schwere, schnelle Schritte, die da heraufstürmten. Verzweifelt horchte sie, wo Carl geblieben war, hörte ihn hinten im Flur; sah, wie sich sein dunkler Schatten gegen das Flurfenster abzeichnete. Er kletterte die Treppe zum Dachboden hinauf. Er wollte auf den Dachboden. Sie rannte hinter ihm her, holte ihn ein, versuchte sich an seinem Bein festzuklammern. Der Dachboden war höhlenartig, roch nach Moder und hatte dicke Balken unter der niedrigen Decke. Und es war dunkel. So dunkel, daß es kaum möglich war, ihm zu folgen.

»Hilfe!« schrie sie. »Hilfe!« Endlich konnte sie wieder laut schreien. »Hier herauf. Ray. Hier herauf!« Ohne etwas sehen zu können, folgte sie stolpernd dem Geräusch von Carls Schritten. Aber wo war er jetzt? Die Leiter. Er kletterte die dünne, wackelige Leiter hinauf, die vom Dachboden direkt auf das Dach führte. Der Witwensteg. Er wollte auf den Witwensteg hinaus. Sie dachte an den schmalen, gefährlichen Balkon, der zwischen den beiden Türmchen um den Schornstein herumführte.

»Carl, geh da nicht hinauf. Es ist zu gefährlich. Carl, komm zurück, komm zurück!«

Sie konnte seinen rasselnden Atem hören, diesen hohen Ton, der eine Mischung aus Schluchzen und Kichern war. Sie versuchte, seinen Fuß festzuhalten, als sie hinter ihm herkletterte, aber er trat wie wild nach ihr aus, als er ihre Hände spürte. Seine dicke Schuhsohle streifte sie an der Stirn, und sie glitt die Leiter hinab. Ohne das warme, herabströmende Blut zu beachten, das ihr ins Gesicht lief, ohne die Gewalt des Stoßes zu spüren, begann sie erneut hinaufzuklettern, schreiend: »Carl, gib sie her. Carl, bleib stehen.«

Aber er war oben auf der Leiter und stieß die Tür auf, die auf das Dach führte. Dicker Graupel prasselte nieder, als sich die Tür nach oben knarrend öffnete. »Carl, du kannst nicht fliehen«, flehte sie. »Carl, ich will dir helfen. Du bist krank. Ich werde ihnen sagen, daß du krank bist.«

Der Wind erfaßte die Tür und riß sie auf, bis sie gegen die Hauswand donnerte. Missy weinte jetzt – ein lautes, verschrecktes Wehklagen: »Mammmi!«

Carl schob seine Gestalt ganz auf den Balkon hinaus. Nancy kletterte hinter ihm her, stemmte sich gegen den Türrahmen. Es war so eng. Zwischen dem Geländer und dem Schornstein war kaum für eine Person Platz.

Wahnsinnig vor Angst klammerte sie sich an seiner Kleidung fest – versuchte, sich irgendwo an ihm festzuhalten, ihn von dem niedrigen Geländer zurückzuziehen. Wenn er hinfiel oder Missy fallen ließ... »Carl, bleib stehen. Bleib stehen!«

Der Graupel prasselte auf ihn nieder. Er drehte sich um und versuchte wieder, nach ihr zu treten, stolperte aber rückwärts und riß Missy fest an sich. Er torkelte gegen das Geländer und fand das Gleichgewicht wieder. Sein Kichern klang jetzt wie ein fortwährender Schluckauf.

Der Steg war mit einer Eisschicht bedeckt. Er setzte Missy auf das Geländer und hielt sie mit einer Hand fest. »Komm jetzt nicht mehr näher, kleines Mädchen«, sagte er zu Nancy. »Wenn du das tust, lass' ich sie fallen. Sag ihnen, sie müssen mich laufenlassen. Sag ihnen, sie dürfen mich nicht anrühren.«

»Carl. Ich will dir helfen. Gib sie mir.«

»Du wirst mir nicht helfen. Du willst, daß sie mir weh tun.« Er schwang ein Bein über das Geländer.

»Carl. Nein. Tu's nicht. Carl, du magst doch kein Wasser. Du willst doch deinen Kopf nicht unter Wasser haben. Das weißt du doch. Darum hätte ich auch wissen müssen, daß du keinen Selbstmord verübt hast. Du warst gar nicht fähig, dich ins Wasser zu stürzen. Das weißt du doch, Carl.« Sie sprach mit ruhiger Stimme, wohlüberlegt und besänftigend auf ihn ein. Sie machte einen Schritt nur auf das Geländer zu. Missy streckte ihre Ärmchen aus, flehend.

Dann hörte sie es ... ein knisterndes, knackendes Geräusch. Das Geländer brach! vor ihren Augen gaben die hölzernen Pfosten unter Carls Gewicht nach. Sein Kopf fiel nach hinten zurück; er riß seine Arme nach oben.

In dem gleichen Augenblick, als er Missy losließ, stürzte Nancy nach vorn und riß ihr Kind an sich. Ihre Hände verfingen sich in Missys langem Haar – faßten es, ihre Finger krümmten sich und hielten es fest. Sie schwankte am Rande des Ganges; das Geländer brach auseinander. Sie spürte, wie Carl im Fallen nach ihrem Bein griff. Er schrie.

Schon wurde sie nach vorn gerissen, als sie plötzlich von hinten von festen Armen umschlungen wurde – Arme, die sie festhielten und ihr Halt gaben. Eine starke Hand packte Missys Kopf, zog sie beide zurück, dann brach sie in Rays Armen zusammen, im gleichen Augenblick, als mit einem letzten verzweifelten Schrei Carl vom Balkon glitt und über das vereiste, schräg abfallende Dach tief hinab in die wütende, von Felsen durchfurchte Brandung stürzte.

31

Die Flammen züngelten hungrig an den dicken Klötzen empor. Der angenehme Geruch des Kaminfeuers zog durch das Zimmer und vermischte sich mit dem Duft des frisch gekochten Kaffees. Die Wiggins waren in ihr Geschäft gegangen und hatten Aufschnitt für die Butterbrote hergebracht. Während Nancy und Ray mit den Kindern noch im Krankenhaus waren, hatten Dorothy und sie ein kaltes Büfett vorbereitet.

Als sie wieder nach Hause zurückkehrten, bestand Nancy darauf, daß auch die Leute vom Fernsehen und die Reporter etwas zu essen bekamen, und Jonathan hatte alle in sein Haus eingeladen. Sie hatten Filmaufnahmen von Nancys und Rays Heimkehr gemacht, wie sie ihre Kinder aus dem Auto ins Haus trugen, und für den nächsten Tag war ihnen ein Interview zugesagt worden.

»In der Zwischenzeit«, hatte Ray in die Mikrofone gesagt, »möchten wir jedem einzelnen danken, dessen Gebete an diesem Tag geholfen haben, von unseren Kindern Unheil abzuwenden.«

Auch die Keeneys waren mitgekommen, aus dem Bedürfnis, an der allgemeinen Freude teilzuhaben; erschreckt darüber, daß sie gezögert hatten, sich mit ihrer Information hervorzuwagen; überzeugt, daß nur Gebete die Rettung möglich gemacht hatten. *Wir sind alle nur Menschen, und keiner ist unfehlbar,* dachte Ellen. Sie schauderte bei dem Gedanken, daß ihr Neil mit diesem Wahnsinnigen gesprochen hatte. Was wäre wohl geschehen, wenn er an jenem Tag Neil aufgefordert hätte, in seinen Wagen zu steigen ...?

Nancy saß auf der Couch und hielt eine friedlich schlafende Missy in ihren Armen. Missy, die nach einem eukalyptushaltigen Einreibungsmittel roch, war mit warmer Milch und Aspirin beruhigt worden. Sie hielt ihre zerfranste Wolldecke, die sie ihre ›Biene‹ nannte, fest an ihr Gesicht gepreßt und kuschelte sich an ihre Mutter.

Michael unterhielt sich mit Lendon, der ihn behutsam ausfragte – er erzählte, wie alles gewesen war, und überdachte es noch einmal. Seine Stimme, zuerst etwas nervös und hastig, war jetzt ruhiger geworden, sogar ein wenig prahlerisch: »... und ich wollte auch nicht ohne Missy von dem Haus weglaufen, als der gute Mann mit dem anderen Mann zu kämpfen anfing und mir zuschrie, daß ich Hilfe holen sollte. Deshalb rannte ich zu Missy zurück und telefonierte mit Mami. Aber dann ging das Telefon nicht mehr. Und ich versuchte, Missy die Treppe hinunterzutragen, aber der böse Mann kam ... «

Ray legte seinen Arm um ihn: »Guter Junge. Du bist schon ein toller Bursche, Mike.« Ray konnte seine Augen nicht von Nancy und Missy lösen. Nancys Gesicht war verschwollen und verfärbt, aber von einer so heiteren Schönheit, daß es ihm schwerfiel, den Klumpen herunterzuschlucken, der ihm im Hals steckte.

Captain Coffin setzte die Kaffeetasse ab und ging noch einmal die Erklärung durch, die er vor der Presse abgeben wollte: ›Professor Carl Harmon, alias Courtney Parrish, wurde noch lebend aus dem Wasser gezogen. Ehe er starb, war er noch in der Lage, ein Geständnis abzulegen, in dem er seine alleinige Schuld an der Ermordung seiner Kinder Lisa und Peter vor sieben Jahren zugab. Er hat auch zugegeben, daß er am Tod von Nancy Eldredges Mutter schuld war. Als er erkannte, daß sie seiner Ehe mit Nancy im Weg stand, hat er den Steuermechanismus ihres Wagens blockiert, während sie sich mit Nancy im Restaurant befand. Mr. John Kragopoulos, der von Professor Harmon heute tätlich angegriffen wurde, ist mit einer schweren Gehirnerschütterung ins Cape Cod Hospital eingeliefert worden. Es wird jedoch erwartet, daß er sich von seinen Verletzungen wieder erholt. Die Eldredge-Kinder wurden ärztlich untersucht. Sie sind sexuell nicht mißbraucht worden. Allerdings hat der Junge, Michael, von einem heftigen Schlag ins Gesicht eine Schwellung davongetragen.‹

Der Captain spürte, daß er völlig erschöpft war. Er würde die Erklärung abgeben und sich dann auf den Weg nach Hause machen. Delia würde schon auf ihn warten und genau von ihm wissen wollen, was passiert war. Das war ein Tag, sann er nach, an dem sich die Arbeit der Polizei gelohnt hatte. In seinem Beruf erlebte man so viel Leid und Unglück mit. Es gab Fälle, in denen man den Eltern mitteilen mußte, daß ihr Kind tot war. Augenblicke wie heute, oben im ›Ausguck‹, als sie feststellen konnten, daß beide Kinder in Sicherheit waren, mußten im Andenken bewahrt werden.

Morgen. Jed überlegte, daß er morgen nicht daran vorbeikam, seine eigenen schuldhaften Versäumnisse zu überdenken. Heute morgen hatte er gegen Nancy ein Vorurteil gefaßt, weil er darüber pikiert war, daß er sie nicht erkannt hatte. Durch dieses Vorurteil hatte er sich den Blick versperrt; deswegen hatte er ignoriert, was ihm Jonathan und Ray und der Doktor und Nancy selbst mitgeteilt hatten.

Aber er hatte wenigstens den Wagen gefahren und so dafür gesorgt, daß Ray gerade noch rechtzeitig – es ging dabei um Bruchteile von Sekunden... den Balkon auf dem Dach des ›Ausgucks‹ erreicht hatte. Niemand sonst wäre in der Lage gewesen, auf der vereisten Straße so schnell den Hügel hinaufzufahren. Als sie gesehen hatten, daß Nancys Wagen in der Straßenkurve gegen den Baum gekracht war, hatte Ray anhalten wollen, aber Jed war weitergefahren. Instinktiv hatte er gespürt, daß Nancy aus dem Wagen herausgekommen war und sich in dem Haus befand. Seine Ahnung hatte ihn nicht getrogen. Damit konnte er sich verteidigen.

Wortlos goß Dorothy Lendons Tasse wieder voll, als er zustimmend nickte. Mit Michael würde alles in Ordnung gehen, dachte Lendon. Er selbst würde bald wieder hierher kommen und sie besuchen. Er würde mit Nancy und den Kindern sprechen – ihr helfen, die Vergangenheit zu bewältigen, ihr helfen, es so zu sehen, wie es gewesen war, damit es dann endgültig abgetan werden konnte. Nancy würde nicht sehr viel Hilfe benötigen. Es war ein Wunder, daß sie die Zähigkeit besaß, all die fürchterlichen Geschehnisse, denen sie ausgesetzt gewesen war, zu überleben. Aber sie war eine starke Persönlichkeit. Auch von dieser letzten schweren Heimsuchung würde sie sich wieder erholen, fähig, ein normales Leben zu beginnen.

In Lendon war Frieden eingekehrt. Er hatte sein Versäumnis endlich wieder gutgemacht. Wenn er damals Nancy aufgesucht hätte, als Priscilla starb, wäre so vieles vermieden worden. Er hätte wohl gemerkt, daß mit Carl Harmon etwas nicht stimmte, und er hätte sie irgendwie von ihm losbekommen. Aber dann wäre sie jetzt nicht hier, bei diesem jungen Mann, mit dem sie glücklich verheiratet war. Und diese Kinder lägen nicht in ihren Armen.

Lendon spürte, daß es ihn jetzt sehr nach Hause zu Allison zog.

»Kaffee?« Jonathan wiederholte Dorothys Frage. »Ja, vielen Dank. Gewöhnlich trinke ich so spät keinen mehr, aber ich glaube, daß es den meisten von uns heute nacht nicht schwerfallen wird, einzuschlafen.« Er sah Dorothy prüfend an. »Wie steht's mit Ihnen? Sie müssen doch ziemlich müde sein.«

Er bemerkte, daß sich eine unbestimmbare Schwermut auf ihr Gesicht legte, und er verstand auch den Grund dafür. »Ich glaube, ich muß Ihnen sagen«, meinte er bestimmt, »daß hier keinerlei Selbstvorwürfe geduldet werden. Wir alle haben heute in unglaublicher Weise Tatsachen übersehen, so daß es beinahe zu einer Katastrophe gekommen wäre. Ich zum Beispiel habe mich jeden Morgen, wenn ich an diesem Haus vorbeiging, geärgert, daß mich etwas blendete. Gerade heute morgen noch habe ich überlegt, ob ich Ray bitten sollte, mit dem Mieter im ›Ausguck‹ darüber zu sprechen, ganz gleich, was der hinter dem Fenster stehen hätte. Bei meiner juristischen Erfahrung hätte ich mich daran erinnern müssen. Eine Nachprüfung hätte uns sehr schnell zum ›Ausguck‹ geführt.

Und es ist auch eine unumstößliche Tatsache, daß Carl Harmon nicht von seinem scheußlichen Vorhaben abgehalten worden wäre, wenn Sie sich nicht entschlossen hätten, Ihre Verabredung einzuhalten und dieses Haus mit Mr. Kragopoulos zu besichtigen. Er hätte sich bestimmt nicht von Missy ablenken lassen. Sie haben doch bestimmt zugehört, wie Michael schilderte, was vor Ihrem Anruf gerade passierte.«

Dorothy hörte aufmerksam zu, dachte nach, und in ihrer grundsätzlichen Ehrlichkeit stimmte sie zu.

Eine Last aus Schuld und Gewissensbissen fiel von ihr ab. Sie fühlte sich plötzlich erleichtert und fröhlich. Plötzlich vermochte sie sich rückhaltlos der Freude über die Wiedervereinigung hinzugeben. »Ich danke Ihnen, Jonathan«, sagte sie. »Ich hatte es wirklich nötig, das zu hören.«

Unbewußt hatte sie sich bei ihm eingehakt. Bewußt nahm er ihre Hand in seine. »Die Straßen sind immer noch tückisch glatt«, sagte er. »Wenn Sie jetzt nach Hause wollen, wäre ich ruhiger, wenn Sie mich fahren ließen.«

Es ist vorüber, dachte Nancy. *Es ist vorüber.* Sie drückte ihre Arme fester um ihr schlafendes Kind. Missy bewegte sich, murmelte »Mami« und atmete dann wieder gleichmäßig und leise weiter.

Nancy blickte zu Michael hinüber. Er hatte sich an Ray gelehnt. Nancy sah zu, wie Ray ihn behutsam auf seinen Schoß zog. »Du wirst langsam müde, mein Junge«, sagte Ray. »Ich glaube, daß ihr kleinen Racker so allmählich ins Bett müßt. Das war ja doch ein ziemlich anstrengender Tag.«

Nancy dachte daran, was sie empfunden hatte, als diese starken Arme sie umschlangen, sie gehalten und sie und Missy vor dem Absturz bewahrt hatten. Es würde wohl immer so mit Ray sein. Der würde sie immer beschützen. Und sie hatte heute die Augen aufgehalten und verstanden und rechtzeitig gehandelt.

Aus dem Urquell ihres Seins stieg ein Gebet in ihr empor, ins Herz und in die Seele: *Ich danke dir, ich danke dir, ich danke dir. Du hast uns vom Übel erlöst.*

Sie bemerkte, daß der Graupel nicht mehr gegen die Fenster prasselte und daß das Heulen des Windes verebbt war.

»Mami«, sagte Michael, und seine Stimme klang jetzt ganz müde. »Jetzt haben wir gar nicht deinen Geburtstag gefeiert, und ich habe gar kein Geschenk für dich bekommen.«

»Mach dir nur keine Sorgen, Mike«, sagte Ray. »Wir werden morgen Mamis Geburtstag feiern, und ich weiß auch schon ganz genau, was wir ihr schenken werden.« In einer wundersamen Weise wichen die Anspannung und die Müdigkeit aus seinem Gesichtsausdruck, und Nancy sah, wie es in seinen Augenwinkeln funkelte. Er blickte sie direkt an. »Ich werde dir sogar verraten, was es ist, Liebling«, sagte er freimütig. »Von den Kindern bekommst du Kunstunterricht bei einem wirklich guten Lehrer und von mir eine kleine Auftragsarbeit mit Farben im Schönheitssalon.«

Er stand auf, legte Michael bequem in den Sessel zurück und kam zu ihr herüber. Als er vor ihr stand, betrachtete er aufmerksam den Scheitel in ihrem Haar. »Ich hab' nämlich so das Gefühl, daß du eine verdammt hübsche Rothaarige bist, Liebling«, sagte er.